十二王妃

張廉

插畫／Chiya

Kadokawa Fantastic Novels DX

U0026126

Contents

十王一妃
2

在我帶回新鮮的食物後，地下城的老鼠一下子多了起來，活動越來越頻繁。可見以前老百姓有多窮，窮得連老鼠都不來。

這裡的食物是純天然的，所以非常香。為了防止老鼠偷吃食物，帶來鼠疫，放食物的地方二十四小時有人看守，還有貓來嚇唬老鼠。

地下城忽然熱鬧起來——亂竄的老鼠、緊追的貓咪、因為好玩而追趕老鼠的孩子們，還伴隨著叮噹噹的打鐵聲。

安歌果真在幫大家繼續打鐵，火光中他的臉忽明忽暗。負責進度的桑格師傅對我說安歌非常厲害，不睡覺、不休息、打的刀是最多的，而且他的力大無窮幫了他們不少忙。

話還沒說完，只見安歌又抱起巨大的水桶，把汙水倒入旁邊的水溝中，一陣浪湧，好幾隻老鼠被沖刷出來，像衝浪一樣。

桑格師傅讓他休息一下，他就乖乖回到我身邊。地下城的食物已經足夠最近的生活了，再帶回來怕腐壞，所以我留在地下城繼續幫瑪莎的忙，安歌也跟在我身邊幫我的忙。

我們每天的例行公事主要是照顧生病的人。因為沒錢醫治，大家的病一直不見起色。

集中煎藥的地方也是在水渠邊一處比較大的空地上。這裡的水是從地下河流入的，所以是乾淨的水，地下城水路的設計很先進，有條不紊，不會有髒水亂入。

「咳咳。」安歌在幫我煎藥時又咳嗽起來。聽他咳嗽，我不免擔心了一下：「安歌，你沒事吧？」

他搖搖頭，抬手遮在唇前：「咳咳，這煙太嗆了。」此時只有我們兩個人看著藥爐。

我沒再多問。我剛來時，這裡的空氣讓我也喉嚨發癢，幸好有伊森幫我淨化空氣，所以周圍聞到的總是花香。

但現在伊森居然還沒過來，這傢伙是要裝死到什麼時候？

不過……我發現就算沒了伊森在身邊，身邊的空氣依然帶著一點點淡淡的花香。

正納悶著，安歌搬起小凳向我挪近，然後貼緊我坐下。我戒備地要挪開，忽然被他的手扣住：「不准動！妳身上香。」說完，他閉眸朝我的左肩慢慢俯下，深深嗅聞。那頭被我弄髒的髮絲輕觸在我的肩膀上，我有些緊張地僵直了身體。

對於這些王，我實在不敢掉以輕心，放鬆自己的防備。

「舒服多了……」他輕聲說道，緩緩靠在我的肩膀上，我繃緊神經看著前方，心跳開始加速。手腕被牢牢扣住的我此刻成了他的靠枕。

他漸漸鬆開扣住我的手，我的心跳也慢慢地恢復正常。我長長舒出一口氣，聽著他在我耳邊靜靜的、平穩的呼吸聲。

周圍一下子陷入安靜，只有我獨自面對「咕咚咕咚」冒著泡的藥罐。

突然，一個小金人自湯藥的水氣中飛出，他一邊用手揮開水氣，一邊嘀咕：「熱死了……」然後

懸停在我的面前，紅紅的臉上有怒氣、也有委屈。他咬了咬唇瞪著我，委屈地說：「妳答應不打我的！」

我看了他片刻，再次毫不猶豫地給了他一個白眼。

伊森像是受到重創般垮下臉：「我以為……我們是很好的朋友……」他那副低落的樣子像是剛剛被戀人甩了，深受打擊，整個世界都在下雪。

「很好的朋友也不能那麼做！」我憤怒地低聲強調，生怕吵醒安歌，還偷偷看了他一眼。

伊森吃驚地揚起臉，依舊略帶不解地看著我。

我壓低聲音繼續說：「你跟璐璐是好朋友！跟涅埃爾是好朋友！你找她們做了嗎？」

伊森的金瞳在水霧中顫了顫。他垂下紅紅的臉，小聲嘟囔：「跟她們做會要我負責的……」

「所以你就找我？伊森！你到底是怎麼想的，你當我是妓女嗎？」我真的生氣了。他著急地回頭連連擺手：「不不不，妓女不用這樣商量……」

「你說什麼？」

他馬上閉嘴，似乎發覺自己的話越說越錯，難堪地低下頭：「當我沒說過……妳別生氣了……」

我只能當他無知幼稚了。

他將雙手背在身後，看起來扭扭捏捏的。

「我以為……我們已經好到可以……」他的雙手在身前交握，大拇指不停打轉。我立刻瞪他：

「你還說！」

他隨即再次閉嘴，偷偷看向靠在我肩膀上的安歌，接著眨了眨眼，一步三頓地飛到我身邊，小心翼翼瞄了我一眼，飛落到我右邊的小凳上：「瘋女人……妳知道為什麼我就算可以變大，也還是選擇用這具小身體嗎？」

「不是因為你猥瑣，方便偷看嗎？」我隨手拿起地上的芭蕉葉，一邊扇爐子一邊說。

「我就知道……」伊森的情緒顯得更加低落：「我沒穿鞋……變大了就得赤腳踩在地上，可是這裡好髒……但現在……我想變大了……」

「為什麼？」

身邊金光閃爍，我的眼簾中映入了一雙赤裸的、通透如白玉的赤腳，如此乾淨美麗的腳，想必無論是誰都捨不得讓它們踩在這骯髒的地上吧。

「因為……我看見安歌靠在妳的肩膀上……感覺好像很舒服……所以我也想……」金髮垂落在我的右手臂上，我的右邊肩膀上多了一份重量。

我怔了怔。因為右眼被眼罩遮著，我無法看見現在的伊森，正因為無法看見，反而使得右邊的黑暗變得神祕幽深，也讓我右側的一切觸覺變得愈發敏感。

心臟明明在左側，此刻的我卻感覺到右邊迴盪著心跳，靠近他半邊的身體也慢慢熱了起來，包括我右半側的臉。我低下頭，他的手悄悄挽上了我的手臂：「瘋女人，我們是好朋友……」

「嗯……」我拿著芭蕉葉，呆呆看著那些冒著水氣的藥罐，腦中一片混亂……他這算是跟我撒嬌嗎？想籠絡我之後，再找機會跟我談那件事嗎？

「我以為妳會同意的，我是真心誠意地想請妳幫忙，但我現在知道我們的想法不同了……」

很好！我鬆了口氣，他終於明白我們的大腦回路是不一樣的。

「我以後不會再提了……對不起……其實我不是個下流的男人……」他輕輕說著，隨即抱著我的手臂，像是要把臉埋在我的手臂裡。

我轉過臉想看他，他忽然全身一緊：「別看我，我現在很不好意思……」

我僵硬地回過頭，忍不住笑了。平靜下來之後，我開始理解到伊森可能覺得我們是好朋友，才會把成人禮這麼重要的事交給我，這……算是我的榮幸嗎？

我揉了揉他的頭，他的金髮又軟又細。這是我第一次觸摸他，卻愕然發現自己不想放開，他的髮絲有著讓人愛不釋手的魔力。

「妳原諒我了嗎？」他輕聲嘟囔著。

我不好意思地點點頭：「嗯……」

「太好了……」他開心地抱住我的手臂，依然靠在我的肩膀上。

周圍再次變得安靜，我完全沒想到自己這輩子居然會有和兩個美男子一起在昏暗的地下城裡煎藥的一天，他們還各自靠在我的肩膀上，一個陷入安睡，一個略顯羞澀。

「對了，伊森，我剛才發現雖然你不在我身邊，空氣卻也散發著花香？」我收回揉著他腦袋的手，卻還是不捨地拉起他的一條髮辮在手裡把玩，金色柔軟的髮辮美麗而滿溢花香。

「應該是精靈之元造成的。」他說：「它對妳的影響正在增加。精靈之元是我汲取的自然力量，有陽光、植物、水、風、火等各種自然精華，其中花的精華讓我們精靈身上帶著花香，所以妳漸漸地也會散發花香，接下去不管是妳的口氣、妳的……」

「噗！」忽然，一個奇怪的聲音從右側響起，花香瞬間溢滿了空氣。

「怎麼那麼香？」我疑惑起來。

「那個……妳以後放屁也會是香的……」

「…………」

「然後……拉屎……」

「別說了……」

「別這樣～～」他又抱住我的手臂嘟囔起來，似乎也很不好意思：「我們精靈的糞便是最好的花泥，可以讓土地瞬間肥沃起來，農作物很喜歡我們的……」

「伊森。」

「什麼？」

「求你別說了……」

「哦……」

總之我明白了，精靈的全身都是寶，他們維護並使這裡的自然得以正常地生息。

和伊森和好後，他再次回到我的肩膀上，陪我去照顧病人。安歌也是。

讓安歌照顧病人也算是我有意為之，地下城的病人多半都是老人，我希望他看到自己的子民在挨餓，老人正遭受病魔的折磨。

對了，看來我下次應該去跟巴赫林換些藥材回來。

「小夥子啊，你是新來的？」老人們在一間比較大的石室裡養病，因為單獨分開實在太寂寞了。

在地下城養病其實很可憐，睜開眼是黑暗，閉上眼依舊是黑暗，所以我們平時會跟他們聊聊天。瑪莎

她們現在正在給老人餵藥餵食物，安歌不能說話，說話的是阿克爺爺。

瑪莎溫柔地看著阿克爺爺：「阿克爺爺，他是個啞巴，叫木頭，是那瀾的隨從。」

「是神女的隨從啊……」阿克爺爺笑著看向別的老人：「他是木頭，是那瀾神女的隨從……」其他老人頓時紛紛起身朝安歌行禮，感激地說：「您辛苦啦……」

安歌怔怔地蹲在阿克爺爺的石床邊，雖然石室昏暗，火光搖曳，但我依然看到他的銀瞳裡閃爍著點點水光。

「安歌要哭了！」伊森大驚小怪地喊：「神啊！安歌也會哭？他要哭了他要哭了！哦～～安歌王，您的淚水將會感動您子民的心，連我們精靈也會因為您那溫熱的淚水而感動得哭泣……」

……好想撞牆。伊森什麼都好，就是太煩了！

「您的淚水如同甘霖，潤澤您的大地；您的淚水如同佳釀，流入百姓心田；您的淚水……」

「別說了！」我忍不住大喝，聲音迴盪在靜靜的石室中，老人及女孩們疑惑地看向我，我頓時陷入尷尬：「我是說……別叫了……我聽到老鼠叫，看來真的要好好捉一捉老鼠，吵死了。」正說著，有什麼東西快速爬上了我的腿。

「吱吱吱吱。」

坐在老爺爺石床邊矮凳上的我低頭一看，發現有一隻黑老鼠爬到了我的腿上，抬起頭瞪著紅色的小眼睛向我挑釁。

「啊！」我驚叫一聲，忽然一隻手劃過我的面前，瞬間一把捉住了那隻黑老鼠，按在我的腿上。

「噁……」伊森噁心得縮緊身體。

安歌抓住老鼠時也露出了噁心的表情，之所以會抓住牠似乎是下意識的舉動。忽然老鼠扭頭，緊接著只聽見安歌「啊！」驚叫一聲放開手，老鼠頓時從我腿上竄離。安歌看向自己的右手。

「木頭你沒事吧？」

「沒事吧？」

「是啊，沒事吧？」

大家紛紛上前關心。我看到在安歌的大拇指和食指之間有一道傷口，正流出細細的沙粒。

「你被老鼠咬了？」我急急問他。

他看著我點點頭，但看起來並不是很在意。

「木頭被老鼠咬了？」

姑娘們也擔心地圍了上來，瑪莎立刻拿出乾淨的布給安歌擦拭。安歌看著大家笑了笑，抽回手，可是姑娘們哪裡願意？一個個上來強行按住他的手，他著急起來，一旁的阿克爺爺認真說道：「木頭，被老鼠咬不是小事，還是小心一點好。」

「對啊，還是讓我們幫你清理乾淨吧。」瑪莎格外認真地說。女孩們一起把安歌拉起來，急急帶著呆呆地看著她們的他前往地下城的醫藥室。雖然物資短缺，不過至少有紗布，至於消毒只能用白酒了。

當安歌出來時，我笑著問他：「被人關心的感覺怎麼樣？」

他默不作聲，只是一直看著自己被細心包紮的右手。

晚上圍坐在長桌邊吃飯時，大家看見他手受傷，紛紛問起怎麼了。現在一起吃飯的人愈來愈多，

寬闊的石室裡放了三張長桌，大家聚在一起很熱鬧，男人聊天，女人忙碌。

我說他的傷口是被老鼠咬的。

大家目露關心，拿起酒給安歌：「木頭，手既然受傷了，晚上就別打鐵了。」

安歌搖搖頭。

大家責備起他：「木頭，你怎麼這麼倔，讓你休息還不要？」

安歌坐在位置上比手畫腳，表示自己力氣大。

「傻木頭，不知道多少人想做那瀾姑娘的隨從呢，你還是好好去服侍她吧。」

「就是啊，你看扎圖魯多眼紅。」

「哈哈哈……」男人們和忙碌的女人們都笑了，笑聲直到扎圖魯和里約前來才停下。他們疑惑地看著我們。

「你們在笑什麼？這麼開心？」扎圖魯好奇地問。

大家竊笑不已：「沒什麼、沒什麼。總之讓木頭休息吧，木頭的手被老鼠咬了，聽說是為了保護那瀾姑娘才受傷的。」

安歌看向我，我笑了笑，對他豎起大拇指，他微微一愣。

「我不喜歡他這樣看妳。」伊森不滿地飛到我面前的桌上，盤腿坐起，充滿敵意地看著安歌：「讓我感覺不舒服。」

我沒有理他，因為我不能對著桌上的酒杯說話。

「木頭的手被老鼠咬了？」扎圖魯關心地看向安歌，安歌朝他點點頭，伸出右手。扎圖魯握著他的手，細細觀瞧。

這是多麼奇特的畫面——曾經敵對的兩個人，此刻卻坐在同一張桌子旁吃飯喝酒，扎圖魯甚至還關心起安歌的傷勢。

當初安歌捉弄扎圖魯時，可曾想過會有今天的這一幕？

當初扎圖魯憤怒反抗安歌時，可曾想過自己有一天會執起他的手，細細觀瞧？

明亮的火光中，扎圖魯的神情極為認真。安歌雖然以手勢表示不在意，但扎圖魯搖搖頭：「被老鼠咬還是小心為妙，怕有鼠疫。」

「你們怎麼都矜貴起來了？」里約看起來有些生氣，酸溜溜地說：「我們這裡很多人都被老鼠咬過，有什麼好大驚小怪的？難道就因為他是那瀾姑娘的隨從，讓你們一個個都寶貝起來嗎？」

里約的話讓熱絡的氣氛瞬間冷卻，我該封他為冷場王。這裡大多數的人之所以給他面子，是因為他是扎圖魯的兄弟、左右手。

扎圖魯生氣起來，放開安歌的手看著里約：「里約，木頭也是客人，更別說他還幫我們鍛造兵器，他的力氣對我們很有幫助。」

「有什麼了不起的！不就是抱得起一桶水嗎？我也行！」里約彎起自己的手臂，充滿了不服氣。

我終於忍不住說：「里約，我說你這副像女人吃醋的模樣到底是要給誰看？」

里約愣住了：「妳說誰吃醋？這話是什麼意思！」

「你還不懂嗎？」我看向大家，大家也默默地笑了起來，偷看有些懵懂的里約。我繼續開玩笑地說：「無論是誰靠近扎圖魯，或是扎圖魯對誰關心多一點，你就像吃醋的小媳婦到處刺人……我說得對不對？」

里約的臉刷地紅了！雖然因為整張臉灰濛濛的，無法準確研判，可是他的耳朵明顯紅了，臉絕對也是紅的！

安歌也露出取笑般的笑容看著里約。

我大聲笑道：「里約，你既然對我的隨從那麼不服氣，不妨跟他比一場吧，輸了就罰酒。」

「好！好！好！」登時，整個地下室沸騰起來，大家齊聲高喝：「比腕力！比腕力！比腕力！」

「砰！砰！砰！」眾人齊齊用木杯撞擊桌面。

里約瞬間不說話了。他其實只是嘴硬，真的要做時又退縮了。

他看向扎圖魯，扎圖魯也開始哄他：「里約！別讓那瀾把你當成我的小媳婦，像個男人一樣應戰吧！」

里約的眸光瞬間閃亮起來，像是得到了極大的鼓舞，立刻挽起衣袖：「來就來！來吧，木頭！」

覺得有些好笑的安歌坐到他對面，眾人圍了上來。里約握住了安歌的手，安歌對他擺擺手，把他的手移到自己的手腕上，表示要讓他。

里約生氣了：「你看不起我？」

安歌只是笑。

打鐵的桑格師傅往里約的後腦杓上一拍：「你就是嘴硬，木頭讓你你也未必會贏！」

里約不服地瞪著他。

伊森飛到一個木杯口上，近距離觀看巨人的腕力比賽。我發令：「開始！」

「砰！」

什麼？里約的手腕已經在桌上了？瞬間被ＫＯ？

由於情況太出乎預料，圍觀者一下子全傻了。原以為里約還會垂死掙扎一會兒，哪知道……

「哈哈哈……」全場瞬間爆笑如雷。

不甘心的里約跟安歌比了一次又一次，酒喝了一杯又一杯，直到喝醉趴在桌上，仍抓著安歌的手腕說：「再來一次……再來一次……」

待夜深人靜，人皆散去，地下城響起「叮叮噹噹」的打鐵聲時，我和安歌漫步在他曾經認為骯髒惡臭的幽暗通道裡，他拿著火把送我回房。

途中，他顯得相當安靜，像是扮啞巴扮上了癮。

「在這裡覺得怎樣？」我問他。

他看了我一眼，依然沉默不語。我笑著打了他一拳：「喂，你真的變啞巴了？」

他盯著我，再次低下頭：「這裡……挺好玩的。」說完這句話之後，他再也沒出聲。

「咳咳咳……」送我到房間時，他又突然咳嗽起來。

我有點擔心地看著他：「你有沒有覺得不舒服？」

他擰擰眉：「可能是因為這裡的空氣不太好，讓我很不舒服，不過跟妳在一起會好一點……妳睡吧，我也要去休息一下……」說完，他轉身回到自己的石室。情況實在讓人擔心，若是平時，他肯定還會「玩」我一會兒，現在卻連「玩」的精神都沒有了，看起來有些不太妙。

忽然，我的眼前金光閃爍，是伊森。他對我揮揮手：「不用擔心安歌，他是人王，應該只是熬夜

打鐵累壞了。」

「或許吧……」我回到自己房間，告訴自己，安歌是人王、是半神，不會有事的。

當伊森打算上床睡覺時，我把他的小軟墊放到了床腳旁，像我家的狗窩一樣讓伊森睡地上。他在空氣中呆呆懸停了一會兒，委屈地看著我，一邊用手攪動金髮：「妳說妳原諒我了……」

我也委屈地看著他：「我是原諒你啦！可是你睡著睡著就會突然變大，很擠啊。」

「我不會的……」他似乎快要哭出來了：「地上有大老鼠……」

「……你怕老鼠吃了你？」

他咬緊下唇，用力點頭。

我無語地看了他一會兒：「好吧，但你只能睡在我的腳跟旁。」

「好！」他一下子開心起來，自己飛下去提起了比他大上許多的軟墊。他提得非常費力，然後把小軟墊放在我腳邊，趴在上面拍齊整了，隨後滿足地蜷起。

轉眼已是安歌在這裡的第四天……他居然堅持了四天！我真的要對他刮目相看了。

我坐在鐵爐旁看著正在打鐵的安歌，他的技巧似乎越來越熟練了。據說昨晚他又工作了一個晚上，接著到藥爐那邊幫大家看爐子，還幫忙把藥端到老人們的石室裡，他的力氣大，一個人可以端很多碗藥。

我一直跟著安歌忙忙碌碌，四天下來，他已經適應了這裡的生活，完全成為了這裡的一分子。從無法忍耐到覺得這裡比皇宮好玩，從嫌東嫌西到毫無半句怨言……啊，他也不能說話就是了，木頭是啞巴。

當初讓他做啞巴，是怕人認出他的聲音，沒想到誤打誤撞反而讓他學會了容忍。因為他是啞巴，無法即時吼出任何不滿，不能立刻抒發心底的各種感情，只能憋在心裡。這些經過隱忍、沉澱、發酵的感情讓他的性格逐漸轉變，他學會了耐心、關心和責任心。

我驚嘆於他的成長，沒想到一個人居然可以在四天裡改變那麼多。看來改變安歌是可行的，他絕對可以成為一個好國王！

我的心裡頓時充滿了生機。我要讓安歌成為百姓們真正的希望，正如他自己所說的，他們的希望應該是安歌！我相信他會做到。

「那瀾姑娘！那瀾姑娘！」達子忽然急急跑來，身後還跟著其他少年。

打鐵的人們紛紛停下手邊的工作，安歌也朝這裡看來。

「怎麼了？」我看到少年們臉上著急的神情。

他們慌張地說：「不好了！安羽王帶兵來了！」

「什麼？」我大聲驚呼，安羽是要來復仇了嗎？我不由得看向安歌，卻發現他扶住打鐵台，擰眉咳嗽起來：「咳咳咳咳……」

桑格師傅有點擔心地扶他到一旁坐下休息。我看著他那包紮起來的右手，他該不會真的生病了吧？

我收回目光，看著達子：「扎圖魯呢？」

「已經出去了！里約大哥要我們來拿兵器，有多少拿多少！」

「不行！」我立刻攔住他們：「你們還沒做好準備，硬拚只會送死。我先去看看，你們不要輕舉妄動。」

南瓜事件之後，地下城的百姓更加信賴我，甚至連一直反對我的里約，也因為無法解釋南瓜開花而不得不臣服於我，儘管我知道他對我是口服心不服。

「安羽一定是來報復的，他最小氣了，脾氣比安歌還壞。」伊森在我身邊飛著。我隨達子他們急急趕往東面的出入口，那裡已經圍滿了惶惶不安的百姓。

「大家別怕，那瀾姑娘來了！」

達子的一聲高喊讓人群瞬間散開，百姓們流露出安心的神情。他們退到兩邊，並在我經過時紛紛行禮。

我在他們求助和信賴的目光中走上台階，迎向陽光。眼前的安羽騎在白馬上，領兵包圍了地下城的入口。他身穿一襲白衣，在金色的陽光下俊美得像尊天使，身後的陰暗卻讓人畏懼。

扎圖魯和里約等人正站在入口處，手挽手形成一堵人牆，保護城裡的百姓，並與安羽身後整齊的士兵對峙。

「扎圖魯，讓一下。」我站到扎圖魯的身後，他微微一驚，轉頭看我，面露憂急：「不行！那瀾姑娘，現在太危險。」

里約和其他人也扭頭朝我看來。我扶正眼罩，豪氣萬千地將手扠在腰上：「讓開！正因為危險，更不能讓你們站在前面！讓我去！」

我昂首挺胸，毫不畏懼地走上前。當扎圖魯還在猶豫時，里約已經放開手，讓我出去。

我站在安羽的坐騎前，安羽在高大的馬上冷眼俯視我。

「安羽，你這是什麼意思？」我仰臉問他。

他冷冷一笑：「妳的膽子是不是太大了？大到真的以為我不敢拿妳怎樣？」他忽然高舉右手，大喊了一聲：「銀之翼！」

現在是……什麼情況？

銀色的光束倏然從天空直落而下！這是雷神降臨嗎？

當光束落到他手中之際，一桿銀色的長槍赫然出現，長槍的槍頭下有著一對形如羽翼的翅膀！整個過程宛如索爾召喚神斧一般！

「那瀾姑娘！」

我瞬間呆立在安羽的馬前……這是什麼設定，居然還有召喚系魔法？

扎圖魯忽然把我拉了回來。無論是里約他們，還是安羽自己的士兵，所有人的神情都緊張起來，還帶著一絲畏懼，這絲畏懼顯然是因為那件兵器的出現。

「糟糕，神器來了。」伊森也揪住我的頭髮：「瘋女人妳要小心。」

銀光漸漸散去，安羽揚起充滿邪氣的冷笑，銀瞳裡的眸光愈發冰冷。他把銀槍舉到我的面前：「妳知道這是什麼嗎？」他的身上浮出了殺氣：「這可是神器，無論妳是什麼，我都能殺死妳！」寒光瞬間掠過，銳利的槍尖已經指在我的面前。

「那瀾姑娘！」扎圖魯急忙站到我的身前。安羽笑看著他：「哦？又是你？看來你已經成為她忠實的僕人了……很好，那就先拿你開刀！」說完，安羽的銀槍刺向了扎圖魯。

「扎圖魯！」我急急拽開他。此時一道人影閃過我們面前，猛地撞上了安羽的白馬！

「咿～～～～～～」隨著白馬受驚趔趄，槍尖也偏離了方向。

眾人大驚失色，士兵立刻舉起了手中的武器。安羽在馬上拽近轠繩，控制受驚的白馬。

在我們的身前，某個人衣衫飛揚地站在陽光下，身姿顯得格外偉岸。我怔怔看著他的背影，居然是……

「安歌？」伊森驚訝地飛到他面前，然後看向我：「真的是安歌！他打算暴露身分了嗎？」

不，正因為不想暴露身分，安歌才會用身體去撞安羽的馬。

終於讓馬兒平靜下來的安羽狠狠朝安歌瞪來，此時安歌卻猛然展開手臂，護住我和扎圖魯。

「找死！」安羽的槍朝安歌憤怒地揮來，我大吃一驚，立刻拖住安歌往後一步。槍尖停落在安歌的面前，安羽憤怒的神情裡忽然露出了一絲疑惑。

就在這時，安歌忽然在我身前趔趄了一下，扎圖魯立刻上前扶住他，憂急地說：「木頭！堅持住！」

然而安歌似乎真的無力站立，只見他虛弱地看了我一眼，癱軟倒地。

「木頭！木頭！」扎圖魯用力撐住他的身體。伊森上前圍著安歌飛了一圈，忽然捂住鼻子回到我身邊：「安歌病了。」

什麼！病了？我急忙上前，銀槍卻忽然揮落，攔住了我的去路：「現在妳可沒時間去關心別人。」安羽笑著說。

我憤怒地仰起頭來瞪著他，沉聲喝斥：「你會後悔的！」見到我冷若冰霜的神情，安羽一怔，銀瞳裡出現了片刻的失神。趁著這個空檔，我抬手握住了身前的銀槍──神器銀之翼，本來只是想推開它，卻沒想到奇蹟發生了！

金光忽然由我握住銀槍的地方出現，如同游絲般自我所握之處發散，銀槍瞬間在我手中化作金色的細沙，緩緩從我的手心飛向天空，神奇的景象讓在場的所有人大驚失色！安羽驚訝地看著飛走的神器，頓時傻眼。

這是怎麼回事？

四周陷入了從未有過的寂靜，眾人目瞪口呆，久久沒有回神。

伊森盤繞在那些金沙旁，許久後飛回我的身前，激動地說：「我明白了！我明白了！神器和我們都是由神所造，我們精靈之力對妳無效，神器對妳自然也無效！更不會攻擊妳！但妳還是普通人，所以普通的刀槍反而可以輕易殺死妳……妳是傳說中的第五元素！」

「第五元素……」我以只有自己聽得見的聲音疑惑輕喃，這不是電影《第五元素》嗎？我還看了不知道多少遍，就此徹底迷上布魯斯威利和裡面的藍皮膚女高音。

「就像大象吃獅子，獅子吃老虎，老虎吃貓，貓吃老鼠，老鼠反過來吃大象……」伊森用他的小手指在我面前畫了一個金沙圈：「神王制約我們精靈，精靈制約人王，人王制約人類，人類卻制約不了人王，這幾者之間的關係不能逆轉。原本人王是制約神王的，因為神賜予人王神力是為了讓他們保護人類，可是也有一個傳說──如果人王不再保護人類，神會派下第五元素，這個第五元素會取代人

王保護人類，並同時制約人王、精靈與神王。現在，妳出現了！我們精靈的力量對妳無效，人王的神器對妳也無效，如果神王的神力對妳依舊無效……天啊，妳就是傳說中的第五元素！但是妳要切記，妳制約不了人類，人類可以輕鬆地殺死妳；同樣的，人王如果不用神力和神器也能殺死妳，所以妳儘量不要讓別人知道這個祕密，要讓他們畏懼妳，不知道其實妳非常脆弱！」伊森說到最後，可以說是鄭重地叮囑。

也就是說，現在的我精靈殺不死、神器殺不死、神力殺不死，所有在原本世界的超自然力量都沒辦法威脅我？但相對的，刀砍得死我、火燒得死我、水也淹得死我，我還是一個普通的人。然而只要有伊森待在身邊，他不就可以保護我了嗎？因為他能對付不用神器的人王和人類……等等，我有點搞糊塗了，總之是不是只要伊森和我在一起，我們這個組隊就是無敵的了？

「是神……是神！」里約身後的百姓突然跪了下來，仰天大聲感激起來：「感謝神明賜福——感謝神明賜福——」

安歌在扎圖魯懷裡虛弱地看著我，銀瞳裡蘊藏著深深的不解。安羽身後的士兵則因為畏懼，紛紛向後退縮，軍心渙散。

安羽回過神，露出了與安歌同樣的困惑神情：「妳到底是什麼？」

咦，他不知道嗎？

伊森飛到安羽面前，得意地俯視他：「哈哈，你猜不出瘋女人是什麼吧？那是當然的！」他開心地聳聳肩膀，顫動翅膀，像是詩人般誇張地甩開手臂：「你這個不過活了一百五十年的凡人，怎麼會知道這些古老的神祕傳說呢？」

原來安羽他們不知道這些傳說……我忽然有了自信，傲然地抬起頭用一隻眼睛看著他：「我是那瀾！是獲得神明保護的那瀾！」

鏗鏘有力的聲音迴盪在天空之下，百姓們紛紛起身，如獲神明護佑一般露出了安心的神情。

安羽睜大雙眼，露出惱怒而不甘的神情，朝我大喝：「胡說！妳掉下來的時候明明差點就死了！如果不是我們，妳怎麼可能活到現在？」

安羽的大喊讓所有人陷入驚詫，他們終於知道了我的身分，目露敬畏地看向我。安羽，我真該謝謝你！

「那瀾姑娘真的是從天上掉下來的！」周圍傳來了低低的驚語。

「天啊！她真的是天神的使者！」

「我們終於有救了、有救了！」

「不不不，我聽說以前掉下來的神使會成為群王的奴隸。」

「不是的，我聽說成了群王的祭品。」

「咦，我聽說會成為大臣？」

「那瀾姑娘不會成為群王的奴隸的！」扎圖魯忽然朝低語的百姓們堅定地大喊：「她是神使，她會護佑我們！」

百姓們望著扎圖魯堅定的神情，似乎也得到了勇氣，他們紛紛上前，不再畏懼安羽和他的士兵。

這就是打仗所需要的士氣！扎圖魯是個好將帥。

不過是說奴隸……祭品……大臣……果然掉下來的人不少嘛！

我低頭深思，從百姓們的話中大致瞭解了掉下來的人的命運。伊森飛到我面前笑著說：「別擔心，妳是特別的，以前掉下來的人多半成了輔佐王們的大臣，很少有被殺害的。」

「很少」等於「有」，比方說那個被修解剖的可憐女人……

安羽狠狠盯視我的臉：「沒關係，無論妳是什麼，我都會搞清楚的！來人啊，封住地下城城內入口，不准任何人出入，我要餓死這群老鼠！直到……」他冷笑著，用手中的馬鞭指向我：「妳來求我！」他目光灼灼地盯著我，神態依然自負。

我狠狠地瞪著他……混蛋！居然用這麼無恥的招數！他知道城外是荒田，沒什麼吃的，所以沒有封鎖城外的出口。他這是在逼我們出城！

然而他身後的士兵卻遲遲不上前，他們的眼中此刻充滿對我的畏懼，看來我消除了安羽的神器似乎讓這些士兵怕我怕得不得了。也是啦，那畢竟是神器！突然就這麼在我手中灰飛煙滅了。如果誰把雷神的錘子也這樣毀了，地球上的人一定會嚇得尖叫的。

安羽抽回馬鞭，發現無人上前，瞬間浮出殺氣，陰沉地看向士兵們：「怕什麼？她不是什麼神，也保護不了所有人！如果她反抗，你們就抓街上的百姓，我相信……」他轉過頭來，揚起邪笑俯瞰我：「善良的那瀾姑娘一定不想看到無辜的人因她受傷吧？」

我氣得咬牙切齒！沒錯，我只是個凡人，儘管現在在這裡不算是，但那也只是能讓他們對我的攻擊無效，我卻不能狠狠地揍他們一頓，真是讓人生氣！

啊～～～～～～好抓狂！好想猛打安羽一頓！

安羽甩起馬鞭，挑釁地看了我一眼，隨後騎著白馬飛馳離去，颯爽的身姿想必能讓不少女孩動心，卻只有被欺侮過的人才知道他是天使面孔惡魔心。

我冷冷看著留下來的士兵，他們畏縮地站在遠處，也不敢逃離，就這樣與我們僵持著。

「糟了，木頭的情況很不妙。」耳邊忽然傳來扎圖魯的急語，我恍然回神，才想起安歌病了！

我急奔至扎圖魯身前。他半蹲在地上，此刻的安歌正虛弱無力地躺在他的懷裡，銀瞳渙散地看著我，並朝我輕輕地伸出手。我立刻握住，卻驚得雙手微微一顫——他的手好燙！

我趕緊摸了摸他的額頭，額頭也燙得嚇人！眼下安歌的情況似乎更加緊急了。我立刻說：「先帶他下去看病。」

「嗯！」扎圖魯沒有半絲猶豫地打橫抱起安歌。我回頭狠狠瞪了那些士兵一眼，那些士兵們驚嚇得又後退一步，隨後忽然急急拽過旁邊的一個百姓，他驚聲大叫。

我憤恨地咬著唇，伊森飛到我面前，認真地說：「瘋女人，我們寡不敵眾，我的力量也有限，保護不了所有的百姓，所以我們不如先撤退，下去再想辦法。」

伊森說的與我的想法一致。即使有他的精靈之力，也護佑不了這裡所有的百姓，更別說他的精靈之元在我身上，他的力量有限。

我恨恨地領著扎圖魯等人回到了地下城。

地下城被封了，人可以進來，但不能出去。許多百姓在上面沒吃的，又懼怕安羽的士兵，於是紛紛逃了下來，希望得到我的庇護。地下城裡的人越來越多，空氣也越來越差，老鼠又橫行無阻，隨時有爆發瘟疫的危險。

扎圖魯的人馬和安羽的士兵對峙不下，士兵礙於我而不敢上前。若在以前，他們會仗勢欺人地把

百姓們全趕回地下城去，但現在的他們不敢。

里約和其他人守住入口，一有情況便會向我和扎圖魯彙報。由於安歌的情況很不好，我們只能先退回地下城，再行商議對策。

扎圖魯一路抱著安歌疾行，安歌在他的懷抱裡虛弱得甚至無力睜開眼睛，誰也不會想到曾經專橫跋扈、耀武揚威又擁有神力的安歌王，此刻竟然會虛弱得像個女人，只能讓扎圖魯抱著。

扎圖魯把安歌抱到地下城唯一的老醫生馬利安那裡，所有人都圍在安歌身邊，擔心他的病情。

安歌的胸膛劇烈起伏，似乎呼吸得相當吃力，看起來異常難受。他以渙散的目光看向周圍，虛弱的臉上露出了內疚的神情，眼淚忽然自眼角滑落。他無力地閉上了眼睛，想把那眼淚藏起來。

我怔怔地看著安歌……難道他是感動了？因為感動而對這些關心他的百姓而感到內疚？

不知怎地，我的鼻子發酸了。我這是怎麼了？居然為了安歌的感動而感動？我這是在瞎感動個什麼勁？

「是我們讓他太操勞了，這小夥子好幾夜沒睡，只為了幫我們鍛造兵器。」桑格大叔難過地說著。

「不，是我們。」瑪莎也難過得落淚：「他一直在幫我們照顧老人和煎藥，應該是染上病了。」

我還是無法相信地看著安歌，他是人王！怎麼也會生病？

伊森像是看出了我的疑惑，站在我的臉旁說：「沒想到人王其實也這麼脆弱對吧？他們其實跟普通人沒兩樣，除了不老不死還有那麼一點神力，其他都是相同的。他們也會感到疼、會生病、會骨折、會感到飢餓口渴和疾病帶來的痛苦……」

原來人王的感覺跟凡人是一樣的，那我當初刺夜叉王修的一刀，是不是也讓他感覺到刺心之痛和臨死之際的痛苦？我忽然明白為何阿修羅王會這麼恨我了，在他看來，我的確是殺死了他最心愛的弟弟修，讓修陷入死亡的痛苦。

是我太不把人王當人了……

馬利安醫生的神情越來越凝重，他在扎圖魯的耳邊低聲說了幾句，扎圖魯驚訝地睜大雙眼，看了看正在痛苦地與病魔對抗的安歌，急急與瑪莎耳語，瑪莎也大吃一驚。

眾人察覺到了不對勁，著急起來。

「扎圖魯、瑪莎，木頭到底得了什麼病啊？」

「是啊，快告訴我們啊，我們急死了！」

瑪莎和扎圖魯對視一眼，臉色有些發白，勉強地笑了笑：「沒事，只是一般的高燒，你們大家回去吧，木頭過兩天就好了。」

大家這才露出放心的神色，紛紛跟安歌告別，要他好好休息。

安歌無力地睜開眼睛，也露出讓他們安心的微笑，直到大夥兒離去後，他才徹底不支地昏睡了過去。

見大家離開，我立刻上前：「所以他到底得了什麼病？」

瑪莎難過地轉身哭泣起來，扎圖魯扶住了她的肩膀：「妳也回去吧。」

「嗯……」瑪莎哽咽地離去。這態度可不像是普通的高燒啊？

扎圖魯看向馬利安醫生，他嘆了口氣，搖搖頭：「是鼠疫，應該是老鼠咬他的時候得的。」

我頓時愣在原地！怎麼會是鼠疫？

馬利安醫生開始用石灰水洗手消毒，接著要扎圖魯也過去。

「那瀾姑娘……鼠疫……會傳染……所以……」

大腦嗡嗡作響的我打了個趔趄，身體微微搖晃：「我明白的……鼠疫嚴重的話會引發黑死病……我會帶他離開……」直到此時，我依然無法相信安歌會病重垂危。

「可是那瀾姑娘也會染上的。」馬利安醫生憂急地說。

我抬起頭，看著馬利安醫生和擔憂的扎圖魯，揚起了乾澀的笑容：「沒事，我是神女嘛！我照顧病人那麼久，你們哪次看我病了？」

我不信……我真的無法相信。

馬利安醫生嘆氣搖頭。扎圖魯擔憂地看著我：「那我跟妳一起！」

「不行！」我和馬利安醫生幾乎異口同聲。扎圖魯一愣，馬利安醫生握住他的手：「扎圖魯，染上鼠疫的人必死無疑……」

什麼？我的腦中一陣恍惚……必死無疑……安歌……會死？

「大家現在最需要的是你，你絕對不能倒下！」馬利安醫生語重心長地說著，但他之後又說了什麼，我已經無法聽見，因為我的腦中只迴盪著四個字——安歌會死……

「真的沒辦法醫治了嗎？」我打斷了馬利安醫生的話，他無奈地看著我。我焦急起來：「抗生素呢？不是說四環素可以治嗎？宮裡呢？宮裡能不能治？」

我失控地激動起來，雙手撐在安歌的病床上，朝馬利安醫生大吼，震得他一愣一愣：「什麼……

抗生素？四環素？」

我絕望了，看來安歌徹底沒救了……

扎圖魯大步走到我身邊，握住了我的手臂：「那瀾姑娘，冷靜！」

「你要我怎麼冷靜？他快死了！」我失控地大吼，內疚湧上心頭，眼淚奪眶而出：「你知道他是誰嗎？你知道嗎……」我哽咽起來，掩面哭泣：「是我害了他……是我害死了他……」

「那瀾姑娘，木頭得鼠疫我們都很難過，但這是意外……」

「不是的！」我大吼一聲，甩開了扎圖魯握住我的手，他擔憂地看著我。我捂住嘴，心裡因為內疚而疼痛不已……是我害了安歌，是我！

「無論如何，都必須儘快將他轉移。」馬利安醫生在一旁輕輕提醒：「現在地下城裡的百姓越來越多，空氣也很差，一旦鼠疫爆發，後果……不堪設想……」

扎圖魯在我身邊擰緊了拳頭：「不！送走木頭太可憐了，那瀾姑娘會更傷心的！」他難過而心痛地看著我，我顫顫地呼吸，伊森飛到我的面前，伸手輕輕擦去我的眼淚。

我漸漸冷靜下來，在伊森心痛和哀傷的目光中拭去了淚水：「我陪他，我會一直陪著他，把他送出去，送到城外破廟那裡。馬利安醫生說得對，不能讓鼠疫擴散。」我沒想到這裡的醫術會這麼落後，而現在我又不能說他是安歌。

現在地下城的百姓情緒很不穩定，與安羽王的對抗也越來越激烈，甚至一觸即發，如果讓大家知道木頭就是安歌王，而且還如此虛弱，難保不會有人煽動民憤殺害他。

我還是先把他單獨隔離比較好。

馬利安醫生找來了一塊大麻布，把安歌整個包起來，才讓扎圖魯抱起他離開。伊森一直靜靜飛在我身邊，不再說話。

我們悄悄把安歌抱出了東門，荒蕪的神廟裡射入了一束束陽光。我把車開了上來，放平座椅，讓安歌睡在上面，然後再用大布遮起，形成了一個隔離的移動房間。

扎圖魯脫去最外面的衣服，直接點燃，我和他站在燃燒的衣物旁，久久不語。然後我摘掉了繃帶，也扔入火堆中，安歌都要死了，我還裝什麼腔、作什麼勢？

「那瀾姑娘，您的手好了？」

「嗯……」

扎圖魯看了看我的右手，低下頭：「那就好……」

衣服在我們面前燃盡，火焰漸漸熄滅，一陣風吹過，帶起了地上的灰燼，滾向遠處。

「那瀾姑娘，您……真的不怕鼠疫？」扎圖魯擔憂地看向我：「您說過您只是……」

「我們上面醫學發達，每個人出生已經打了很多疫苗……」我無法說是伊森護佑我，只能這樣半真半假的胡編……

「疫苗……是什麼？」

「是可以防止生病的一種藥物……」好沉重，我無法承擔又一個王在我手中死去的責任。

扎圖魯目露羨慕地仰起臉：「那真好啊……一個沒有疾病的世界，不就是神域嗎？」

我轉身走回越野車旁：「扎圖魯，稍後麻煩你帶些日常用品、食物，還有乾淨的水上來……」

「那瀾姑娘要一直陪著木頭？」

「嗯……因為這是我的錯……」

我沉痛地掀開布角，踏上了越野車，坐在安歌的身旁，他的身體依舊滾燙，嘴唇已經完全變白，整個人也顫抖不已。

坐在駕駛座上的我握住了他滾燙的手，內疚得想死：「對不起……對不起……對不起……」我只能不停地對他說對不起，但這又有什麼用？

外面漸漸安靜，只聽見風的聲音。

「瘋女人……別難過了……」伊森飛落安歌的身上：「老鼠會咬他純屬意外……」

「是我帶他來地下城的！」我無法原諒自己帶安歌下來，卻沒有保護他的安全。

我充滿一線希望地看伊森：「你能治好他嗎？」

伊森抱歉地搖搖頭。

「為什麼？為什麼你能保護我不生病，卻不能保護他？」深深的內疚讓我再次失去冷靜，責怪起伊森。

伊森的金瞳裡閃爍著哀傷的目光：「我只能保護妳不受傳染，如果妳被老鼠咬了，我也不能救活妳……」他忽然急急飛起，抱住了我的臉：「我忽然好怕老鼠也咬妳，妳也得了鼠疫，如果妳變成這樣，我一定會傷心得想死……」他難過地哽咽起來：「妳一定不能有事……不能有事……」他擔心至極地不斷重複。

伊森的憂切和擔心令人感動，他的單純和真誠讓我反而覺得慚愧。他在擔心我的時候，我卻還在責怪他，我真是太不該了。我為什麼會突然變得六神無主，變得如此心慌失措？

還記得當初我刺死了夜叉王修時，滿心只有殺人的恐懼，對他的死毫無感覺，不會這樣心痛、傷心及情緒失控。

我瞬間怔在車廂裡，我對安歌……產生了情誼，我把他當朋友了！所以才會在他生病時擔心，在得知他的病回天乏術時內疚到慟哭。

是的，安歌是我的朋友！我絕對不允許安歌死！

「安歌！我絕對不會讓你死的！我現在就帶你回宮治療！」皇宮裡總有好藥材，或許能救活他。

我替他蓋好毯子，右側的手腕卻忽然被一隻滾燙的手握住。我驚喜地朝安歌看去，發現他微微睜開眼睛，蒼白的唇正艱難地開啟。

「安歌，有沒有好一點？堅持住，我帶你回宮！」我握緊他扣住我的手，不斷地鼓勵他，伊森也飛落安歌臉邊，靜靜看著他。

安歌卻搖了搖頭：「不……」

「什麼？」

「不……不能回宮……」他氣息微弱地說著：「遊戲……還沒結束……」

我的火氣一下子上來了：「你都快死了，居然還念著遊戲？我帶你回宮醫治，治完我們再繼續玩！」

「不……不……」他依舊搖著頭：「回去……就輸了……會……會一輩子……當太監的……」

我氣得抓狂，火大地抓了抓自己的頭髮：「算我輸！算我那瀾輸好嗎？我求求你回宮治療好不好！」

「呵……不好……咳咳……」他咳了兩聲，揚起壞笑：「我們……打過勾的……」他緩緩抬起了左手，小拇指勾在空氣之中，我頓時潸然淚下，握住了他的手，哽咽難言：「都是我害了你……都是我……對不起……安歌……所以……請讓我彌補吧……」

「沒用的……」他無力地吐息：「我全……聽見了……我得的……是鼠疫……回宮……只會害了別人……就讓我……在這裡……堅持到底……那瀾……我會……贏的……會……贏的……」

我握緊他的手，掩面哭泣：「嗯……你會贏……」

「還有……幾天……」

「三天……」

「呵……沒幾天了……呵……」他吐出一口長長的氣，再次昏睡了過去，只留下我待在他的身邊，陷入深深的愧疚。

我握住他的手，久久沒有說話，然後呆呆坐在座椅上，看著布外的陽光變成了金黃色，隨後夜色吞沒了天際。這段期間裡，扎圖魯似乎曾經來過，把我需要的東西放在車外，好像跟我說了什麼，又好像嘆了口氣走了……

我一直陪著安歌，他一直陷入昏睡。當一切被黑暗吞噬之際，只有伊森的身上散發著淡淡的金光。他靜靜抱膝坐在方向盤上，從前面的厚布縫隙窺看外面的月色。

忽然間我回魂了，問伊森：「人王不老不死，那他們生病死去會活過來嗎？」

伊森因為我突然說話而驚了驚，轉過身來：「這個……不知道……只知道殺不死，而且也沒聽說哪個人王會病死，因為他們從來沒生過致命的病。殺死和病死……應該是不同的吧……而且如果把人

王的頭砍下來，他們還是會死的……」

伊森的話徹底打破了我最後的希望。難道我就這樣坐等安歌死？不……不！這樣我會發瘋的！我不能眼睜睜看著安歌在我身邊漸漸死去，我卻什麼都做不了！我會一輩子帶著愧疚感活下去，永遠無法原諒自己害死了安歌。

他頑皮點又怎麼了？他幼稚點又怎麼了？他惡劣點又怎麼了？至少他可以在他的皇宮裡快活地玩樂，和笑妃還有安羽一起玩，不會像現在得了致命的鼠疫，最後孤獨地死在這座荒廟裡。

導致他走向死亡的，又是我這個人王殺手——那瀾。

「為什麼要留下來陪我……」

安歌忽然再次醒轉。黑暗之中，蒼白的月光從布的縫隙裡灑入，落在他的身上，讓他看起來愈發蒼白。他的模樣比之前還要糟糕，不僅顫抖得更加厲害，甚至有些抽搐。

我俯下身抱住了他顫抖的身體，內疚地懺悔：「因為……是我害了你……」

「我得的是鼠疫……妳不怕嗎？」他說話的聲音，也開始顫抖起來。

「別說了，我們是朋友，不管你信不信，我已經把你當做朋友。我會一直陪著你的。」

「朋友……」他的嘴角扯出了一絲苦笑：「我……配嗎……」

「配，你配！」我趴在他的心口哽咽地說，好怕下一刻他的心跳就會在我的耳邊消失：「我去拿水來，你會好起來的。」

「不……」他無力地伸手抱住了我的身體：「我好冷……好冷……別留下我……一個人……在黑暗裡……」

我咬了咬唇，忍住了淚水：「好……我不走……」

他的呼吸在我的擁抱中漸漸平穩，那無力的、微弱的每一次呼吸，都牽痛了我的心。

伊森飛出去取來了水，我扶起安歌，替他灌了點水，接著抱住他，讓他靠在我的身上。我為他能做的也只有這些了……但這些又怎能彌補我對他的愧疚？

「如果我生病，妳也會這樣對我嗎？」伊森飛到我的面前，漂亮的金瞳有些羨慕地看著安歌。我難過地說：「別胡說，我更希望你們都不要生病？」

伊森低下頭：「對不起……但我現在好羨慕安歌，能被妳這樣抱著。」

我看了看他，伸出手：「來吧。」

他笑了，飛到我的手臂上。我彎起手臂，托住他的身體，像是一張小床般讓他躺在我的臂彎裡。他貼在我的身前，逐漸安靜地睡去。

我在他和安歌的呼吸中開始陷入迷茫，我到底該怎麼辦？

布外夜色深沉，金沙的流雲從縫隙中而過，如白駒過隙。時間無法停留，即使再不願意，人依然要迎來明天。

安歌時睡時醒，醒來時我給他餵水、食物和一些湯藥，馬利安醫生說那些藥只能讓他好受一點。

被安羽封在地下城下的百姓情緒越來越躁動，很多年輕人開始響應里約的號召，準備起義。

安羽封地下城不是個明智之舉，他讓地下城變成了一個大罐子，貴族與平民的矛盾在這個罐子裡不斷地發酵、升溫，直至爆發。

讓我難過的是，里約利用我的神使身分鼓動大家起義，說有了我的庇護，起義必然會勝利，安歌、安羽絕對會被打敗。

瑪莎為我送來了清水，看起來有些心事重重。

「怎麼了？瑪莎？」我接過水罐，她難過起來，捂上心口：「那瀾姑娘，扎圖魯他們會贏嗎？」

我一時不知道該說些什麼才好。「對不起……瑪莎……我……」我像是韋小寶一樣夾在天地會與康熙之間。現在地下城的百姓群情激動，只怕不是我一兩句話可以阻止的，我無法許諾如果他們不起義，依然可以得到幸福的明天。我拿什麼給？

「還有……」瑪莎欲言又止。我握住了她的手，她的手好涼，看來扎圖魯起義讓她極為擔憂。

「說吧，瑪莎。」

她看了看地上的食物：「我們的食物……快沒有了……那瀾姑娘……怎麼辦……」

地下城一下子多了那麼多人，而現在安羽又封了城內的出入口，只留城外，城外已是荒田，何來食物？

我握了握她的手：「知道了，食物的事我來想辦法，妳幫我去拿一下紙筆……」

「咳咳……咳咳咳……」身後忽然傳來了安歌猛烈的咳嗽聲，我立刻轉身，伊森探出頭來：「安歌醒了！」

「妳去照顧木頭吧。」瑪莎哀嘆地看了看被布包住的車，嘆息離開。

我掀開布角，安歌正費力地咳嗽，伊森飛在上方搖搖頭：「他看來堅持不了多久了……」他雙手抱心，難過地低下頭，像是在為安歌祈禱。

我把車前的布掀開，好讓太陽完全曬在安歌的身上，並調整他的座椅，讓他能稍稍坐起來。他的呼吸變得平順了許多，微微睜開了眼睛。

我著急地看著他：「安歌，我還是把你送回皇宮吧，至少那裡比這裡舒服！」

他揚起蒼白的唇，搖了搖頭：「我是……不會……認輸的……咳咳咳……」

我著急地跺腳：「你怎麼那麼倔強呢！」

「呵……因為……我是男人……咳咳咳……我要遵守誓約……咳咳……」

我緊握方向盤，想了想：「不行，我現在就把你送回去！」

「妳敢！」他像是用全身的力氣嘶吼出來：「妳想害死我王宮裡的所有人嗎！」

我的手從方向盤上滑落。安歌是個好人，我以前只看到了他的頑劣和邪惡，沒有看到他心底的那片善良和柔軟。他知道自己得了鼠疫，寧可讓自己在這裡慢慢等死，也不想為了貪圖舒適而傳染給別人。

「呵……我真沒用……」他在我身邊輕笑起來，精神在陽光的照射下似乎好了一些，身體也不再顫抖。「我現在……才知道做一個平民……是那麼地難……咳咳……咳咳……他們……在那麼艱苦的環境下生活……而我……卻連七天也活不了……咳咳……」

「我去給你拿水……」

他拉住了正準備離開的我，我看向他，他睜開了銀瞳，面露微笑：「那瀾……謝謝妳……」

他說……謝謝我……

我的心裡瞬間百味交雜，苦澀難嚥。

「不要……阻止……扎圖魯他們……只有他們……才能讓人知道……安都有多麼地……糟……咳咳……」安歌看著我的臉，我沉默地點了點頭。他緩緩回過頭看向前方：「我想……留在這裡……可以……好好看著我的土地……」

神廟的對面是大片大片荒蕪的土地，長滿雜草的土地在陽光下顯得空曠而荒涼，現在本該是穀物豐收的季節，卻看不到金色的稻浪，也看不到在田地裡歡慶豐收的景象。

「是我的錯……我的錯……」安歌面對荒蕪的天地，開始輕輕自喃，我默默地坐在一旁。安歌知錯了……老天卻不給他彌補的機會……

過了一會兒，扎圖魯給我拿來了紙筆。他看見靜靜地在汽車裡曬太陽的安歌，安心地笑了：「看來木頭好些了，真好。聽說也有人從鼠疫裡挺過來的。」

我看向安歌，他依然看著前方，似乎沒有聽見這番話。我嘆了一聲：「但願吧。」

扎圖魯蹲下身，把紙筆攤開，我也蹲了下來。他看向我：「那瀾姑娘要紙筆做什麼？」

「寫信給巴赫林。」說完，我拿起筆……不對，我不會寫這裡的字啊！於是我又把筆遞給扎圖魯：「你來寫，我不會寫這裡的字。」

扎圖魯一愣，像是不相信，但我在一旁已經說了起來：「親愛的……巴赫林少爺……」

他的臉有些僵硬，沒有落筆：「那瀾姑娘……您確定要這麼寫？」

我疑惑地看著他：「怎麼了？」

他面色有些羞窘，尷尬地轉開臉：「親愛的……是情人之間的稱呼。」

「原來是這樣！那就寫巴赫林少爺。」差點寫成情書。

但扎圖魯還是沒動筆，我又疑惑地看著他：「你怎麼還不寫？」

他的臉更紅了：「我……也不會寫字……」

「……」天啊，真是文盲遇上文盲。可見讀書有多麼重要！不會被一封信給憋死。

我拿過筆，開始畫了起來：「你到時候只要把這張畫交給巴赫林少爺，他就會送來食物。」

「什麼？那瀾姑娘您說什麼？」扎圖魯無法相信地看向我：「巴赫林少爺可是巴依老爺的兒子，他怎麼會……」

「這就是你們的偏見了。」我打斷了扎圖魯，一邊畫一邊說：「壞人的兒子不見得就一定是壞人。巴赫林少爺是個很不錯的人，真該讓你見見他，他讀了很多書，有機會讓他教你們讀書認字好

了。總之你相信我，只要說是我要你給他的，他肯定會把食物送來。」

我把畫好的圖給他，扎圖魯看著圖。圖上是一輪明月，最近是月初，所以我畫了彎月，然後是前往神廟的路，一輛牛車在路上奔跑，上面是巴赫林和食物，而在神廟口，正是我那瀾在期盼等候。

扎圖魯仍然有些半信半疑地收好了畫，隨即又面露煩惱：「可是我進不了貴族區。」

我也發愁起來。既然我現在跟安羽鬧僵，他肯定又重新下了命令，不讓我離開地下城，自然也不可能讓我進去貴族區了。

我擰眉發愁地瞄了瞄扎圖魯，把他拉起來看看他的臉，再看看他身上的衣服……有了！

我笑了：「你先把自己洗乾淨，記得把頭髮也洗了，然後穿上一套乾淨的、款式簡單的衣服過來，有補丁不要緊，最重要的是顏色淡、顏色少，最好是同一色系的衣服。」

扎圖魯有些愣怔，但還是照我的話去做了。不久後，他有些害羞地站在我面前，讓我的眼前登時一亮。

他灰濛濛的臉洗乾淨後，現出了健康的小麥色，洗淨後的長髮則是棕色的，半乾的長髮垂在身上，幾縷棕髮垂在他的臉側，形成了一道柔美的弧度。濃眉大眼使他的眼睛無比閃亮，立體的五官讓他像是中俄混血的草原大汗，乾淨的衣服更加襯出了他健碩的體魄，讓他整個人看起來器宇軒昂。因為人長得威武英俊，還帶出了一種天然的貴氣，只需要稍加修飾，就能成為一個真正的貴族！

「怎麼樣？木頭？」

我讓安歌看扎圖魯，安歌微笑地眨了眨眼睛，豎起大拇指。

扎圖魯的臉在安歌的誇讚中更加羞紅。我拿起調色盤和顏料，正色看向扎圖魯：「你現在不要亂

動，我要讓你成為貴族！」

扎圖魯不解地看著我。我笑了起來，他在我的笑容中漸漸失神。

伊森好奇地飛過來，和安歌一樣困惑地看我想做什麼。

我沾上了淡粉色的顏料，開始塗在他的身上，扎圖魯完全愣住了。我要在他的衣服上畫出一件華服來！伊森興奮地在我面前飛來飛去：「這個有趣。」

「閃開，你擋住我視線了。」我揮開伊森。扎圖魯以為我是在說他，還往旁邊跨了一步。

我呆呆地拿著筆，面前原來要畫的位置上只有空氣，伊森在旁邊偷笑起來，我白了他一眼，再次挪到扎圖魯面前：「我不是說你，剛才有隻蒼蠅在我面前飛來飛去。」

「你說誰是蒼蠅？」伊森鼓起臉，生氣地嘟起嘴。

我沒搭理他，繼續我的畫。

片刻後，扎圖魯身上的衣服已經變成了一件淡粉色百花花紋的胡服，花紋在他左側腰際，遮住了那裡的補丁，不會讓整件衣服看起來太過花俏。

為了證明是我派去的人，我還在腰間的花上繪上蝴蝶，右側胸口的空白處也點綴了幾片花瓣與幾隻小小的蝴蝶。

「好了！大功告成！」

我拍拍手，對自己繪製的裝飾很滿意。

扎圖魯愣愣看著自己身上瞬間變得高級的華服，完全目瞪口呆。只是這件衣服還欠缺一點上等絲綢的光澤，我對伊森眨眨眼，趁扎圖魯出神時嘴唇不動地低語：「加工一下……」

伊森瞇起眼睛，還在生氣：「憑什麼我要聽妳的？」

「嘖！」這隻蒼蠅居然跟我討好處？

我看向他，用左眼給他拋了個媚眼：「不然我也幫你畫一件？」

他呆呆地看了我一會兒，金眸不停眨動，接著忽然睜圓了雙眼，金色的翅膀在後面快速震顫，倏地繞著扎圖魯飛了起來。

我立刻故弄玄虛地對著扎圖魯的衣服吹氣：「我再加工一下，呼………」

金沙隨著伊森飛過，點點撒落扎圖魯的衣衫，瞬間讓整件衣服在日光下閃起了迷人的絲綢光澤，看得扎圖魯更加驚訝。

我開始幫他編長髮，在以前換來的華貴頭飾裡找出一根金繩纏繞，接著把他拉到左側後視鏡邊：「你看，怎麼樣？」

他看向鏡子，驚訝不已。

安歌在一旁看了看，忽然在懷中摸索起來，摸出了一對耳環和兩枚戒指給扎圖魯。扎圖魯怔怔地看著他手心裡的首飾，面露驚訝。

安歌無聲無息地再次伸了伸手，我直接拿過來替扎圖魯戴上。

「好，現在你就是個貴族了！放心吧，你進貴族區不會有人攔你的。」

扎圖魯愣愣地盯著安歌。安歌長長舒出一口氣後，再次陷入昏睡。

「走走走。」我拉著扎圖魯快步走，一邊走一邊囑咐：「記住，進貴族區時要表現得自然一些，明白了嗎？」我把他推出了神廟，但他依然看著安歌的方向出神。

我奇怪地看著他：「你在看什麼？」

扎圖魯怔了怔，指向安歌：「他……」他隨後頓住了話音，眼神閃爍了一下，轉過身去：「沒什麼，我先走了。」

我舉起拳頭：「嗯，加油！我等你的好消息！」

扎圖魯回頭朝我笑了笑，那笑容樸實無華，在陽光下格外純淨。

「妳答應要幫我畫畫的。」伊森飛到我耳邊用力提醒。

我一邊目送扎圖魯遠去，一邊說：「知道了，現在就幫你畫好不好？」

「不要，這顏料太差，我要用巴赫林給妳的花香顏料，還要用玫瑰花露化開……」他在我旁邊飛舞，如同吟詩一般。我下巴脫臼地看著他：「用什麼……玫瑰花露？那得等到多久才有一碗水？」

伊森僵住了身體，抽了抽小金眉。

這又不是油畫，就算是油畫好了，只有一兩滴花露也不行啊！於是我懶懶看他：「既然王子殿下您自己要求要用玫瑰花露，那請自行準備好足夠的花露後，小的再為您作畫！」

他煩惱地雙手環胸，擰起纖細的金眉，此刻他終於感覺到麻煩了吧？呵呵！自己的事自己做，我才沒工夫幫他一點一點收集花露呢！這位王子可真矯情。

扎圖魯與巴赫林的會面似乎相當順利，他直到下午才回來，回來後顯得很激動，在神廟裡來回徘徊，然後又坐在台階上一個人靜靜沉思，即使里約來問他事情，他也顯得心不在焉。里約看著他身上的華服和首飾，面露不悅地走了。

扎圖魯繼續坐在台階上望著夕陽西下，看著橘色的光芒灑滿前方的荒田。照顧完安歌後，我輕輕

坐到他的右側，因為這樣我的左眼可以看到他。

「扎圖魯你怎麼了？回來後一直不說話？」

伊森飛到我的膝蓋上，側著臉和我一起看扎圖魯。扎圖魯將雙手交握在下巴下，雙肘撐落自己的雙膝，凝視前方：「那瀾姑娘，我們是不是錯了？」

我和伊森相視一眼，繼續看他。

「也許我們反抗安歌的暴政沒錯，可是……去仇恨每個貴族是不是錯了？」他著急地解釋了一下，再次沉思起來：「巴赫林少爺……真的跟巴依老爺完全不同……」他的視線落在遠處雜草遍及的荒地：「我們只知道種地，真的能做好王，管理好我們的安都嗎？那瀾姑娘，我甚至連字都不會寫！」他朝我轉過臉，有些激動地舉起雙手：「我們只會種地，不會拿筆，但我知道要讓安都的百姓過上舒服的日子，只會種地是遠遠不夠的，我們什麼都不懂……」他的眸光變得黯淡：「我連自己的名字也不會寫……」

我看著扎圖魯開始陷入迷茫困惑的臉，在見過巴赫林少爺之後，他似乎產生了自己能否讓大家幸福的迷茫。

從他舉起的十指之間，我看到一輛牛車正奔馳而來。我笑了，拍了拍扎圖魯的肩膀：「有時做事不要有那麼多顧慮。農民怎麼就不能做官做王了？只要是一個正直的、心中有百姓的人，即使他不會寫字，也會帶百姓走向幸福。不會寫字怎麼了？你那時候是王，可以叫巴赫林幫你寫啊。」

「咦？」他有些愣征，呆呆的臉在緩緩升起的月色中看起來有些可愛。

「噠噠噠噠！」扎圖魯聽見了牛車的聲音，立刻轉身看去，隨後欣喜地站起來：「巴赫林少爺真的來了！他果然遵守了約定！」他看了我一眼，笑了起來，激動地迎向漸漸減速的馬車。

猶如我那幅畫一般，巴赫林把裝滿食物的牛車停在神廟前的空地上，扎圖魯迎了上去，我也站起身。伊森飛了起來，繞過我的眼前坐在我的頭頂：「巴赫林這個人倒是真的不錯。」

巴赫林跳下馬車，跑向我。我走向台階，在月光下感激地看著他紅撲撲的臉：「謝謝你，巴赫林少爺。」

他有些靦腆地低頭笑了笑：「那瀾姑娘的求助，我巴赫林絕對會幫忙的。」

我笑看他：「這是你第一次出城吧？」

「嗯。」巴赫林點點頭，環顧四周，目光落在對面荒蕪的土地上，露出了哀傷的神情：「是啊，比我聽到的更糟，如果現在把種子種下去，應該能趕上一季的收穫。我們安都四季如春，非常適合種植穀物，沒想到現在居然變成這樣……」他痛惜地看著周圍的一切，神情憂國憂民。

扎圖魯牽來牛車，再次感謝地看向巴赫林：「赫林少爺，謝謝你。」

巴赫林抬起手，毫不嫌棄地拍了拍扎圖魯：「別叫我赫林少爺，我們巴家對不起你們太多了。」他一邊說著，一邊幫扎圖魯拉起牛車，使得扎圖魯對巴赫林愈發刮目相看。

我原以為巴赫林是書呆子，胳膊細腿細，沒想到人家基礎好，本來就是草原民族的血統，做起體力活來一點也不輸扎圖魯。

他們一起奮力把牛車拽上神廟那三級台階，兩個人在車後面用力推，牛兒也賣命地吼：「哞～～哞～～」我也在旁邊一起幫忙。正忙碌著，忽然整輛車被抬了起來，瞬間離地。只見安歌抓住牛車的一邊，慢慢抬了起來，扎圖魯和巴赫林頓時看傻了眼！

安歌用一塊布包住自己的嘴鼻，像是怕自己的鼠疫傳染給他人。他抬起牛車往上送，不僅是扎圖魯和巴赫林愣住，我也一時呆立在旁邊。

一道金光掠過我的面前——是伊森飛到牛前，指揮牠上前：「上來、上來……對～～對～～乖～～真乖～～」牛兒聽話地前進，伊森一邊摸著牛兒的頭，一邊柔聲讚賞：「你是最棒的～～真棒～～」牛兒開心地甩了甩耳朵，跟伊森撒起嬌來。

我們愣愣看著牛車被安歌直接搬上台階。

他的腳步在月光中微微一個趔趄，身體軟了軟，但他依然沒有鬆開牛車，而是慢慢放下後才單膝跪地，扶在牛車邊猛烈咳嗽起來！

「木頭！」扎圖魯回過神，急急朝他跑去，安歌見狀連連擺手，打算撐起身子，卻似乎起不來，只能匆匆往我的越野車方向後退。

我立刻拉住扎圖魯，儘管心裡難過，卻也知道安歌不希望扎圖魯靠近他：「扎圖魯，木頭不想傳染給你。」

「木頭……」扎圖魯沉重而感動地低下頭。安歌在不遠處停下，在面巾下大口大口喘氣。

我不由得生氣起來，氣他不好好養病，還要硬撐。我大步過去扶住他，氣得渾身直哆嗦：「都這樣了還硬挺，木頭你到底在想什麼？」

但安歌只是笑了笑，身體在被我扶住時又開始輕輕顫抖。明明病情好不容易才在今天有所好轉，然而剛才這一使勁又惡化了。

安歌很重，他要是現在完全失去力氣，我無法扶起他。

「那位兄弟真是神力啊……可是……他看起來好像得了重病，他怎麼了？」巴赫林驚嘆不已，一邊關心地看著安歌，一邊詢問扎圖魯。

扎圖魯的眼神閃了閃，戴著安歌戒指的雙手擰成了拳頭，難過地低下頭：「他是木頭，他得了鼠疫……」

「鼠疫！」巴赫林驚呼起來。安歌喘著氣看向他，他的眼中露出了憤然的神色：「百姓在挨餓，鼠疫又開始蔓延，我完全沒想到在我阿爸的治理下，安都真正的模樣居然是這樣！百姓原來是過著這種日子！」他越說越激動，越說越憤慨：「他騙我！他不僅僅騙了我，他還騙了王！」

「赫林少爺你說什麼？」扎圖魯疑惑地看向巴赫林：「不是王讓我們挨餓受凍的？」

「不是的，王不是這樣的人。」巴赫林搖搖頭。安歌在我的肩膀上吃力地咳嗽，以虛弱的目光看著巴赫林。巴赫林站在月光下，細細回憶：「王確實貪玩，也很喜歡捉弄人，有時還很惡劣，但是他很善良，我和他是很好的朋友，他從沒真正處罰過任何一個人，也取消了死刑。」

「但他的士兵一直在欺壓我們！」扎圖魯憤怒地說：「他的士兵搶走了我們的糧食，甚至是我們做為種子的糧食！還打了我們，用鞭子驅趕我們……」

巴赫林的臉色在扎圖魯的話中越來越蒼白，神情中也流露出極度的愧疚和難堪：「不……不……你們誤會王了……」

他的身體在清冷的月光下搖晃了一下，扎圖魯見狀，伸手扶住了他：「赫林少爺，你怎麼了？」

巴赫林的整張臉在月光中煞白如紙，情況看起來相當糟糕。他無力地擺擺手，扶住了額頭：「我想……我需要一個人靜一靜……」他在扎圖魯的攙扶下，坐在神廟的台階上，和下午時的扎圖魯一樣

無神地凝望泥路對面的荒田。

扎圖魯擔心而疑惑地看著他，回頭見我還沒能把安歌扶回去，先是想了想，隨後撕下一條衣服包住臉，拉長袖子走到我面前，看了我一眼後，二話不說地直接抱起虛弱無力的安歌。

安歌在他的懷中閉了閉眼，長長呼出一口氣後再次昏睡過去。

「謝了，扎圖魯。」當扎圖魯把安歌放回車上後，我感激地說。但扎圖魯沒說話，轉身直接走了。

扎圖魯好像也有點不對勁？但我一時想不出他哪裡不對勁。

我替安歌蓋上保溫毯，伊森飛到他的身上，打算照顧他。然後我再次蓋上大塊的布，把越野車包了起來。

扎圖魯在遠處脫掉了衣服捲了捲，坐到巴赫林的身邊，同樣一聲不吭地看著前方。

我走到他們身旁，盯著這兩個發呆的男人，提裙坐在扎圖魯身邊：「怎麼不燒了那衣服？你抱過木頭，要把那衣服燒了。」

扎圖魯抱緊了衣服，臉上帶著執拗：「這衣服是您畫的，我不能燒。」

一旁呆愣的巴赫林從他的話中慢慢回神，眨了眨眼，驚訝地看著他懷裡的衣服：「什麼？這件衣服是那瀾姑娘畫的？」

「是的。」扎圖魯低頭，不捨地看著捲起來的衣服：「那瀾姑娘畫得很好，我捨不得燒。」

「嗯，若是我也捨不得燒。」巴赫林直率地說。扎圖魯看向他，兩人頓時有些惺惺相惜。無論學識、無論出生、無論地位……只要兩人心有靈犀，即使只是初次相見，也會產生故友之感。

我心裡嘀咕起來，抓了抓下巴，真想用「一見傾心」來形容他們現在的景象。

「對了，赫林少爺剛才怎麼了？」扎圖魯關心起巴赫林，他方才的樣子確實有點嚇人。

聽見扎圖魯問起，巴赫林清秀的臉隨即再次凝重起來。他雙手不安地交握在一起，低下了頭：「我想……你說的那些壞事……應該都是我阿爸做的……」

頓時驚訝及尷尬不已的扎圖魯也低下頭，同樣有些局促地交握雙手。

「王喜歡玩，所以不理朝政……因為他很信任阿爸，便把安都交給了阿爸……」巴赫林內疚而頹喪地說著：「結果……沒想到阿爸欺上瞞下。王問阿爸田地為何荒蕪？百姓為何不種地？阿爸就推說是因為安都百姓懶惰，不願耕作……」

「什麼？他怎麼可以這麼欺騙王！」

扎圖魯登時憤怒了起來。我在一旁靜靜聽著，直到今天，這個誤會才因為巴赫林踏出象牙塔而宣告解除。

巴赫林在扎圖魯的怒語中愈發羞愧，臉在月光中紅了起來：「王又問阿爸，為何城內百姓坐在街邊像是乞討，阿爸說那是因為他們吃飽了在街邊曬太陽……」

「巴依這個混……」

見扎圖魯再度開口怒罵，我立刻扣住了他因為憤怒而緊繃的手臂，他怔了怔，情緒稍稍有所平復，不再說話。

巴赫林懊惱而痛苦地抱住了頭：「王信了阿爸的話，我也相信了，我以為安都百姓懶惰，不務正業，是我錯了，對不起……對不起……」

巴赫林的聲聲道歉在寂靜的夜裡迴盪，扎圖魯也變得沉默起來，雙手微微擰緊。

「扎圖魯……」巴赫林猛然抓住了扎圖魯的手臂。扎圖魯看著他，他俊秀的臉上流露出堅定的神情，十指不沾水的書生此刻忽然多了幾分俠義氣概：「我要留在這裡，替我阿爸贖罪！」

扎圖魯愣愣地看著他，他卻輕鬆地笑了起來，瞬間起身，也順便拉起扎圖魯：「走！帶我去分食物。要從哪裡進去？」巴赫林像是迫不及待要為百姓做事情，拉起扎圖魯就跑向神廟裡的牛車。

我起身看著他們跑向牛車的背影，在月光中攜手奔跑的青年們讓人感覺到甜蜜的情誼。

嗯？為什麼是甜蜜？

今天真是見鬼了，我怎麼老是用情侶的詞語去形容他們？不行不行，我是「聖潔」的那瀾，絕不能在這裡暴露我的腐思想……

扎圖魯也笑了起來，和巴赫林一同拉起牛車。

巴赫林看向我：「那瀾姑娘也一起吧。」

我搖了搖頭。扎圖魯笑看說：「那瀾姑娘還要照顧木頭。」

巴赫林面露緊張：「可是……木頭他不是得了……」

扎圖魯拍了拍巴赫林的肩膀：「不用擔心，那瀾姑娘是天神的使者，她不怕傳染。」

「天神……的使者？」巴赫林更加困惑地看著我，秀目之中愈發流露出一絲敬佩之情。

扎圖魯笑著拉起他的手臂：「看來還有很多事你不知道……走，我們邊走邊說，那瀾姑娘可不是普通的人……」

被扎圖魯拉走的巴赫林在他的話中一步三回頭地看我，我站在月光下靜靜對他報以一笑，他的神情慢慢變得平和，露出了溫和的微笑，對我頷首一禮，和扎圖魯消失在黑暗的地下城之中。

看吧，任何誤會都是可以化解的，他們只是缺乏了溝通。

我回到安歌的身邊，為他拉好保溫毯：「安歌，你要挺住。如果你恢復了，可以讓巴赫林做你的宰相，讓扎圖魯做你的京官，你的安都在他們的打理下一定會漸漸復興，越來越好……」

在伊森淡淡的金光中，安歌的唇角似乎露出了微笑。

巴赫林的到來引起了一陣不小的騷動，反對聲最強烈的莫過於里約，他堅稱巴赫林的食物有毒，是來毒死他們的！

扎圖魯因此生氣了，把車上的食物都咬了一口，巴赫林見狀也跟著吃了起來。

巴赫林的行為感動了善良的百姓們，他們開始接受他的好意，接納他留下。

安歌在費力搬牛車後像是消耗了自己最後的力量，再也沒醒來，情況急劇惡化，馬利安醫生說他活不過明天。

我的心情很沉重，一直呆坐在他的身旁。伊森哀傷而心疼地看著我，飛到我的肩膀上抱住我的臉，用他小小身體的體溫溫暖我冰涼的臉龐。

「那瀾姑娘！」神廟裡傳來了里約的聲音：「我們需要妳的說明！」他的口氣更像是命令。

我掀開布，走出越野車，外頭陽光明媚，里約的表情像是極不情願向我尋求幫助。我只看見他和

別的少年在一起，不見扎圖魯。

神廟裡陽光一束束灑落，即使破敗也依然讓人感覺到神聖威嚴。

我平靜地看著他：「你需要什麼說明？」

他離我遠遠的，轉開臉：「城內的出入口被士兵封鎖了，我們一下子衝不出去，所以想請那瀾姑娘明天跟我們一起行動，他們只怕妳。」

「你們……決定明天就起義？」我有些驚訝。雖然一直不清楚他們幾時起義，不過大致知道是這幾天，沒想到起義來臨時，還是讓人感覺突然。

里約看著我，沒好氣地撇開臉：「巴赫林也來了。為了避免巴依老頭他們有所準備，我們決定將行動提前到明天！」

里約是真正的仇富者，他和扎圖魯是不同的，所以我想問他一個問題，一個關於他真正想法的問題。

我露出正色，鄭重地看著他：「里約。」

聽到我異常嚴肅的呼喚，他看向我，少年們似乎也感覺到氣氛的莊重，神情不由得嚴肅起來。

我走到神廟的巨型神像前——神像有些破敗，似乎是他們的神——站上神像前像是祭祀用的高台，一束陽光正好灑落在這個地方，也灑落在我身上。

我神色正經而莊嚴地俯瞰里約，放沉了聲音也放緩了語氣：「里約，我想問你，你的起義是真的要反抗那不平的對待，想為百姓爭取更大的權益？還是因為你覺得命運不公，認為你也應該有錢有房而不是在街邊挨餓、受人欺凌？」

里約在我的身下怔住了神情，身旁的少年們紛紛看向他。他在我嚴正的目光中發愣片刻才說：「當然是前者！」

我聽後點點頭：「若是你起義成功，你是不是會向貴族們報復，如他們欺凌你般一一討回？」

「當然！」這一次，里約毫不猶豫地回答。

我好笑地搖頭，他在我的笑中露出莫名的神情。我嘲諷地俯視他：「那你里約豈不是成了曾經欺凌你的貴族？成了里約老爺？」

少年們似懂非懂地抓起頭。里約一下子瞪大了眼睛，著急地說：「這、這怎麼一樣？我、我有錢的話才不會像他們那樣欺負窮人！而且那時我們起義成功，我會把錢分給大家，大家都有錢了！」

「不，你不會。」我打斷了他，他頓住了話音。『就像你當初不願把食物分給我一樣，你是一個能共患難卻不能共享福的人。」

少年們在我的話音中紛紛看向里約，目光閃爍。

里約連連搖頭：「不，我不會的！我不會的！妳又在胡說！」

「是不是胡說，等你獲得榮華富貴和權力之後自有分曉。但是，請你記住你今天在這裡說過的每一句話，在神像面前說過的每一個字！」

我轉身指向身後高大殘破的神像，祂巍然矗立在陽光之下，即使有些地方破敗，臉上威嚴的神情卻仍讓人依然心生敬畏。

里約呆立在神像前，眼神閃了閃，低下了臉，不敢與祂的眼睛對視。

「我明天會幫你，因為……那個人想幫你們……」我走下了神台，走過低頭不言的里約身旁。

安歌，你是想用他們的起義來警醒安羽，讓他成為一位好國王嗎？希望安羽能明白你的這番苦心。

扎圖魯知道里約來找我後很生氣，起義是很危險的事，他不希望我加入，也不想讓我受傷。我要他取來一塊巨大的白布，在上面開始畫圖，希望還來得及。

「那瀾姑娘，別聽里約的，明天您就留在地下城裡！」扎圖魯異常認真地說。

我趴在白布上開始塗色，希望這點顏料夠用：「打仗需要戰旗，一面威武的戰旗對提升士氣、威嚇敵人很有幫助。」

「那瀾姑娘！」扎圖魯急了。

就在這時，巴赫林也走了上來，高興地蹲到我身邊：「那瀾姑娘又要作畫了？」

現在巴赫林算是我的忠實粉絲了，他也看到了扎圖魯：「對了，扎圖魯，你們到底要做什麼？我看見你們打造了很多兵器。」

「我們……」扎圖魯欲言又止。我插嘴說：「他們要起義，明天要去殺你阿爸。」

「什麼？」巴赫林登時傻眼：「你們！」他迅速地站了起來，扎圖魯也隨即起身，目光深沉地看著巴赫林：「對不起，巴赫林，既然你已經知道這件事，我是不會讓你去通風報信的！」

扎圖魯和巴赫林站在夕陽下對峙，身材魁梧的扎圖魯和雖然秀氣但也身材挺拔的巴赫林不相上下，在神廟裡對視良久。

「扎圖魯，你不明白，你們這是去送死！」巴赫林似乎並不擔心扎圖魯他們會殺死他阿爸，反而更擔心他們被殺死：「你們根本不知道王的力量！安歌王和安羽王的神力比木頭更強了百倍！他們可以輕易地把你們掃平！更別說他們手上有神器，還有各自的必殺技！」

「還有……必殺技？」

我好奇地睜大了眼睛，畢竟「必殺技」是我玩遊戲時才會使用的詞彙。扎圖魯也疑惑起來，他顯然對兩位王的神技瞭解得並不多。

巴赫林著急得像是熱鍋上的螞蟻：「你們只知道他們有神力，卻不知道他們還有更神奇的力量。安歌王的吼聲可以震天動地，讓你們寸步難行！安羽王則會生出羽翅！當他生出白色羽翅時，能扇出冰雹，當他生出黑色羽翅時，能扇出可怕的龍捲風！」

「什麼啊，這根本是奇幻大片的節奏吧？」手拿刷子的我忍不住站起來，不可思議地看著巴赫林：「你在說笑吧？你以為這是封神演義嗎？」

巴赫林一下子急紅了臉，雙手握拳：「那瀾姑娘，我巴赫林可以對天發誓，所言絕非虛假！」他著急地看著我，又看向同樣無法置信的扎圖魯，急得猛跺腳：「我騙你們做什麼？兩位王貪玩，前年跟笑兒玩樂時就展現過這神力，當時我也在，全都目睹了！所以就憑你們這點人和破銅爛鐵，根本不是兩位王的對手。即使現在安歌王失蹤了，你們也不是安羽王的對手！」

我和扎圖魯目瞪口呆地站在一旁。儘管知道八王有各自的神力，但沒想到會這麼神！那個什麼咆哮不就是《封神演義》裡哼哈二將的絕技嗎？還有那個什麼長翅膀的，不正是雷震子的形象？

「咳咳咳……」車裡傳來了安歌的咳嗽聲，我回過神，扔下刷子：「我去看看木頭……扎圖魯，我覺得你們真的要慎重考慮了。」說完，我跑向越野車。

巴赫林看著扎圖魯，只見他面色越來越凝重，於是拍了拍他肩膀：「扎圖魯，你真的需要好好地

想想……走，我們去告訴其他人。」

扎圖魯點點頭，和巴赫林一起邁著沉重的腳步走下了地下城。

我掀開布，看著甦醒的安歌，伊森正在身旁照顧他。

「安歌，想不想喝水？」我輕柔地問他，他微微睜眼搖了搖頭：「我想……小解……」

「……」

「好，我扶你。」他這幾天睡得多醒得少，很少小解。小解時我會扶他起來，讓他靠在樹上，等他方便完之後再扶他回去。

我打開車門，作勢要扶他。他擰緊了眉，呼吸急促了起來，看起來相當難受：「我、我、我起不來了……咳咳咳……」

「不！」

「咦？」我尷尬了一下，這難道是……癱瘓了嗎？還好我也準備了神器：「那我去拿夜壺。」

「不要！」

安歌和伊森同時喊了起來，並扣住了我的手。伊森急急飛到我面前：「我不准妳去碰他那個地方！」

「呃……」我知道我是伊森的精靈之元，所以也是聖潔的，不能用聖潔的手去碰安歌很久沒洗的下體。

「不可以……咳咳咳……髒……咳咳咳……」安歌的咳嗽更加劇烈了。

「但你也得小解啊！不然會憋壞的！」要是不用夜壺，難道打算讓他尿在車上？

安歌的面色比重病更加難看，像是女人要守住貞潔一樣搖頭：「不要……不能……讓妳……服侍那麼髒的事……」

「……」我看向伊森，伊森登時睜大了金色的眼睛。我對他眨眨眼，伊森哭了，低下頭，從我身邊耷拉著腦袋飛過。我開始幫安歌解褲腰帶。

「那瀾……不可以……咳咳咳……」

「你以前不是問我怎麼讓南瓜開花，還有到底是在跟誰說話嗎？」他微弱的目光朝我看來，我歉疚地看著他：「我騙了你，其實有一個人一直跟著我，他是……」

「是我。」身邊忽然飛起一個夜壺，我慌忙閃開臉。伊森用他的精靈之力控制著夜壺，儘管在我眼中他沒有任何變化，但從安歌驚訝的神情裡，可以判斷現在他看見了伊森——那隻一直跟著我的精靈王子！

「好久不見，安歌。」伊森控制著比他大了無數倍的夜壺，垮著臉看向滿臉驚詫的安歌：「現在本殿下幫你小解，你這輩子都要記住我這個人情！」他幾乎是吼出來的。

安歌的神情漸漸變得平靜。他閉上眼睛，揚起唇角笑了起來，仰天輕嘆：「原來是你……原來是你……」

「哼！你自己拿那東西，別讓我碰！」伊森火大地用他的精靈之力把夜壺移到安歌下方，我笑著搖頭，轉身走遠，後面是精靈王子煩躁的聲音：「別濺開來！啊～～熏死我了！」

過了沒多久，我再度聽到伊森的喊聲：「喂！快點快點！你怎麼這麼不乾脆啊……喂！喂！你怎麼昏過去了？喂？喂？安歌！安歌你醒醒啊！你還沒上完呢！」

我立刻轉身，發現此時的安歌已經轉開臉，再次昏睡過去。

伊森用他的精靈之力費力地牽引夜壺飛出越野車，面色蒼白地直接把壺扔向遠處。那可是我們唯一的壺，下次安歌想小解怎麼辦？

我走到安歌身邊為他蓋好毯子，愕然發現他的褲子還沒穿好，某物正疲軟地垂在外面，臉登時炸紅。我匆匆拉好他的褲子，用衣襬直接蓋住，一點都不想用自己的手把小安歌塞回去。

伊森噁心地飛回，頻頻聞自己的身上，我無語地看他：「你都離那麼遠了，怎麼會沾上怪味？」

伊森一邊嗅聞一邊抗議：「下次別讓我做這種事，熏死我了……咳咳咳咳！妳不知道安歌那味道有多重。」

「那是因為他病了……是說……你好人做都做了，能不能做到底？」我紅著臉，指著安歌下身，視線卻看著別處：「他……那個還沒放好……」

「哪個？」伊森不解地反問。

「就是那個啊！」

「到底是哪個啊？妳給我說清楚啦。」伊森還嫌煩起來。

我鼓起臉瞪向他，一把掀開安歌的衣襬：「就是這個！還沒塞回去呢！」

伊森往下一看，金瞳眨了眨，倏然飛到我面前用他小小的身體擋住了我唯一的一隻眼睛：「別看！跟我發誓說妳沒看到！」

「你快放好我就看不到了！」我大聲說。現在我的眼前全是他小小的身體，一片雪白。

我把伊森抓開，他緊張地看著我，雙手緊握小小的拳頭放在身前：「妳是不是看到了？妳怎麼能看別的男人？妳是我的精靈之元，是聖潔之體，那東西會髒了妳的眼睛的！」

我放開他：「那你還不快去！」說完，我轉身大步離開，繼續畫畫。

安歌再次陷入昏睡，伊森拉好布以免他吹到風著涼。

他飛到我的面前，懸停在我的畫上，還是噘著嘴不開心地看著我，像是我玷汙了他的精靈之元。

我想起了巴赫林提到群王擁有神技的話，一邊畫一邊問：「伊森。」

「幹嘛！」

伊森的口氣非常不好，彷彿我背著他跟別的男人有一腿。我也不知道為什麼會有這種感覺，但他的語氣讓我產生了這樣的錯覺。

「下午巴赫林說的話是真的嗎？關於那些王的神技……安歌真的能咆哮？安羽真的會長出翅膀？那他會不會劈下閃電？」

「閃電不是安羽的神技。」伊森沒好氣地回答：「是伏色魔耶的。」

「噗！」原來真的有雷神？

伊森盤起雙腿，飄浮在我面前：「人王在得到不老不死之體後，都會獲得一項特殊的神技，以保護百姓不受邪惡精靈的傷害，畢竟不只人有分好壞，精靈也是。樓蘭被困在地下兩千多年，也曾發生過精靈與人類的戰爭，當人類欺凌我們精靈一族時，神王就會出面干涉。而一旦神王入魔變成魔王時，我們精靈族和人王們會聯手消滅他，然後會產生新的神王，繼續維持我們三者之間的平衡。」

我放下刷子，抬臉看他：「好神奇……這個世界到底是誰創造的？」

伊森聳聳肩：「不知道，每個族群掌握的傳說不同。既然妳要前往八國，不如去看看，說不定還

能找到出去的辦法。」

伊森的話讓我呆愣許久，看來還是有離開的希望的！

當我畫完畫時，伊森已經安睡。我把布放在車前晾乾，上面是個逼真的3D巨蟒腦袋，血盆大口大張，毒牙森然，一雙血紅的眼睛讓人望而生畏。我另外還畫了一段身體，因為顏料不夠，只好讓牠像是從黑暗世界裡被召喚出來的，身後的黑洞幽深可怖。明天用這個開道應該會嚇跑不少人。

睡到天濛濛亮時，我感覺有人在扯我的手，對方先是輕輕地握住，接著拉了拉。我在這輕微的碰觸中醒來，昏暗中對上了安歌明亮的銀瞳，他的精神像是病痛瞬間痊癒，看起來非常好。

他不再顫抖，然而握住我的手依然熱燙嚇人。

「那瀾，我想洗個澡……」他祈求似的看著我。我盯著他忽然轉好的氣色，內心卻開始顫抖，這幅景象是多麼地熟悉，我曾經經歷過。而在今天，我再一次無法逃避它的來臨，這次的對象……是安歌。

我立刻抹了抹臉起身，藏起自己的心慌和害怕，匆匆下車拉掉布，收起我畫的大蟒，然後坐回駕駛座。伊森還在方向盤上睡得香甜，我把他提起放在自己的腿上，握住了車鑰匙。

安歌忽然靠在我右邊的肩膀上：「我也想變小了，睡在妳身上一定很溫暖、很舒服……」他的口齒清晰，說話也有了力氣。

我忍住即將掉下來的淚水。伊森說想變大，因為可以像安歌一樣靠在我肩上，現在安歌卻想變小，期盼能和伊森一樣睡在我身上，獲得溫暖，我知道……他冷……

我握了握車鑰匙：「我帶你去洗澡！」說完，我發動了汽車。

當引擎轟鳴之際，安歌在我身邊驚訝地坐起，被驚醒的伊森則睡眼惺忪地坐在我的腿上。

我想了想，還是替呆呆的安歌繫好了安全帶。伊森忽然飛起來大叫：「這是我的位置！」

我白了他一眼：「連這都計較……你乖乖坐在我身上，抓緊我的衣服！」

「坐在妳身上？」伊森眨了眨金瞳，瞬間頭也不回地飛到我的大腿上，抱住我小腹前的衣服，掩面變得安靜起來，微微露出金髮外的耳朵變得通紅。

安歌還在發呆，我提醒他：「坐穩了。」接著一下子把車開出了神廟。安歌完全驚呆了！也難怪他驚訝，上次我開車出去時，他被伊森打暈了，錯過了那次兜風。

安歌目瞪口呆地坐在車上，輕喃：「原來……車子開起來……是這樣的……好、好快！」

「這種車還不夠快，像方程式賽車更快，從面前駛過時根本捕捉不到它的身影。」

「能不能讓我開開看？」

「好啊，等你洗好澡。」說完後，我垂下了目光。安歌，今天無論你想做什麼，我都會滿足你的。

「謝謝。」他在我身邊開心地笑了，我的心卻痛得滴血。

我帶著安歌馳騁在無人的泥路上，天色灰濛濛的。我們在一間無人的民房前停下，現在城外很多民房都空了。我進去屋內，在廚房裡找到了一個大木桶。

安歌今天的精神很好，不用任何人攙扶就能自己走下車，他摸著越野車，滿臉雀躍。

無論是古人還是現代人，是上面的人還是下面的人，車子對男人似乎永遠有一種特殊的吸引力，這種魅力遠遠超過女人對他們的誘惑。

我開始燒水，大木桶以前可能是拿來醃菜的，散發著一股鹹菜味。

伊森坐在小泥窗邊，看向外面繞著車子轉的安歌，小小的臉上滿是不解：「安歌怎麼突然有精神了？但他身上生病的氣味越來越濃了，還有點像死人的味道……」

「別瞎說！」我把水倒入木桶，找了把刷子刷了刷，隨後又倒掉。「你過來，幫忙把這桶弄得香噴噴的吧。」

伊森不開心地起身，扇動小小的金翅：「我又不是妳的奴隸……是說妳為什麼這麼照顧安歌？他得病也是意外，妳已經做得夠好了。」

我望著空空的木桶，沉痛地垂下了目光：「你不會明白的……就當是幫我吧。」

「那……下次妳也要服侍我洗澡。」伊森飛落我的面前，揚著唇角，豎起再次憑空出現的小小權杖。

我點了點頭，笑了笑：「好。」

金光灑落，木桶散發出清新的花香，我倒入熱水，要伊森去取七天前被我藏起來的安歌衣服。安歌笑看浴桶，對著水中自己的倒影摸了摸臉上的胎記：「終於可以洗個澡了。」

他開心地開始脫起衣服，灰濛濛的衣服一邊脫一邊掉落灰塵。我轉身繼續在一旁燒熱水，身後傳來了他進入水中的聲音。

「啊……好舒服……」火光之中，只聽見安歌舒爽地說：「小時候，我和安羽最喜歡在這樣的大木桶裡泡澡。我們還會比賽屏氣，看誰熬得久……」

我蹲在灶台邊，呆呆地凝視著裡頭跳躍的火光。

「小時候的我們過得很快樂，像這裡的孩子一樣，每天在安都裡跑來跑去……我還記得當時這裡的田地種滿了稻穀和玉米，我們在玉米田裡捉迷藏，在稻田裡追野兔。每到收穫的時節，金色的稻穀在風中揚起稻浪，非常美……」

安歌的童年時光……差不多一百五十年前了吧……

「那瀾？妳……能不能幫我搓一下背？」安歌有點不好意思地在我身後問。

我回過了神：「哦，好。」

我站起來轉過身，看到了趴在桶沿笑看著我的安歌。他已經把臉洗乾淨，恢復白淨的皮膚；漂亮的銀瞳沒有了當初的傲氣與邪氣，只剩天真與純淨，恰似十七歲少年，純真無邪，眼角的美人痣讓這位俊美的少年多了一分媚，像是白色的海芋一枝獨秀，清新之中透出一分高傲的妖嬈；赤裸的肩膀和手臂在火光之中閃爍著透亮的水光，雪髮沾到水的部分已經恢復了原來的顏色，但沒有沾水的依然灰黃，讓他的頭髮顏色上下分了層。

他的一雙銀瞳閃亮地看著我。我走到他背後，從自己的衣服扯出一塊布條，開始為他擦背。

「如果我不是長生，妳應該比我大呢。」他離開桶沿，身體前傾坐在木桶裡，嫩白的皮膚在我擦過後留下一條條紅痕：「沒想到妳挺會照顧人的。謝謝妳這段時間照顧我，對我不離不棄，我還以為妳會趁機殺了我。」

「哼……」我看了看他，笑了：「不如繼續說說你們小時候的事？我覺得很有意思。」

「是嗎？呵呵。」安歌也笑了起來：「其實闍梨香女王人很好，在她的治理下，樓蘭第一次擁有了長達五百年的和平，人人安居樂業，夜夜歡歌笑舞……」

我疑惑起來，既然是一個好女王，為何會被殺死？所以真的是他們叛亂？

「可是……」安歌的聲音漸漸低落下去：「一個傳說在城主之間忽然流傳開來，說只要殺死人王，就能獲得她身上長生的能力……」

「所以……你們？」

「不是我和安羽殺的。」安歌搖了搖頭：「即使闍梨香女王人很好，依然有人恨她，涅梵就是其中一個，每個人的目的其實各不相同。我們的父親相信了這個傳說，想得到長生不老的能力，所以也發動了叛亂。我們跟隨父親一起殺到了女王的宮殿之下，其他王已經衝了上去，父親怕被別人搶先，卻又因為體力不支，就叫我們先衝上去。我和安羽趕到了闍梨香的宮殿，卻發現她已經被鄀善刺中了心臟，當時我們驚呆了……」

「鄀善？怎麼會是鄀善？你不是說涅梵最恨闍梨香，為什麼會是鄀善下手？」我無法相信安歌的話，那麼善良的鄀善怎麼會殺死了同樣善良的闍梨香女王？

安歌再次搖頭：「我不知道……當年其他王到底打著什麼主意，我們真的不知道，這麼多年來，大家只是表面維持和平，而且誰都不想再提起當年的事……當我們站到闍梨香女王身前時，她嘲諷地看著我們，我至今都無法忘記她眼中的嘲弄和嘴角鄙夷的笑容。然後……她說出了那句話：『我終於要死了……而你們……』」

「『這些受詛咒的人……還要繼續……無聊……孤獨……痛苦地……活下去……』」我和安歌異口同聲地說，我喃喃的低語在腦中迴盪，像是自遠古而來的一個女人嘲笑的回音。

「就是這句。」安歌轉過身，帶起了嘩啦的水聲。他凝視著我的五官：「就是因為妳說出了和闍梨香女王一樣的話，涅梵才會發狂，至於他當年為何恨闍梨香恨到想殺死她，我們並不清楚。但是後來，我和安羽真正感受到長生不老根本不是神的恩賜，而是詛咒，讓人迷失、陷入瘋狂的詛咒！」

安歌在水中輕輕顫抖起來，唇色蒼白，輕顫不已，彷彿這段讓他恐懼、害怕的回憶正撕裂他的心，從身體的最深處緩緩爬出。

「是不是水冷了？」我把手探入水中，水確實有點失溫。

我開始幫安歌加熱水，靜靜的房中再次響起他的話語：「傳說是真的，殺死人王的人可以獲得長生不老的神力……」

他目光呆滯地看著水中的倒影，位置顛倒的美人痣宛如安羽正在水中。

「那卻不是什麼仙丹或是可以取走的東西，而是闍梨香的選擇。當她在我們面前化作天沙時，纏繞過那時在場的所有人——涅梵、玉音、伏色魔耶、修、鄯善、靈川，還有我和安羽，也就是妳現在見到的我們，樓蘭八王……」

原來他們是這樣得到長生不老之力的，是闍梨香離世之前的詛咒。

「父親來晚了一步，當他得知神力選擇了我們後很生氣，我和安羽不知道該怎麼辦，只能跟他回到安都。父親再也沒有跟我們說過話，認為是我們奪走了他長生不老的機會。我和安羽很傷心，他是我們的父親，我們尊敬他、崇拜他、愛著他。那一晚，他跟我說他選擇了安羽，打算殺死他來獲得長生的能力，我當時驚呆了，腦中一片空白，哭著說願意為父親死，讓安羽活下去。父親笑了，給了我神器，然而當我準備自殺時，安羽忽然衝了進來，用他手裡的刀貫穿了父親的胸膛……」安歌放在水中的雙手顫抖起來。他在水中慢慢蜷起了身體，抱住赤裸的膝蓋，埋起臉，哆嗦不已：「是我讓安羽

曾經美麗的羅布泊
曾經美麗的綠洲沙漠
牛羊在那裡奔跑
女人在湖邊歡笑
胡楊林在風中歌唱
魚兒在水中蹦蹦跳
忽然有一天
來了一個和尚
他說他來自神域
他說他來拯救我們的生靈
沒人相信他
沒人相信他
他說天地會變色
他說湖泊會乾涸
沒人相信他
沒人相信他
他被趕出了城
他被曬死在沙漠中

天忽然變了色……

安歌緩緩閉上了眼睛，靠在我的肩膀上：「地……忽然陷落了……沒人……能離開……能離開……」

淚水滑落我的面頰，陽光照在我們的身上，我抱住了安歌的身體，將臉埋入他洗乾淨的雪髮……

「那瀾……我做到了……我堅持住了……」

「嗯……你贏了……」

「嗯……嗯……」

他繼續輕哼著曲調。我聽著他的歌聲隨呼吸一起，慢慢地消失……

「安歌……」伊森飛到安歌的臉上，眼淚在陽光中掠過一抹淡淡的金色痕跡，滴落而下。「他們應該是不老不死的……不該是這樣的……」伊森難過地哽咽，隨後抬起臉看著我：「妳是不是早就知道了，今天才會全聽他的？」

我默默地點了點頭，淚水滑落，悲痛得難以呼吸。我知道……我知道那是迴光返照，是安歌最後的精神，但我無能為力，只能儘量滿足他……

伊森抽泣起來，傷心地抱膝坐在方向盤上抹眼淚。

我和伊森一起陪在安歌身邊，良久後才漸漸止住了哭泣，靜靜地看著他在陽光中安詳的臉龐，至少……他現在從病痛中解脫了。

陽光在寂靜中徹底灑滿了大地。我不知道接下去該怎麼辦。

伊森站了起來，看著身體已經冰涼的安歌，低聲說：「讓我幫他……火葬吧……」

我靜默了一會兒。伊森的雙手平伸，金色的細沙開始在他指尖環繞，慢慢地流向安歌的身體。安歌緩緩飄浮離座，但在伊森要將他挪下車時，我拉住了他垂落的右手：「不行，安羽還沒見他最後一面。」

伊森擔心地朝我看來：「可是……如果安羽看見了，會以為是妳殺了安歌，他會殺了妳的！安羽可不像安歌，他非常喜歡看人遭受日刑！」

「但還是得讓安羽見他最後一面！」我朝伊森大吼。伊森怔立在空中，我低下頭，努力讓自己的心情平復：「他們是親人……我要送安歌回家……」

伊森沉默了，輕輕地把安歌放到後車座上。我從草地裡採來野花，放在安歌的身上。

伊森看看我，欲言又止：「瘋女人……安歌……畢竟得的是鼠疫……還是……燒了好……」

我再去採野花，這次他跟了上來，但我堅決表示：「即使要燒也得讓安羽看一眼，安羽才是安歌的親人，我們不能擅自火葬安歌。」

伊森不說話了，開始幫我採野花。

把手裡的野菊放到安歌手中時，我歉疚而悲痛地看著他：「安歌……我們回家了……」

伊森靜靜待在我身邊，忽然揚起臉看向遠處：「有人來了。」

我望了望他看的方向，只見里約他們正朝我跑來，看來是急了。

我把布輕輕蓋在安歌身上，取出了之前畫的蟒蛇。里約跑到我身前，臉上帶著怒氣：「大家都準備好了！妳打算讓我們等到什麼時候？該不會是怕了吧？」

我冷冷地看了他一眼，「刷」一聲地在他面前甩開了那塊巨大的布，耳邊登時聽到了驚叫聲。

「啊啊啊！」

大家被布上巨大的蟒蛇嚇得驚叫，里約一個沒站穩，嚇得跌坐在地上。

我把布鋪在車前——眼前的景象彷彿蟒蛇凶猛而至——看著里約：「叫大家在東門集合。安羽命令他的士兵封鎖地下城，但我們從外面進攻反而更方便，就讓那些士兵在南門和北門傻站吧！」

少年們激動起來：「好主意！現在城門那裡反而沒什麼士兵了！里約大哥，我們快去通知大家！」

里約在地上愣愣點頭，爬起來和少年們再次往回跑。

伊森看著他們直搖頭：「只憑他們，安羽一根手指頭就能搞定了，真是不自量力。」

「但對他們而言，不反抗也是死，反抗還能有一線生機。誰不喜歡安定的生活？被逼無奈才會揭竿起義。上面的五千年歷史裡，這樣的場面不知上演了多少次，我們流傳著這麼一句話──水能載舟，亦能覆舟……」

「什麼意思？」伊森不解地看我。

我看了看他，躍上越野車：「水寓意百姓，舟寓意君王，你自己想吧。」說完我發動車子，前方的巨蟒快速前進！

安都的今天絕對會載入史冊。

罕有人跡的神廟前已經集結了密密麻麻的青年和少年們，他們手中或拿著彎刀，或拿著長棍，武裝待發。當我趕到時，他們被車頭的巨蟒嚇了一跳，直到看到我從畫布後方站起來，才露出了安心的笑容，朝我一邊高舉武器，一邊大喊：「吼！吼！吼！」登時士氣大增！

扎圖魯慌忙走到我身前，壓低聲音：「那瀾姑娘，您不能去！」他又看看我身旁，問：「木頭呢？」

「死了。」我淡淡地說。

扎圖魯震驚地瞪大雙眼，像是看見了什麼落在我車後座的白布上。我看看他身後：「巴赫林

呢？」

他回過神，面露尷尬，轉開臉不敢對視我的眼睛：「因為怕他通風報信，所以綁起來了。」

我驚訝地看著他：「你是這樣對待自己朋友的？」

扎圖魯擰緊了雙眉：「大局為重……」

我嘆息搖頭，雙手扶住車窗上緣：「若是大局為重，你又為何要阻止我？」

扎圖魯愣住了，語塞地站在我的車旁。我看向他身後的里約以及所有揭竿而起的人們——約克、小夏、達子、努克哈、漢森、努爾達拉、布克、桑格大叔，還有依然面露擔憂的瑪莎與那些女人們，接著舉起了手，在陽光中大喝：「我們走！」

「好！」朗朗的高喊響徹雲霄。

我發動車子，讓蟒蛇開道，扎圖魯等人齊齊跑在我身後，伊森坐在我面前的引擎蓋上看著他們。我將車速控制在眾人跟得上的程度，伊森的金髮在越野車前行時隨風飛揚。

當我們抵達城門，城門的士兵登時被嚇得尖叫連連：「啊——怪物——怪物——」他們四散逃開，城內的貴族們也驚嚇地跑散，我們長驅直入！

安都城裡到處是逃竄的人群，尖叫的聲音綿延不絕，士兵們跌跌撞撞地往宮殿的方向跑，路邊的商家紛紛關起大門，躲起來恐懼地窺看我車前的大蟒。

我還記得前往安歌宮殿的路。上一次他們把我關在門外，這次我要闖進去！

當我開車到宮殿門前時，正好是七天前遇見安歌的時刻……安歌，你贏了，你做了七天的平民。

城牆內的吊橋緩緩放落，安羽瞇眼笑著走了出來，站在橋上。士兵們遠遠站在他的身後，畏懼地

「小怪怪，妳的手好了？」

他看向我的右手。我從身後拿出清剛，凝視著他：「是的，為了可以殺死你。」

「殺我？噗哈哈哈……」安羽仰天大笑，笑得前仰後合，在噴泉的頂端蹲下身，捂住了肚子，那張狂而充滿嘲諷的笑聲久久迴盪在我們的上空。

我在他帶著邪氣的大笑中感到心痛，真的很痛。那曾經純真無瑕的少年，曾經在稻田裡歡樂奔跑的少年，卻失去了曾經快樂的自己，在痛苦中飽受折磨。

安羽漸漸收起笑容，陰邪地俯瞰我們所有人，半垂的銀瞳滿是輕蔑和鄙夷：「你們這些老鼠，還真的以為可以反抗我們人王嗎？不過……今天你們讓我玩得很盡興，我會讓你們死得痛快一點。」

「安羽！」

我大喝一聲，安羽朝我看來。我咬緊下唇，抓緊了車窗上緣，痛苦而傷心地看著他，他在我為他心痛的目光中出了神。

我難過地說：「我知道你原本不是這樣的……我知道的，安歌都告訴我了，所以……請你不要再這樣……」

「小安？」安羽慢慢瞇起了眼睛，面色在陽光下變得陰沉：「他跟妳說了什麼？他到底在哪裡？」他的眸光銳利起來。

四周忽然變得安靜，扎圖魯擰緊了眉，眾人面面相覷，像是擔心安歌突然回歸。我垂下臉，緩緩地說：「七天前，我跟安歌打了一個賭。」

「什麼賭？」上方的安羽更加不悅地沉聲問道。

我慢慢揚起臉看著他：「賭他能不能做七天平民。」

我的話一說完，周圍的人頓時騷動起來。安羽挑起眉，不滿地癟起嘴：「咦——這麼好玩的事，小安居然不叫我～～真是太過分了！小安呢？我要見他！」

我難過地閉上雙眼，深吸了一口氣。伊森從我身前飛起，將他的身體貼上了我的臉，彷彿想用擁抱安慰此刻正傷心不已的我。我繼續說：「我幫安歌喬裝打扮，為了不讓人認出來，還要他裝啞巴，替他取名木頭，帶回地下城……」

「什麼？安歌是木頭？」

「怎麼可能？木頭這麼好！」

「木頭不可能是安歌王的，不可能……不可能……」

周圍登時騷動起來，只有扎圖魯沉默地站在車旁，握緊了我的車門邊框。

「妳果然出賣了我們！」里約不知又從哪裡衝了出來，憤然地看向大家：「你們看！你們看！我早就提醒過你們，這個女人不可信！她居然把安歌王帶回地下城了……」

「木頭傷害你們了嗎？」我怒不可遏地打斷了里約的話，眾人的目光瞬間聚攏在我身上，閃爍不已，不敢與我對視。我痛心地看著他們：「木頭打過你們嗎？木頭派人把你們抓起來砍頭了嗎？他沒有！他一直沒有！打從跟我回到地下城，他一直乖乖地做一個平民，幫你們分發食物、幫你們照顧生病的老人、幫你們打造兵器，甚至在病重時仍持續地幫你們打鐵！」我的聲音顫抖起來，大家在我的話中紛紛低下頭，沉默不語。

「最後……木頭染上了鼠疫……他為了不傳染給你們，選擇獨自遠離……我說過，安歌王是可以

改變的，只要你們願意給他時間……和機會……」我哽咽地垂下臉。老天給了我改變安歌的機會，卻沒有給安歌重新做王的機會。

「什麼？木頭原來是得了鼠疫？」

「木頭居然得了鼠疫……」

「木頭不想傳染給我們……」

「難怪他一個人走了……」

難過的聲音此起彼伏，悲傷在空氣中傳遞，讓經過這裡的風也變得寒冷刺骨。

「小安得了鼠疫？」一陣狂風掠過，安羽飛落下來，懸停在我面前。我看向他，他的表情深沉可怕。

「他人呢？」一聲大吼忽然從他口中而出，他伸手扯住了我的衣領，朝我大喊：「我問妳，他人呢？」

看到他銀瞳裡的緊張與憤怒，我拿起清剛放到他的面前：「你殺了我吧。」

安羽睜大了雙眼，深深的恐懼自眸中溢出，視線顯得無比恍惚。他鬆開我的衣領，不住搖頭。

「不可能……不可能……」陷入失神與驚惶之中的他收起翅膀，墜落在地上，緊緊抱住自己的頭，不停地搖晃：「不可能……不可能……」

「快！快殺了他！」里約忽然衝了出來，衝向脆弱的安羽，扎圖魯卻一把攔住他。里約莫名地看著扎圖魯：「扎圖魯，你在做什麼？現在不趁機殺死他，等安歌回來我們就沒機會了！」

「安歌王死了！」

扎圖魯突然大吼，擰緊眉頭，掙扎而痛苦地撇開臉，所有人在這一刻都震驚地看向扎圖魯。扎圖魯沉痛地走到我車後，一把掀開了蓋在安歌身上的白布。

白布飄落，露出了安詳沉眠的安歌。

扎圖魯痛苦地撫著額頭，低聲哽咽：「以前總想殺死他……可是在知道他是木頭後，我忽然……又不希望他死去了……」

「鼠疫……」里約倉皇後退。

我愧疚地下車走到安羽身前：「對不起……我想帶他回來醫治的，可是……可是他說他不能把鼠疫傳染給你……」

「呵……呵呵……」他搖搖晃晃地起身，露出恍惚的苦笑：「小安真狡猾……自己先解脫了，你怎麼可以這麼對我……」

安羽擦過我的身體，走到車邊看著安歌沉睡的容顏，伸手撫上他的臉、他的眼睛，還有他的美人痣。

我拿起手中的清剛：「所以……安歌要我回來……殺了你。他說……不想讓你一個人孤獨地留在世上……」我拔出清剛，刀刃在陽光中閃現青色的寒光。當年鄯善是不是就是用這把匕首刺進了闍梨香的胸膛？

可是，闍梨香是人王，不用神器是殺不死的，我現在又要如何用清剛殺死安羽？

安羽的神情在清剛的寒光中漸漸平靜。他微笑地撫摸安歌的臉龐，茫然地輕聲說道：「這樣才對。小安，你把我帶走吧……我們永遠在一起……我們永遠不會分開……」

扎圖魯默然地向後退開，周圍的人們也目露驚訝，紛紛看向彼此，因為眼前的景況而陷入了一種錯愕和迷茫。

「小怪怪，妳知道鄯善為什麼要給妳清剛嗎？」

安羽忽然抬起頭，面無表情地問。

我看了看清剛，問他：「為什麼？」

「因為清剛沾有你們的血，它已經成為半件神器了……只要它……」他慢慢轉過身，伸手握住了我的手，把清剛指向自己的心臟：「從這裡扎進去……不拔出來……我就會死……」

我的手顫抖了起來，淚水開始湧出。我明明知道他們本性純良，又怎麼能下手去殺一個人？

「不要怕……」安羽失神的雙目與空洞的人偶無異。他對我揚起讓人心痛的淡笑：「我和小安一直是一樣的……我們穿一樣的衣服……用一樣的餐具……寵幸一樣的女人……所以……即使死……也要死在同一個人的手裡。現在……小怪怪，妳就讓我解脫吧……小安是不是在妳的懷裡死去的？我也要……也要……」他朝我的肩膀靠來，我趔趄地後退，手中的清剛落在他的手中。我淚眼模糊地顫聲說：「不……不……」

「不要——」

忽然身後有人急急大喊，隨後只見一頭牛跑到我們身旁——是巴赫林！他雙手上的繩子還沒有完全解開。

他騎在牛上，著急地看向大家：「不要殺死王！如果我們失去了自己的王，別的王就會來接手我們的安都！而且一定是充滿野心、好戰的王！」

眾人頓時大驚失色。巴赫林慌忙跳下青牛，跑到扎圖魯面前：「扎圖魯，你聽我說，人王之間本來就是彼此制衡，一旦我們失去了自己的王……」

「我們已經失去了。」

扎圖魯沉痛地看著話說到一半的巴赫林，巴赫林登時目瞪口呆。扎圖魯拍了拍他的肩膀，將他轉向安歌的方向，然後難過地側身垂下了臉。

「王……」巴赫林呆呆地看著安歌：「怎麼會……」

安羽繼續微笑看我：「小怪怪……來呀……別怕……來呀……」他把清剛送到我的面前：「這是小安的希望……是他的遺囑……不是嗎？來呀……讓我解脫……讓我解脫……」

「不……」

「妳不來，我來！」

里約忽然衝了上來，奪走安羽手裡的清剛，朝他刺去，我想都沒想就撲向他。安羽被我推開，緊接著我的後腰傳來了一陣椎心刺骨的痛楚。

安羽怔怔地看著我。我轉身憤怒地看向里約，卻見他丟掉了手中的清剛，驚恐地看著手上的鮮血：「是血……是血！」

我頓時呆立在車旁，僵硬地摸向身後，濕滑而溫暖的液體染濕了我後腰的衣衫，我的大腦瞬間一片空白。

「是血！那是真正的血！」所有人忽然一起跪了下來，朝我叩拜：「請天神寬恕我們——請天神寬恕我們——」

急飛到我的身前，激動又驚喜地說：「我知道了！是因為我的精靈之元！我們精靈有再生復原的能力，再加上清剛又是半件神器。之前我也說過，神器對妳是無效的，所以清剛對妳的傷害減半了！」

伊森的話讓我頭痛起來，左想右想總覺得哪裡不對勁……對了！

我疑惑地看著他：「那我當初掉下來時，你的精靈之元怎麼沒有修復我？」

伊森愣了愣，金瞳倏然失神了片刻，神情在下一刻變得死灰。他以雙手捂住了蒼白的臉：「也就是說……我的精靈之元……快要跟妳完全融合了……不……它要真的和妳融為一體了……妳將會成為半人半精靈……不……這樣我就真的再也離不開妳了……我再也……拿不回……我的精靈之元了……怎麼辦……怎麼辦……我要成為妳的奴隸了……不……不……」他越說越痛苦，聲音越來越淒慘。

精靈之元對於精靈無疑是非常重要的，它就像神仙的丹元，一旦失去，伊森便會慢慢死去。現在他的丹元在我體內，隨著時間經過而與我越來越融合，如果寫到仙俠故事裡，我就是無意間得了一顆丹元，成了半仙之身。

可憐的伊森……

我想安慰他，卻不知道該怎麼做……因為我完全不知道怎麼把精靈之元還給他，只能幫他充電，而且也還沒找到竅門，可以幫他時時補充。

「那……我們就不分開吧……」我只能這麼說。他捂住臉的雙手微微分開，只露出一隻眼睛，懷疑地看著我：「真的？」

我攤攤手：「不然要怎麼辦？」

他頹喪地垂下雙手，整個人看起來很沮喪：「也只能這樣了……希望能在妳和精靈之元完全融合

前取回它……」

「嗯……不如這樣吧，我們以後就睡在一起……」伊森瞪大金瞳朝我看來，一張小臉瞬間漲紅。我看到他這麼害羞，也不由得難為情起來，臉開始發熱：「總之先……多還給你一點力量吧……說不定哪天在夢裡，我就能把精靈之元還給你了……」

伊森怕臊地低下頭：「這樣好嗎？」

「不然……怎麼辦？」

「嗯……是說現在的妳真的快要無敵了，多了再生復原功能，外傷可以恢復。但如果受的是致命傷，妳還是會死的。」他的神情忽然變得相當認真，臉上的羞紅漸漸褪去，小小的臉顯得格外嚴肅。

我也認真點頭：「知道了，先送我下去吧。」

「嗯。」他飛落到我的肩膀上，我們一起緩緩降落。

安歌、扎圖魯和巴赫林紛紛朝我跑來。我高高地站在越野車上，安歌一躍而起，落在我的身邊，激動地叫了一聲：「那瀾！」他打算抱住我，但我眼明手快地將他一把推開，接著揚起了手。他驚訝地瞪大銀瞳，我握了握高舉的手，輕聲低語：「算了，那麼多人，不打你了。」

安歌眨了眨銀瞳，笑了。我放下手，一把揪住了他的衣領，直接揪到面前：「混蛋，你怎麼可以騙我！」

他睜著閃閃發亮的雙眸，問道：「妳沒事了？」

「哼！你很失望吧？」我再度推開他，生氣地質問：「所以你這又是在玩我嗎？你是不是覺得裝死很好玩？你怎麼可以這樣欺騙我和伊森？你知道我和伊森有多麼傷心嗎？你怎麼可以這樣戲弄我

們？」

「安歌，你這次太過分了！」坐在我肩膀上的伊森也憤怒地大喝，拉起我的長髮：「瘋女人，我們走！不要理他！」

我生氣地瞪著安歌，用力推在他的胸膛上。他文風不動，無辜地看著我：「那瀾……」

「叫姊姊！」

他一愣，嘟了嘟嘴：「那瀾姊姊，我真的不知道自己還會復活。看來這的確是詛咒……我還以為我解脫了，結果……」他嘆了一口氣，低下頭，看向站在車邊、滿面困惑的安羽，臉上閃過一抹哀傷，接著忽然回頭認真地凝視著我：「但是我得鼠疫時的感覺是貨真價實的，我知道錯了！」

他著急地看向扎圖魯、看向巴赫林、看向桑格大叔、看向所有人。望見他真誠的目光，眾人的面色漸漸流露出無比的驚訝。

「我知道錯了！扎圖魯、桑格大叔，我知道錯了！」他一邊朝百姓們大喊，一邊從我車上躍下，跑到扎圖魯身前，抱了抱他：「我終於知道飢餓是什麼滋味……」他又跑到仍跪在地上的桑格大叔面前，扶起了他：「我終於知道生病有多麼痛苦……」

他一一扶起大家：「我體驗到寒冷、體驗到疼痛、體驗到獨自死去有多麼令人害怕，更清晰地感受到鼠疫的嚴重性，所以……我決定殺死所有的老鼠！」

大家才剛剛站起來，卻又被安歌的這番話嚇得臉色發白，在場的士兵則因為王的復活，膽子大了起來，紛紛從宮殿裡衝出來，將兵器指向扎圖魯他們。

安歌王見狀，生氣地沉下臉，高聲怒吼：「他們不是老鼠！他們是我的子民！不准你們傷害他

們！」

士兵們面面相覷。安歌跑回安羽身邊，牽起了他的手：「安羽，之前的我們實在太無聊了……我想通了，今後不能再這樣下去，既然我們註定死不了，為什麼不造福別人？」

安羽笑了，笑容裡卻帶著一抹恨意：「好啊！小安要做好人了，我當然奉陪！」

「不……不是的！小羽，你不要這樣！」

安歌著急地抱住安羽，安羽卻將他重重推開，憤怒地說：「你明明就拋棄我自己去玩了！」

我聽著安羽的怒語，怔立在車上，隨即看見他臉上的神情扭曲了一下，再次揚起邪惡的笑：「我知道小安跟我在一起一直很痛苦……」

「不是的，小羽！」安歌著急了起來。他瞭解安羽，知道他每句話背後的含義。

安羽眯起銀瞳，冷冷地看著他：「那為什麼你這次沒有和我一起玩？為什麼要對我隱瞞？為什麼獨自離開？為什麼一個人去死？小安，這是你第一次和我分開，沒有和我在一起！」

安歌被安羽質問得啞口無言。

我在安羽的聲聲逼問中，深深感覺到他對安歌的獨占和依賴。從安羽為了安歌殺死父親、安歌願意代替安羽去死，就可以看出這對雙胞胎兄弟之間的深情，這份羈絆是任何人都無法介入的，所以安羽才會對安歌的隱瞞如此生氣，因為他們真的一直在一起。

「是因為我！」我在車上低聲說，安歌驚訝地朝我看來，安羽則是冷冷斜睨我。我接著說：「是因為我跟安歌打賭，為了防止他耍賴而逼他發毒誓——如果告訴任何人，安羽就會一輩子不舉！」

聞言，安羽頓時呆住了，臉上的邪笑瞬間定格。安歌先是眨了眨眼，隨後轉開目光，沒有反駁，

只是垂下頭輕咳了幾聲。

我繼續面不改色地看著安羽：「既然你那麼介意我只跟安歌玩遊戲，不如這次我也單獨跟你玩個遊戲如何？」

安羽眨了眨銀瞳，緩緩回神，看向安歌：「小安，這是真的嗎？這女人讓你發了這樣的毒誓？」

安歌默默地點點頭：「小羽，我們不老不死，如果你成為太監……接下來的日子……怎麼辦？」

安羽的臉色立刻變得蒼白。他不自在地撇了撇嘴，深吸一口氣，隨後轉頭看向我：「妳說吧，這次要玩什麼？」

我揚唇一笑，站在車上俯瞰他：「玩你能不能治理好自己的羽都，成為百姓愛戴的國王，如何？」

我挑挑眉，安羽在我的話中揚起唇角：「好啊，賭注是什麼？我要知道妳跟小安的賭注。」

我扶著車窗上緣，笑了笑：「我跟安歌打賭，他若是贏了，我就三跪九叩求他讓我回宮。」

「只有這點？」安羽銀瞳半瞇，睨向了一旁的安歌，眼角的美人痣讓他的目光流露出一絲媚態：「小安，你們的賭注真的只有這點？」

安歌的臉微微一紅，看向我，銀瞳裡水光顫動。我僵硬地看著他——你別看我啊！怎麼？你還真的希望後面隨你怎麼玩？

「嗯？看來不止哦～～」安羽媚眼如絲地看向安歌：「小安，你從來不隱瞞我任何事，而且……只要求她三跪九叩，好像不太合乎你的風格，你什麼時候那麼善良了？」

安歌忽然抿了抿朱潤的紅唇，接著微微張開，露出了裡面整齊的貝齒：「的確還有一點，她如果

輸了，就要親我一下。」

我一愣，只見安歌揚唇朝我壞笑：「是不是啊～～那瀾姊姊？」

看來安歌知道自己瞞不過安羽，便以這個來搪塞。我笑了：「是啊，一個吻嘛，我現在就給你。」

「瘋女人，不可以～～～～」伊森飛撲過來阻止我。我推開他小小的身體，朝安歌俯下身，他開心地嘟起了唇。我捧住他的臉，在安羽瞇緊的眸光和扎圖魯、巴赫林害臊的神情之中，吻上了他的額頭。

周圍瞬間陷入一陣寂靜。

「呼——」一旁的伊森頓時鬆了一口氣。

我放開安歌，擦擦嘴：「只是一個吻，我不會吝嗇的。」

安歌沉下了臉：「妳這是耍賴！」

「你又沒說親哪裡！」

「妳……！」

「繼續說正事。」我站直身體，看向依然以懷疑的目光盯著我和安歌的安羽：「但安歌如果輸了，就得讓我做七天女王。所以你也要這樣嗎？」

「嗯……」安羽的一雙銀瞳在安歌故作氣悶的臉上流轉：「好啊，就這樣！」

「那你就發誓吧。」我笑著說：「如果期間你依靠別人來治理羽都，或是做出任何無賴的作弊行為，就一輩子不舉！」

安羽一怔，轉回臉看我：「不是安歌不舉嗎？」

一旁的安歌臉都黑了。我笑看安羽：「因為你更狡猾、更貪玩，誓不夠毒不足以約束你。怎麼？不敢發誓嗎？」

安羽在我的挑釁中露出了跟安歌當初一樣的神情，他抬手指天：「我發誓，如果要賴作弊，就一輩子不舉！」

安歌擔憂地看著他。垂下手的他察覺到安歌的目光，有些生氣起來：「小安，你這副表情是什麼意思？擔心我輸嗎？」

安歌眨了眨眼，看向別處。

「截止時間就是我到羽都的時候，時間夠長了吧？」

我單手扠腰看向安羽，只見他自信地揚起臉：「足夠了。」

我點點頭：「判定的標準是你的子民真心感覺你是一位好君王，如果你威脅他們說你好，也視為作弊。」

安羽撇開臉：「……知道啦。煩死了！」

我看向安歌：「安歌，你現在有什麼想對大家說的嗎？難道……你想讓大家就這樣回去？」我指向大家。曾經反抗他的人的眸中雖然沒有了對他的恨意，取而代之的卻是迷茫和對他是否能悔改的懷疑。

安歌想了想，忽然一躍而起，站在宮殿的一處陽台上，挺拔沐浴在陽光下，擦了擦臉上我留下的血跡，乾乾淨淨地俯瞰眾人，然後看向巴赫林：「巴赫林，我命你捐出你家所有的種子，分給每一位百姓！」

巴赫林激動起來，毫不猶豫地點頭：「是！我的王！」

底下瞬間歡聲雷動，眾人激昂地互相對視，擁抱彼此。

安歌高興地笑了起來，笑容流露出一絲天真，看來讓他做王還是顯得有些青澀。他繼續說：「在第一季作物收穫前，食物由國庫提供，並且免稅三年，讓我們共度難關，重建安都！」

百姓們驚喜地仰視安歌，隨後忽然激昂地大喊起來：

「共度難關！」

「重建安都！」

「共度難關！」

「重建安都！」

朗朗的聲音迴盪在宮殿上空，充滿了無比的喜悅。巴赫林也拋開書生的儒雅氣質，興奮地高舉手臂大喊，不知巴依老爺看到此情此景會作何感想？

安歌再次望著巴赫林，露出歉疚的目光：「……巴赫林，對不起，我要抓你的阿爸。」

大家安靜下來，紛紛看向巴赫林。巴赫林僵立原地，面露羞愧，扎圖魯伸手拍了拍他的肩膀。他看了看扎圖魯，緩緩低下頭：「我為阿爸做的事感到羞愧，所以……我會把家裡所有的財物和食物還給大家，因為它們本來就屬於你們！」他慚愧地環顧四周，眾人怔怔看他，臉上露出無法置信的表情。

因為飽覽詩書，巴赫林的氣質高尚，猶如一朵出淤泥而不染的白蓮，甚至可以說比這裡的任何人

都要純淨善良！我笑看著大家，高聲道：「那就讓巴赫林做宰相怎麼樣？」

眾人紛紛愣愣地看著我，此時扎圖魯忽然大喊一聲：「好！」滿場的百姓頓時同聲附和：「好！好！」扎圖魯和桑格大叔衝了過來，一把抱起巴赫林拋向高空。他們笑著、叫著，站在陽台上的安歌也露出了從未有過的歡樂笑容。

安羽站在車邊，靜靜地仰視在陽台上綻放笑容的安歌，唇角漸漸揚起了一抹感到懷念的微笑。然而那抹微笑很快地消失在他的眼中，深深的妒意開始淹沒那雙暗沉的銀瞳。

看見他的神情，我頓時擔心起來——安羽的眼裡只有安歌，他們相依為命一百五十年，無論做什麼都在一起，無論用什麼都要求一樣，安歌忽然與他不同調，不知道會讓安羽發生怎樣的變化？

伊森飛到我的面前，開心地看著一切：「瘋女人，妳做到了！妳改變了安歌，妳真的做到了！」

我笑了笑，趴在車窗上緣看大家拋著巴赫林，驀地感覺到一束目光落在我身上，我抬頭一看——是安歌。我對他豎起雙手大拇指，他燦爛地笑著，接著揚起了手：「大家靜一靜——」

眾人安靜下來，第一次齊齊看向他們的王，安歌。

安歌那雙在陽光中灼灼閃耀的銀瞳朝我看來，目光深邃而溫柔：「我們還要感謝一個人，這個人讓我明白了身為一個王的責任，讓我看清了自己是多麼地無知，她帶我進入你們的世界，讓我深深體會到什麼叫水深火熱⋯⋯」

我在安歌的真摯目光和充滿感情的話語中微微一怔，他指著我：「如果沒有她，今天我們不會站在一起，彼此原諒，也不會有重建安都的機會⋯⋯她是天神的使者，那瀾姑娘！」他鏗鏘有力地念出我的名字，接著朝我大喊：「那瀾，謝謝妳！我們愛妳！」

我呆立在越野車上，傻傻地看著他似乎因為激動而忽然通紅的臉，隨後又眨了眨眼睛，俯瞰四周。只見扎圖魯、巴赫林、桑格大叔、達子、努克哈等人紛紛垂首，雙手交叉在胸前，默默地單膝跪地，向我致敬。

我實在沒辦法承受這麼隆重的大禮，想上前去阻止他們，伊森卻拉住了我左耳邊的長髮。我看向他，他搖搖頭，微笑地看著我，在我耳邊低語：「王國剛剛穩定，需要一個精神寄託，他們非常相信妳，妳已經成了他們的信仰，也就是神的代表。所以妳這個神使還得繼續扮演下去，好讓他們安心地跟隨安歌重建安都。」

伊森的話讓我有點不明所以，畢竟宗教的事我不太懂。但我會聽伊森的話，繼續稱職地扮演一個神使。

安羽看著周圍的人，面無表情，纏繞在身上的陰沉氣息久久無法消散。他似乎察覺到我的目光，斜睨而來，銳利冷酷的視線像是在恨我搶走了他的安歌。

「那瀾，妳想要什麼？」安歌在陽台上朝我高喊：「無論妳要什麼，我都會給妳！」

聽到安歌大喊，我匆匆轉開視線，忽然覺得後背癢癢的。我看了看自己的身體，抬頭盯著安歌：「我現在最想洗澡。」

安歌一愣，忽然仰天大笑起來：「哈哈哈——哈哈哈——」他爽朗的笑聲消融了曾經纏繞在身上的陰邪氣息，映入我的眼簾的，是站在美麗燦爛的陽光之下，一個充滿朝氣的少年……

不過，在洗澡之前，我要先把大家送回去，讓大家威威風風地走出宮殿大門。

我朝扎圖魯和巴赫林揮手：「扎圖魯、巴赫林，上來吧！我送你們回去！」

扎圖魯驚訝地看著我，巴赫林則顯得有些激動，此時此刻，反倒是文弱書生巴赫林比扎圖魯更加大膽起來。他拉起扎圖魯，躍上我的車，站在我身後。

「我也要——」安歌忽然大喊一聲，也躍了下來，坐上副駕駛座。他朝車邊的安羽伸出手：「小羽，上來吧！這車可好玩了！」

安羽看看他，撇撇嘴：「還有哪裡能坐？」

安歌笑了，撐住車座往後面一躍，站在扎圖魯和巴赫林之間，指著副駕駛座：「這裡給你坐。」

安羽勉強露出一抹笑容，帶著一絲少年的媚態，隨後抓住車門躍了上來。

其實我想說，車門是可以開的，你們不必這樣蹦來蹦去的啦……

不過……算了。

我發動車子，安羽和每個初次坐車的人一樣緊張地抓住車門，伊森得意地坐在他對面的車窗上緣嘲笑他：「怕了嗎？」

「……誰怕啊？」安羽白了他一眼，放開車門。我笑看他：「別害怕。剛才真的很對不起，開車撞了你……不過誰叫你是人王？」安羽瞪了我一眼，滿臉的不甘心。

與來時不同，我的車速飛快。畢竟來時要照顧後面的大家，但現在是要回去報喜！所以不僅是安羽，後面的扎圖魯和巴赫林都好不到哪裡去，只有安歌坐在他們中間，壞壞地笑。

既然車子開得快，自然會顛簸不已，我開著車從橋上躍下，重重掉落在地，身後頓時傳來哀號。我回頭一看，只見扎圖魯和巴赫林都臉色蒼白地抱住了安歌。

我一路開回地下城，遠處仍傻傻地看守地下城入口的士兵看見我車前的巨蟒，紛紛嚇得四散逃

開。我一個急煞車停下，安羽立刻扶著車門往外吐：「嘔！」

我笑著撫拍他的後背，卻沒想到後方接二連三地傳來嘔吐的聲音。

「嘔！」

「嘔！」

我回頭看向安歌，發現他的臉色也開始發白。也是啦，即使原本不暈車，多少都會被此刻的聲聲嘔吐影響吧。我只好先下車，為這群人一一開了車門，他們紛紛逃下車，扶著牆大吐特吐。本來是要回來告訴大家好消息的，結果兩個王吐了一個。

伊森看著他們，嘖嘖搖頭：「真可憐……本來挺開心的……」

「…………」我退回車上看著安歌，只見他捂住嘴，同樣露出一副想吐的模樣。我只好說：「那個……不然我們先回去？」

安歌面色難看地點點頭，朝安羽喊：「小羽，回去了。」

扶著牆的安羽狠狠瞪了我一眼，忽然高高躍起，抱住膝蓋，在空中猛地張開四肢，雪白的翅膀瞬間從身後展開，他頭也不回地飛了回去。

……也不用這樣吧？真不給面子！

我接著跟扎圖魯等人道別，但他們也是只揮手沒說話，我只好灰溜溜地帶著安歌一個人回去了。

「妳把小羽嚇跑了……」安歌在我身後說，我尷尬得不知道該說什麼好。他忽然向前抱住了我的車座靠背，湊過臉看著我：「小羽從來沒怕過任何東西，妳居然把他嚇得直接飛走……真有妳的！」

他這句話像是誇讚，但我聽起來渾身不舒坦。

我們一路往回駛，遇上了正準備回到地下城的大家。眾人朝我揮舞雙手，我也放慢車速，高興地跟他們打招呼。他們在兩邊發出整齊的吼聲：「吼！吼！吼！吼！」

在這裡，男人們的喊聲是對我最大的崇敬，這是一種對英雄最為原始的歌頌。

「回去之後，我就讓人為妳準備洗澡水……牛奶怎麼樣？」當車子開出人流後，安歌在我身後說。我才剛想回說太奢侈，伊森卻忽然激動起來：「好啊好啊！我很久沒洗牛奶浴了！」

我睨向他，他是想跟我一起洗嗎？

伊森絲毫沒留意我的眼神，繼續興奮地在車子裡轉圈：「終於可以洗牛奶浴了，自從發生上次的事情之後，我一直不敢跟瘋女人說想洗澡，本殿下可是第一次這麼久沒洗澡了……對了，瘋女人，我們一起洗吧！」

什麼？我差點吐了出來！正想開口阻止，身後的安歌忽然興奮地大聲說：「好啊！我們一起！」

伊森頓時沉下臉，雙手環胸，冷冷地看向安歌：「誰要跟你一起洗？」

「憑什麼只有你能跟那瀾一起洗？」安歌的聲音裡也飄出了酸酸的味道。

伊森立刻睜大金瞳：「那是因為我們……」我受不了地按下喇叭，「叭————」震得伊森捂住耳朵，從空中落下。

我把車再次停在宮殿內廣場的噴泉邊，像個惡質的計程車司機一樣大喝：「到了！都給我滾下去！」

安歌搔著頭下去了，伊森則揉著耳朵，顫悠悠地飛了起來。我拔下車鑰匙，看了看油箱……還好，油還剩很多。

我走下車，「砰」一聲地甩上車門，大搖大擺走進宮殿大門，門邊的侍衛和裡頭瞧見剛才一切的女僕紛紛垂首恭敬讓開。我站在寬敞而饒富新疆風情的宮殿裡，深深吸了一口氣——真有女王的感覺！

安都的叛亂平息了，可是還有很多事要做。

里約不見了，自從安歌復活之後，我一直沒看見他。

有人幫我收起了清剛，恭恭敬敬地交到安歌的手上。

很多貴族不知道皇宮裡的情況，惴惴不安地留在家裡等候消息。他們沒有逃跑，因為他們相信他們的王能夠平定叛亂，然而看見「老鼠們」歡樂地返回地下城，讓他們陷入深深的困惑與迷茫。

至於巴依老爺據說是想跑的，但是被人攔住了，帶頭攔住他的還是他的兒子巴赫林。巴赫林低著頭，任由其他人把他老子給綁了，巴依老爺急得直跳腳，大喊巴赫林是個傻子。

總之外面似乎亂成了一鍋粥，也亂成了一場喜劇。

不過無論外面怎麼亂，現在的我可是舒舒服服地躺在牛奶裡……好吧，請神明寬恕我這一次的奢侈，這將是我那瀾第一次、也是最後一次的牛奶浴，請原諒我畢竟是個女人，對牛奶浴有著莫名的憧憬。

純潔可愛的女孩們身穿潔白的雪紡紗裙，站在白玉浴池的兩側，朝乳白的牛奶池裡撒入片片玫瑰花瓣。精緻而充滿異域風情的浴室寬敞得宛如一座宮殿。晶亮的大理石地板宛如一條金色的大道，穿梭在整個浴殿之間，盤盤繞繞，分隔出好幾個浴池，讓人不由得想到「酒池肉林」四個字。

大理石道兩邊是兩條翠綠的水道，連通所有浴池，當浴池口開啟時，水道裡的熱水便會注入池中。光潔的石柱上有著精美的壁畫，上頭畫著衣衫半褪的美人，也畫著上身赤裸的男人，還有……嗯？這一男一女抱在一起是……什麼……情況？

咦咦咦？不會吧？石柱上畫的居然是春宮圖！

我的臉瞬間炸紅，沒入濃郁的牛奶之中。

大理石道末端有著一個大大的陽台，金色的紗簾此刻垂落而下，在溫暖的風中輕輕飄搖。

安都的溫度很宜人，雖然像是曾經位處沙漠的樓蘭，卻又不會太熱，濕度不高，當初在地下城的時候，即使不蓋被子睡覺，晚上也不會太冷。這點和沙漠日夜溫差極大的天氣型態不同，有一種四季如初夏的感覺。

特殊的世界誕生出這種特殊的天氣。

此刻已是下午時分，由於陽台剛好朝西，和煦的太陽正出現在我面前，吃著水果賞落日，實在無比愜意。

忽然，一抹金光掠過我眼前，我瞬間戒備了起來。他似乎不想讓我發現，一直躲在我右眼的盲區。我坐在牛奶池裡轉身，潔白的牛奶掀起了層層波浪，鮮豔的玫瑰花瓣四散蕩漾。池水沒過我的胸口，微微露出那道溝壑，點點花瓣黏在我赤裸的肩膀和飄散在牛奶裡的長髮上。

「那瀾姑娘，怎麼了？」旁邊的侍女恭敬地詢問我。

我看看四周，沒看見那隻金色的蒼蠅：「妳們先下去吧，我喜歡一個人洗澡。」

「是，稍後再給姑娘取衣服來。」

「好。」她們赤裸著雙腳輕輕退下。我立刻大喝：「伊森！你這隻下流的蒼蠅！」

「居然被妳發現了……」伊森從我身後飛了出來，飄浮在空氣裡，委屈地攪動手指，紅著臉看向別處：「我很久沒洗了……妳現在牛奶裡，我什麼都看不見……而且我剛才還去幫妳拿畫板……現在都快成了妳的奴隸了，妳卻不讓我洗澡……」

「誰不讓你洗澡了？」我氣結地看著他：「只是不讓你跟我一起洗！」

到底是他理解能力有限，還是我表達能力有問題？

「有什麼關係？」他鼓起如蘋果一般紅潤的小臉，委屈地瞪著我：「我又不會變大！我這麼小，想做什麼都做不成啊！」他嘸起嘴，煩躁地抓著滿頭的金髮。

我愣了愣，看了看他和男人手掌差不多長短的身體，一時無語。見他這裡抓、那裡癢，總覺得也於心不忍了起來。

我心軟了，隨手拿起旁邊大大的黃金果盤，倒空裡面的水果，然後舀了滿滿一盆牛奶——好重，不愧是純金打造的——雙手端著放在我身邊的白玉石上：「你洗吧。」

他眨了眨金瞳，帶著一抹橘紅色澤的唇開心地上揚，裡頭的牙齒白得像是晶瑩剔透的白翡翠。

「謝謝！能不能再給我一點玫瑰花？」他飛到水果盤邊，雙手扒在金盤的邊緣看。

我無語地看著他……王子就是矯情，渾身王子病，洗澡還要玫瑰花！

我撈起了一些玫瑰花瓣放入牛奶裡，伊森開心地脫去那件像是絲綢般的白衣，甩在地上，嬌小而白皙的身體瞬間映入我的眼簾。他接著打算脫下底褲，我的臉頓時炸紅，大喊：「別在我面前脫啊！」

他眨了眨眼，狐疑地看了我一眼：「有什麼關係？我以前洗澡的時候，璐璐和涅埃爾都會在旁邊服侍我。我沒把妳當外人，不會介意的。」

「我介意好不……」話還沒說完，他已經直接脫下褲子，露出雪白的小屁股，我頓時一陣僵硬。幸好他是背對我……那小小的屁股就像兩個蒜瓣。

儘管他總是強調自己是個小人，在我面前脫光光沒什麼，可是當我真的看到他光溜溜的身體後，心跳還是不由得加速。我害臊地轉開臉，開始後悔自己的一時心軟。

只見他翩然飛起，然後一個衝刺進了牛奶，「啪」的一聲，牛奶四散飛濺，還濺到了我的臉上，我鬱悶地一邊擦著臉，一邊等他從牛奶裡浮起：「你的動作能不能不要那麼大？都濺到我了！」

他壓根兒沒聽我說話，在牛奶裡開始快樂地游了起來，纖長的手臂划過牛奶，雪白的小屁股微微浮出水面，優美的泳姿在金色如紗的暮光中讓人無法移開目光。

他忽然埋入了牛奶之中，久久不見人影。我疑惑起來，輕聲喚著他：「伊森，伊森？」但他還是沒有動靜，我於是摘下一顆葡萄，扔進了他的牛奶裡——咕咚！

「伊森？」

好奇怪，他還是沒上來。我開始擔心了，因為他真的下去很久了。

我再扔了個大一點的蘋果下去——撲通！牛奶再次濺開，還是不見伊森。

我真的急了，一邊喊著「伊森！」一邊上前察看，卻聽見「嘩啦」一聲，裡頭閃過了一縷金光，伊森身後帶起的牛奶化作一串金色的珠鍊墜落。他甩了甩他的金髮，金翅隨之震動，牛奶再次飛濺在我的臉上。

「伊森，別甩了！」我擋住從他那裡而來的水滴，眼前的情景與我家的狗剛洗好澡沒什麼兩樣。他停了下來，我放下手，卻看見他全身赤裸地停在空中，站在我的面前。

我的臉一下子紅了起來，心跳猛然加速。他背對夕陽站立，金色的光芒自他身後透射出來，籠罩在那具如同白瓷的身體上，使他小小的身軀似乎也變得通透，朦朧的金光像是套上了一層金衣，包裹住他的身體，讓人無法看清他赤裸的胴體。

他緩緩朝我靠近，我瞪大眼睛，心跳加速地看著他，腦中不知不覺地浮現出他變大時的模樣，回溯到我們再次相遇的畫面。他趴在我的身上，吸吮著我的唇……

「瘋女人……」低低的呼喚自他口中傳來，他小小的身體貼上了我的面頰，那雙小巧而宛如白瓷般的手摸上了我的臉，他緩緩地低下頭，輕輕舔去了我臉上的牛奶。那一刻，我的呼吸徹底凝滯，大腦陷入了茫茫的空白，眼前的夕陽越來越朦朧，化作一片金霧，填滿了我的視野……

「那瀾姑娘——那瀾姑娘——」笑妃的高喊忽然打破了這片刻的寂靜，伊森驚然離開，飛到我的左側，靠在我赤裸的手臂上，拉攏我披散的長髮擋住他的身體。

撲通！撲通！撲通！當我回神時，清楚地感覺到心臟在胸口裡劇烈地跳動，連耳膜也被震得隆隆直響；左手臂上的伊森一動也不動地站在那裡，身體熱燙，溫度從他靠著我手臂的肌膚傳來，比池中的牛奶更為灼熱。

「那瀾姑娘！那瀾姑娘——」尖銳的聲音傳入我的耳朵，我吃驚地朝旁邊看去，才發現笑妃已經跑到我的身邊，眨著一雙漂亮的大眼睛，頭紗和長髮全垂在了我的身旁。

她疑惑地看著我：「那瀾姑娘，妳在想什麼？沒聽見我叫妳嗎？妳的臉好紅，是不是水溫太熱了？」

我心虛起來，連連搖頭：「不、不是……啊，是、是這樣沒錯，水溫有點熱，不過這樣很舒服。」

小笑妃天真無邪地笑了，她身上穿著金色的抹胸和紗裙，巨大的胸部從抹胸裡擠出，像是兩個大白饅頭，透過薄薄的布料微微可見她胸口那兩個明顯的凸起。

她雙手托腮蹲在池邊，崇拜地看著我：「那瀾姑娘真厲害！我全聽我阿哥說了，他簡直都要迷上妳了！」

我一陣僵硬，他們說話好直接，我想她的意思……應該是他的哥哥成了我的忠實粉絲。

「而且妳也改變了王！王好愛妳！真希望我們永遠在一起……我們一起服侍王好不好？再讓阿哥做你的情人怎麼樣？這樣我就能天天見到阿哥了！」她開心地笑了起來，一副胸無城府的模樣。

我更加驚訝地看著她，簡直到了目瞪口呆的境界，她的邏輯好神奇！

「那個……笑妃……妳可能……搞錯了？我和妳哥還有王只是朋友，沒人……會喜歡一個獨眼的女人吧……」

笑妃的目光落在我右眼的眼罩上，瞬間哀傷起來。這個單純的小姑娘，真的什麼表情都會顯露在臉上。

「而且……就算我成為了王的女人……好像……也不能做妳阿哥的情人……吧？」這怎麼聽都是宮廷糜爛的節奏啊！

「當然可以！」小笑妃聞言反而面露困惑，似乎覺得我大驚小怪：「因為群王不老不死，早就規

定自己的妃子可以尋找情人。如果真心相愛，王還會送嫁妝，讓他們結婚呢！」

我啞口無言地看著她。她盯著我，像是看到了一隻鱉：「這在安都、玉音王的玉都、伏色魔耶王的伏都、涅梵王的梵都，以及安羽王的羽都都是可以的！除非妃子不願意外嫁。另外，正受到王寵愛的妃子也暫時不能尋找情人，但因為人總會老去，群王對一個妃子的寵愛不會超過太長的時間，所以我們在服侍王之後，可以離開王宮，尋覓別的男人。但我好喜歡王啊……」小笑妃雙手抱心，滿臉欽慕：「我現在還不想離開王，而且……安都裡也沒有人能超過王或是我哥哥，如果有個男人像我哥哥，我倒是願意跟他離開，因為我不想讓王看到我老的樣子……」小笑妃不開心地噘起了嘴，漂亮的大眼睛裡滿是深深的哀嘆。

原來樓蘭古國出現了這樣特殊的宮廷制度？雖然以前在蠻夷確實有把妃子賜給下臣，或是兒子娶父親妃子的事情，不過當時因為以男人為尊，形式上是將女人作為賞賜。但現在似乎比較尊重女人，只要是不在受寵期的妃子，便可以自己找尋情人，嫁個好歸宿。這樣的宮廷制倒是很人性化。

剛剛小笑妃說了五個，那另外三個呢？由於其中正好有下一輪要打交道的靈川王，我開始探聽：「那靈川王、鄯善王和夜叉王呢？妳怎麼沒提到他們？他們不允許妃子外嫁？」

「不，他們沒有妃子。」小笑妃坐了下來，將赤裸的雙腳浸入浴池中，金色的裙襬飄蕩在雪白的牛奶上，浮沉在花瓣之中。

我不禁驚訝：「啊？」

她雙手撐在池邊，雙腿在花瓣之間輕輕擺動：「靈川王是河龍選中的守護者……哦，河龍就是我們樓蘭的神，或者說是水神？」她漂亮的大眼睛向上翻起轉了轉：「我也搞不清楚，我書讀得少，反

正就是我們的神吧。河龍神需要聖潔之體服侍，所以靈川王是不能娶妻的。靈川王真可憐，原本不是不老不死，也就幾十年，現在……哎……王總是取笑他是千年大處男，哈哈……」小笑妃笑了笑，俏皮地吐了吐舌頭。

我放心地點了點頭，處子就好，這說明我到靈川王那裡將會無比地安全，說不定我碰他一下還會被視作褻瀆，哈哈！他到時肯定會躲我躲得遠遠的。

「服侍靈川王的也全是處女，而且，女人不能碰他的！」小笑妃鄭重強調，我心裡快樂死了，果然！隱隱感覺去靈川王那裡將是我最自由、最快活的日子。

「鄯善王呢……聽說是因為深愛他的妻子，所以妻子死後就再也沒娶妻，潛心修佛了。」

聽著笑妃的話，我再次對鄯善殺死闍梨香女王感到困惑……一個善良的男人、一個深愛自己妻子的男人，怎麼會做出那樣的事情？

「至於夜叉王……」小笑妃哆嗦了一下，抱住自己的手臂：「他把他國裡的女人都嚇跑了，反正在他的王國裡，女孩只要一出生就會立刻定親，長大了就趕緊結婚，嫁不掉的也都逃到國外。另外有傳聞說他不喜歡女人，喜歡男人……誰知道呢？」笑妃聳聳肩：「其他國家的事我知道的並不多，很多都是從王和阿爸那裡聽來的。」

阿爸……我看著純真的小笑妃，不知道她是否知道巴赫林大義滅親的事？想必疼愛妹妹的巴赫林一定不會說吧。

「對了！王叫我來陪妳沐浴！」小笑妃開心地跳入我的牛奶池，我登時僵硬……今天是怎麼回事？怎麼一個個都跑來要跟我一起洗澡？

「不不不，我洗澡不用人……」話還沒說完，笑妃已經扯掉了抹胸，一雙豪乳瞬間彈出，占據了一大片水域。好吧……既然已經脫了……那就算了……

不過……她的胸部……好、好大……

安歌叫笑妃來陪我洗澡是什麼意思？刺激我嗎？是說她的胸部怎麼會那麼大？

我忽然覺得自己有點羞恥，目光居然離不開那對宛如小木瓜般的豪乳。

「那個……妳重不重啊？」我不知怎地說出了這句話，問出口後瞬間覺得自己腦殘了。

笑妃盤起長長的棕髮說：「不重，我只有五十公斤左右。」

妹妹，我問的不是妳的體重，而是問妳胸口那兩顆重不重好不好？好吧，確實是我問得不好。

「不過王還是覺得我太瘦了，王喜歡胖一點的。」笑妃笑嘻嘻地看著我：「所以王喜歡那瀾姑娘。」

「誰胖了？」我是絕對不會承認自己胖的，我哪裡胖了？我這叫身材勻稱，稍顯豐腴。

「嗯，那瀾姑娘不會很胖，正好是王喜歡的類型。」笑妃走到我旁邊，握住了我的手臂，開始像擠牛奶一樣揉捏：「王喜歡有一點肉肉的，因為這樣靠著會很舒服，所以他總是喜歡睡在我的……」

她的臉紅了起來，羞澀地用手捧住自己碩大的胸部。

呃——受不了，不要跟我分享你們床上的事！

我完全不懂她此刻到底在害羞個什麼勁，明明說喜歡跟安歌、安羽一起……唉，算了，這個世界的女人思維跟我們不太一樣，這裡的女人覺得服侍兩個王不是什麼羞恥的事情，但此刻說起一些她和王之間的私密小事，反而讓她面帶春色桃花紅，顯現出少女羞澀的儀態，說明她心裡真的喜歡安歌。

我終於忍不住了，面對她的巨大胸部實在難以鎮定，於是我問她：「那個……我能捏捏嗎？」

笑妃愣了愣，看向我，我伸手指著她的胸部：「我從沒見過妳這麼大的，看到的都是繪圖軟體合成出來的，所以……我很好奇。」

她純真的臉上布滿了疑惑，在漸漸黯淡下去的天色中不解地問我：「什麼叫繪圖軟體合成出來的？」

「哦……」越顯濃重的夜色遮住了我也紅起來的臉：「就是假的。我們上面另外還有一種手術，可以把胸部墊大，那也是假的。」

「我的可是真的哦！」小笑妃雙目閃爍：「快，妳來捏捏！」她一把抓起我的手，放上了她的胸部……天啊！又軟又滑，還很有彈性，我一隻手只能摸到三分之一，根本捏不了她的胸部，安歌和安羽到底有多幸福啊！

不過這裡的女人胸部普遍很大，像瑪莎儘管營養不良，也有C罩杯……唉，人家先天條件好嘛。

忽然，我的左耳邊傳來一絲被拉扯的疼痛感，像是有人揪住我的頭髮，爬繩般地攀了上來。

「嘶！」我被扯得一陣抽痛，恍然想到那隻蒼蠅還在！那隻蒼蠅可是隻雄的！

哈哈，伊森今天可是大飽眼福了！

「怎麼了？那瀾姑娘？」笑妃關心地問我，我趕緊解釋：「沒事沒事，我忽然牙痛了一下。」

笑妃笑了，以一種複雜的目光看著我，像是羨慕，像是崇拜，又像是癡迷。我被她炙熱的目光看得渾身起了雞皮疙瘩。

「妳真下流！」伊森在我耳邊說。我愣了愣……我下流？我摸女人算下流？我抽了抽眉，轉身裝

作去拿水果，壓低聲音：「說我下流？我看是你大飽眼福吧！」

「我沒看！」伊森理直氣壯地說，飛到水果之間，一串葡萄遮住了他的下身。他鼓起臉，雙手環胸，以那雙金瞳瞪著我，我也回瞪他。忽然有人從我身後伸出手，一把握住了我的胸部，我頓時驚叫轉身：「啊！」

只見可愛的笑妃大笑起來：「哈哈哈哈哈……哈哈哈哈……」

我滿臉黑線，總覺得伊森現在在這裡非常不妥。

笑妃伸出了雙手抓了抓：「那灡姑娘不要小氣，讓我也捏捏吧～～」

「不要！」我瞪大眼睛轉身，看見了呆立在水果裡的伊森，他雪白的鼻子下掛著兩條血痕。

我瞬間僵硬，身後忽然撞上了什麼柔軟的東西——是笑妃的胸部！那碩大的胸部讓她人未到，胸先到。我生氣地看著伊森，低語：「你這隻下流的蒼蠅！」說完，我端起金盤翻轉，牛奶全倒在伊森臉上，接著又將果盤扣在他身上！

「讓我捏捏嘛～～妳明明捏了我的，為什麼不讓我捏妳的？」笑妃不依不饒，巨大的肉球在我後背滾來滾去，有那麼一瞬間，我真的覺得很舒服，像是人體按摩一般。但兩個女孩的水中嬉鬧對男人們而言無疑是致命誘惑，早知道笑妃會來，我肯定不讓伊森留下。

「好姊姊～～好姊姊～～讓我捏捏嘛！這宮裡只有我一個妃子，我很悶的！」可愛的笑妃艱難地抱住我，因為她的胸部實在太大，把她和我隔得遠遠的。

「我說笑妃，妳真的不覺得胸部沉嗎？」我抓住池邊堅守。

「原來妳問的是這個？」她趴在我後背上：「有時真的很麻煩呢！我覺得姊姊的正好，不大不

小，我的有時跑起來很煩人，一沉一沉的，如果不托著，跑久了會疼……」

「………」這話題可真是兒少不宜。

月光漸漸從東面的網格窗裡灑入，如同銀白的雪紡紗般鋪在大理石道上，也鋪在一座座浴池上，靜靜的水流讓整個浴殿變得波光粼粼。

「姊姊喜歡王嗎？」笑妃輕輕摸過我垂在浴池邊的手臂，我把被我反扣的金盆推得遠遠的：「以前不喜歡，現在喜歡了。」

「那姊姊留下來陪我吧！」她激動地說。

我靠在暖暖的池邊：「不是妳想的那種喜歡，是朋……」

月光之中又來了人。怎麼那麼多人來洗澡？這裡不是公共澡堂好不好！

「王來了！」聽到笑妃激動的喊聲，我瞬間崩潰了……好吧，這是人家的地盤、人家的浴池，我無權阻止主人來洗澡。

笑妃終於從我身後跳開，我趕緊去拿浴池邊的衣服，一隻赤裸的腳忽然踩在我的衣服上。我僵硬地抬頭一看，只見四條赤裸的腿出現在月光中；再往上瞧，則是一模一樣的金絲圍裙，短短的圍裙遮住了雙腿之間的祕區；再往上是兩具完全赤裸的身體，以及兩張一模一樣、在月光中壞笑的臉。

「別走啊～～小怪怪～～」安羽蹲了下來，伸出手勾住我的下巴，我驚然後退，安羽露出了不悅的神情：「咦？小怪怪只跟小安好了嗎？」

安歌在旁邊愣了愣，轉開臉：「小羽～～小醜醜那麼難看，我可不想碰她……你到底洗不洗？」

他似乎忽然變得冷淡起來。

我瞬間明白了什麼，並沒有因為他驟變的態度而生氣。安羽揚了揚唇角，忽然朝我撲了過來：

「我要跟小怪怪一起洗～」

天啊！今天的我是走桃花運了嗎？怎麼無論男女都要黏過來？

安羽撲了下來，濺起大大的水花，我驚詫得跑到笑妃身後，拉住她後退。笑妃咯咯笑了起來：

「姊姊怕什麼？王喜歡這樣鬧著玩。」

拜託！即使妳習慣了，但我可不喜歡跟他們一起戲水……不對，是戲奶！

安羽撲下來後再也不見蹤影，乳白的水面一時平靜如鏡。

「小羽！」安歌站在岸上，有些焦急地來回徘徊，隨後也「撲通！」一聲跳了下來，在牛奶中開始找尋：「小羽，別鬧了，快出來！你跟一個獨眼女人一起洗澡，不覺得噁心嗎？」

我突然隱約感覺到一隻手摸上了我的小腿，驚得抓起浴池邊笑妃和自己的衣服，遮住上身急急往後想躍上浴池，那隻撫摸我的手卻猛地一把扣住我的腳踝，狠狠地往下拽去，巨大的力量使我無法反抗。被拽入浴池之中後，牛奶湧入我的嘴中，我也沉入浴池底部。

上方傳來安歌著急的大喊：「小羽，放開那瀾！」

又有人沉了下來，握住了我腳踝上的手，將另一隻手掰開。獲得自由後，我頭也不回地往回跑，浮出水面時只看到呆呆站著的笑妃，牛奶池裡水花陣陣，時不時露出兩個糾纏的人影。我於是匆匆爬上浴池，裹上衣服就衝了出去，身邊忽然掠過一道金光，我整個人瞬間被提起，雙腳離地——是伊森！他用他的精靈之力，帶我直接從陽台飛了出去，離開這座危險的浴殿。

飛在空中，我依然心慌不已……安羽嚇到我了。伊森把我從一扇窗戶送回了房間的床上，身上的

牛奶濡濕了絲滑豔麗的床單，我驚魂未定地呆呆坐在上頭。有人拿來絲毯披在我的身上，並打算點亮房裡的油燈。

「別點！」我驚惶地說，心臟撲通撲通地跳。

燈火隨即熄滅，房間陷入一片寂靜，我坐在床上，心緒始終不寧。今晚的事讓我再次想起他們是王，要是真的禽獸起來該怎麼辦？

我忽然想到了伊森，只有他能保護我！我坐在床上，開始到處找他，黑暗之中卻不見他的身影，我害怕起來，大聲叫道：「伊森！伊森——」

窗外頓時飛入一抹金光，他急忙朝我飛來：「怎麼了？瘋女人？」

當他懸停在我身前時，我情不自禁地伸出雙手，一把抓住他嬌小纖細的身體，放到臉邊：「伊森，別離開我……我害怕。」

他小小的身體在我手中變得僵硬，我將他放在臉邊，閉上了眼睛。他的存在讓我漸漸安心，驚慌的心跳也緩緩平復，我隱約感覺到他的體溫開始慢慢上升。張眼一看，只見他小小的臉已經變得通紅，金瞳圓睜，呆呆地看著我。

我感激地笑看他：「謝謝你，有你在，我安心多了。」

他眨了眨金瞳，抿了抿紅潤的唇，神情呆滯地低下臉點點頭，發出一聲輕輕的回應：「嗯……」

「你剛才去哪裡了？」

我放開了他。他交手於背，金翅展開在身後：「去看看他們洗完了沒……是說……妳身上……全是……牛奶……」他撇開臉，小聲嘟囔。

我心裡頓時湧現出一股感動，這股暖流讓我的心再次急速跳動了起來，臉也逐漸發熱。我摸上自己滾燙的臉，垂下了目光：「那……他們洗好了嗎？」

「還沒……不過……笑妃不在了……」

「那……我們再等等……」好奇怪，為什麼我們之間的氣氛忽然變得這麼尷尬？無意間，我看到放在窗邊的畫架，於是一下子站了起來：「我要畫畫！」對，我要畫畫！畫畫可以讓我的心徹底靜下來，不再受到周圍環境的影響。

我拖拽起裹在身上那堆亂糟糟的衣服和絲毯，坐到畫架前的椅子上：「點燈，快點燈！」我已經迫不及待了，像是毒癮發作一般，控制不住此刻想畫畫的欲望，滿腦子都是想記錄下來的畫面，一幅一幅又一幅快要溢出我的大腦。

房間裡亮起了一盞盞油燈，我固定好身上的這堆布，在胸口裹緊，多餘的則甩上肩膀，像是古希臘的女神。畫架旁邊就是一張化妝台，圓鏡裡清晰地照出我沐浴後緋紅的臉……不，這應該是因為激動造成的；半乾的長髮亂蓬蓬地散在胸前、肩膀和後背，紫色的絲毯襯出了肌膚的雪白，胸口裹緊的衣服微微露出了一抹溝壑。鏡子裡的自己……還真的有那麼一點……狂野！

我喜歡這樣的自己，隨興奔放、桀驁不馴，想怎麼穿就怎麼穿，不再受任何時尚約束！還有那眼罩，太有個性了！讓我看起來像是女版阿里巴巴般帥氣！儘管眼罩濕透讓我很不舒服，但我決定即使眼睛好了也不摘，這才是個性！

不過，現在最好還是拿下來吹乾吧。

我伸手想去解開眼罩，鏡中突然出現了伊森的身影，他飛到我的身後，小手伸入了我的長髮之

間。我笑著放下雙手，讓他輕輕地扯開那條小小的繫帶，緩慢的動作像是在扯開美女的肚兜。

既然精靈之元能讓人復原，那我的眼睛會不會已經好了？我的心跳隨著眼罩緩緩鬆落而開始加速，感覺有些緊張，又有些害怕。如果沒好呢？或是徹底……

在我還沒做好心理準備時，伊森忽然一下子抽掉了我的眼罩，光線頓時刺入右眼，我不適應地眨了眨。

「怎麼樣？」伊森飛到我臉邊，緊張地看著我。我的眼中出現了兩個伊森……不，確切地說是疊影，一個清楚，一個模糊。因為不舒服，右眼溢出了眼淚，我下意識地眨了眨，擦去眼淚後，眼前是一片清澈的世界，我驚喜地看著眼前清清楚楚的伊森，還有右眼完全明瞭的視野，頓時高興地捂住了雙唇，激動得無法言語。

「瘋女人！到底怎麼樣？」

伊森飛到我面前，抓住了我捂住嘴的雙手，緊張而擔心地看著我。

近在咫尺的他是那麼地清晰——小小的金瞳、小小的鼻子、小小的紅唇、小小的手，還有手指上小小的戒指，無一不清晰可見！

「嗯！」我激動地叫了起來：「我好了！我好了！」我興奮地抓住伊森的身體，親在他的臉上，他瞬間呆住了。

我放開伊森，捂住左眼，右眼看到了他瞬間炸紅的臉。他的臉那麼小，我可能把他整個頭都親下去了吧？

我眨了眨右眼，只見他僵硬地抬手抹臉。

「哈哈！哈哈哈——」我笑翻了，壞壞地用手去戳他小小的胸脯：「誰叫你這麼小，哈哈哈！」我戳、我戳、我再戳。

「別戳了！」伊森生氣地鼓起臉，我放下手，開始用左右兩眼輪流朝他看去。左眼看一下，伊森在梳理自己的金髮；右眼看一下，他在拉自己絲薄的衣衫；再用左眼看一下，映入眼簾的是他赤裸的小腿；右眼看一下，看到了他腿上金色的花紋。接著左眼……

嗯？我感覺到有什麼不對勁，於是再次閉上左眼看，看到了纏繞在他腿上金色閃動的花紋，一直往上蔓延，像花藤般纏繞而上，直到他的側臉。

怎麼回事？我再閉上右眼看他，他身上乾乾淨淨的，什麼都沒有。

我再次改以右眼順著他的腿往上看，結果花紋被他的衣服遮住，我下意識地去掀，他立刻跳開，漲紅小臉看著我：「瘋女人，妳要做什麼？」他緊張地揪緊自己的衣袍，彷彿我要凌辱他似的。

我恍然回神，這才意識到自己究竟做了什麼！頓時臉紅心跳，一時無言以對。

他紅著臉、瞪大眼睛看了我一會兒，忽然一陣狂喜，朝我激動飛來，雙拳緊緊握在身前：「瘋女人！妳是不是想幫我完成成人禮？是不是？是不是？」

我的臉瞬間黑了，但他依舊相當亢奮：「可是、可是我現在這麼小，要怎麼做？」他看著自己的身體，著急地抬頭看著我：「想辦法給我一點精靈之力吧，只要能幫助我變大就行！」

我沉默地垮下臉，直接揮開梳妝台上的化妝品，轉身拿起畫袋，把畫筆全部倒了出來，接著以鉛筆開始在畫紙上打稿。

「瘋女人？妳怎麼又不理我了？瘋女人？」他再度像蒼蠅一樣聒譟起來：「妳是要畫畫嗎？」他

飛到我面前的畫架，躺在頂端上，單手支臉，單腿曲起，百般風騷地想引起我的注意：「是要畫我吧？妳覺得這個姿勢怎樣？」

我懶懶看了他一眼：「太騷了。」

咻！一陣風吹過，把他從畫架上吹落，我看著空無一人的畫架頂端，笑了。伊森從後方失落地飛了起來：「我去看看他們洗好了沒……」然後垂頭喪氣地飛了出去，飛到窗口時卻又忽然停落，回頭哀怨地看了我一眼：「妳既然不想做，脫我衣服做什麼？」

我一怔。他難過地垂下臉，金髮在夜風中淒涼地飛揚：「如果不想跟我做，就請不要調戲我……妳這是在羞辱我……」哀戚地說完後，他便像是逃離般消失在窗口。

我徹底呆在座椅上……我難道變成了大魔女嗎？理智線瞬間斷裂，我只能靠畫畫來讓自己重新冷靜思考。

伊森怎麼能那麼說？真是越想越生氣，導致我落筆的力道也逐漸加重。居然把我說得像個女流氓，太過分了，我只是想看看他身上的紋路到底是怎麼回事而已啊！

好吧，我一下子忘記他是男人，還以為只是隻寵物……我心不在焉地畫出了一條柔柔的背線，那是在我的腦海中印象最為深刻的畫面——從浴桶站起的安歌落寞哀傷的背影。

可是……為什麼我的左眼和右眼看到的東西不一樣？而且還會相互影響，看得我有點頭疼。這樣不行，我還是只能用一隻眼睛看東西。

我看向化妝台的抽屜，不知道裡頭能不能找到一塊絲巾把右眼包起來？

我隨便拉開其中一個抽屜，卻看見一枚金色和一枚紅色花紋的眼罩整整齊齊地放在裡面，看來安

歌已經幫我準備好了。我笑著戴上，繼續畫起畫，覺得舒坦了些。

我抬起腳踩在旁邊的化妝台上，讓自己畫畫的姿勢更加隨意，絲滑的毯子從腿上滑落，露出了我雪白的大腿。因為體態豐腴，我的皮膚看起來相當緊緻有彈性，又因為常年吃肉皮，天然的膠原蛋白讓膚色白裡透紅、滑膩如玉……胖還是有胖的好處嘛！

畫完安歌的素描後，我往後靠在椅背上，咬著鉛筆盯著畫紙上的草稿。安歌臨死前的遺願竟然是要我殺死安羽，好讓他不用孤獨寂寞地留在世上，我們世界的人想必無法理解這樣的遺囑吧？

我隱約覺得有人正在盯著我，循著視線看去，在窗台上看見了返回的伊森，他靜立在月光與燈光交會之處，雖然看不清楚他的神情，那股目光卻熾熱無比。

他的沉默讓我的心跳莫名加速，轉頭想避開他的火熱視線：「怎麼了？回來也不說一聲，盯著我看做什麼？」

他一聲不響地飛了進來，經過我的面前，飛到我的腿邊，低垂著頭，金色的長髮和髮辮遮住了他的臉。他慢慢伸出小手，放在我裸露的大腿上，異常的熱度忽然傳到了我的肌膚。

「為什麼……」他低沉的聲音帶著一絲嘶啞：「妳這個獨眼瘋女人會這麼性感？」

聞言，我忽然愣住了。

「我沒救了……」他忽然低落了起來，有些頹喪地俯下臉貼在我赤裸的腿側：「妳怎麼可以這麼對我……怎麼可以這麼欺負我……我快難受死了……」

我嘴裡的鉛筆掉了下去。伊森到底怎麼了？他在說什麼？他在難受什麼？

我尷尬地看著他：「伊森，你到底怎麼了？你……沒事吧……」

「我沒事……」輕輕的嘟囔從他貼在我腿上的臉部而來，但那語氣可不像是沒事。

我歉疚地看著他：「對不起啊伊森，我剛剛不是要調戲你，或是有意勾引你……我是因為看到你身上有奇怪的花紋，所以才……」我也解釋不清楚，感覺越說越像掩飾：「你別生氣、別生氣啦！」我拿起掉落在身上的鉛筆，往他的身側戳去。他的身體軟軟的，結果我又手癢起來，不停地戳他。我戳，我戳，我再戳。

「別戳了！」他生氣地拍開我的鉛筆，朝我大吼，我僵直地看著他。他轉身背對我：「讓我冷靜一會兒，我肚子疼……」有些痛苦地說完後，他彎下腰，像是要捂住小腹。

我尷尬地咬唇看他，瞄了瞄自己架在化妝台上的腿，匆匆收回，端正坐姿用絲毯蓋好，再把胸口的衣服拉得高一點，也用絲毯遮住。

外面的夜風靜靜地從窗戶吹入，我不敢再看伊森，總覺得他今天這樣是因為我……

我紅著臉，轉頭看向外面的月色，銀白的月光讓我漸漸平靜下來。輕柔溫暖的夜風吹起了我的長髮，也吹乾了我身上的牛奶，身體沒有任何不適，只有淡淡的奶香殘留在我身上。

「對了……他們離開浴殿了，妳要不要去……」身旁忽然傳來伊森尷尬的話音。

我不敢看他，這個話題又讓我莫名地害羞起來：「不……不去了……好像……也沒什麼……不舒服的……」

「嗯……」

之後又是漫長得讓人呼吸凝滯的寂靜。

「啊……妳又畫裸男！」生氣的聲音徹底打破了之前的靜謐，我轉過頭無辜地看著伊森，他正對

著安歌的畫憤怒不已：「妳這個下流的女人，為什麼就這麼喜歡畫裸男？」

「我沒有！」聽見他說我下流，我還是想辯駁一下的：「只是安歌出浴時的畫面對我來說印象太深刻……」

「安歌出浴？」伊森轉過頭來，整張臉氣得煞白。他抽了抽嘴角：「哼，裸男出浴當然印象深刻！」

「你懂什麼！」我也生氣起來：「這是藝術！你難道不覺得這個背影分外地憂傷和蒼老嗎？」

「我也很憂傷和蒼老，妳怎麼不畫我？是不是一定要脫光妳才肯畫？」伊森瞪大了金瞳：「好！我現在就脫光給你看！」說著，他拉起了裙襬就往上提。

今晚伊森到底在發什麼瘋？態度忽冷忽熱的，一下說自己難受，一下又對我大發脾氣，現在居然又要脫衣服！因為知道裡面有底褲，所以他脫我也沒回避，只是生氣地說：「伊森，你到底在發什麼神經？我學畫畫的時候，經常有裸體模特……噗！」我噴了，伊森……沒穿內褲……

幸好他太小，小伊森還不足以進入我的視野，再加上我及時察覺他沒穿內褲，立刻轉頭抬手擋住眼睛，滿臉通紅：「伊森，你的內褲呢！」

雖然我學畫的時候確實畫過裸男裸女，但那也是要看氛圍的好不好！大家都一臉嚴肅地拿著畫筆，自然不會覺得不好意思，反而心平氣和，眼中的裸體就像是死物，跟平日畫的瓶瓶罐罐沒有任何不同，毫無感覺，但在這種情況下實在讓人尷尬害羞不已！這就和醫生這種職業是一樣的，很多技術精湛的整型外科醫生都是男性，難道他們看多了女人的身體，就對女人沒興趣了？

「走太急，丟在浴室了。」我的視角裡忽然掠過一片白布，是他的白袍。他把衣服甩過我的面前，飛到我的手邊，抓住了我遮擋視線的手指：「畫啊！我現在脫完了，妳畫啊！」

我再度轉身：「都跟你說了，要印象深刻的！你現在就算脫光了我也沒感覺。快穿上，我先幫你做條內褲！」

他抓住我的小手僵住了。我緩緩走向梳妝台（照理說針線應該會放在裡面吧？）打開了抽屜，一邊找一邊說：「畫畫也是講求感覺的，我並不是特別喜歡畫男人的裸體……」說實話，我要畫的話一般會畫兩個，當然，這種事情還是藏在心底比較好，不要汙染了純淨的伊森，雖然……我是挺想畫他跟艾德沃的啦。

「只是那天安歌從浴桶裡起身時，分外孤獨和寂寞的背影讓我印象深刻。我是個插畫家，自然要把印象深刻的畫面畫下來……」我找到了針線、剪刀和白色的手絹，坐回原位。

伊森穿上了衣服，靜靜飛到我的面前：「對不起……瘋女人……我不該朝妳亂發脾氣……」

「算了。」我看了看他，他低垂著臉，背靠在我的左手腕邊：「你今天怪怪的，不過我們是朋友，我不會生你的氣啦。」

「嗯……」

我們再也沒有說話，房間又安靜了下來。他倚著我的手臂，側臉看我為他做內褲，寂靜的房間只響起了剪刀的聲音。

忽然，窗外似乎熱鬧了起來，燈火通明，還傳來了人聲。

「快快快！」

我看向窗外，隨口問道：「外面好像很熱鬧？」

「嗯……」他也抬起臉，看向外面忽然亮起的火光：「安歌說今晚要慶祝一下，請所有人到廣場篝火狂歡。」

「今晚有狂歡活動？」我激動了起來，之前一直在泡牛奶浴，也沒人告訴我。我於是加緊縫製：「那我得快點了。」我把剪下的小褲頭縫了起來，之前替伊森洗過小內褲，所以知道尺寸。縫了一半，我突然有些尷尬地問他：「那個……要不要幫你做條大的？萬一……你變大了……」

「不……不用……」他尷尬地微微轉身，抬手輕輕拉扯自己耳邊的髮辮：「它會……跟我一起變大的……」

「哦……」

好尷尬，我還是第一次給男人做內褲……但對象因為是伊森，我反而覺得很有趣。我有點心虛地瞄了瞄他，幸好他單純，應該不會猜測到我把他當成玩偶的心態。

「瘋女人……妳剛才是不是說……我身上有花紋？」他回過頭來，滿臉疑惑地看著我，神色已經恢復常態，依然是那讓女人嫉妒的紅潤膚色。

我疑惑了起來，難道伊森自己看不見？他的表情在我疑惑的目光中顯得更加困惑。他上下看著自己的身體，還拉開衣領往裡頭探去：「哪有花紋？我身上那麼乾淨……」

他的金髮在燈光中隨風輕揚，那寸寸髮絲讓我一時失了神。我的眼睛是怎麼了？難道變成了《火●忍者》裡佐助的寫輪眼？還是《反叛的魯●修》裡魯路修的眼睛？不過我的眼睛應該沒有他們那麼厲害，而且很不舒服。難道是……《我左眼見到鬼》的類型？

我的全身頓時起了雞皮疙瘩，隱約感覺這個推論比較可靠，但是好可怕。看來還是把眼睛藏起來

比較好，我可不覺得能看到幽靈是一件令人興奮的事，我又不是驅魔師。

「瘋女人？」伊森的小手在我面前揮了揮，我回過神，匆匆把做好的小內褲放到他面前，笑咪咪地看著他：「試穿看看吧。」

伊森的臉連同小小的身體在自己的褲頭前一下子炸紅，身後的小翅膀也變成了金粉色。他一把抓過內褲，飛出了窗口，躲在窗外穿了起來。我噗嗤笑了，他剛才明明還在我面前豪放地脫衣服，現在卻害羞了？

片刻後，他扒在窗框邊，探出羞紅的小臉看著我。我盯著他問：「合適嗎？」

「合適合適！」他連連點頭，從窗外飛了進來，站在窗台上低垂著小臉，雙手背在身後，腳尖畫著圈圈：「瘋女人……妳對我真好……」

我也不好意思地低下頭：「做得不好……別笑我……」

「那……花紋呢？」

「可能是我眼花……或是幻覺……」

「大概是因為妳太快拿下眼罩，外頭的光線太刺眼眩目了……」

「嗯……」

耳邊傳來金翅輕輕扇動的聲音，伊森緩緩飛到我的手邊，雙手執起我的右手，忽然在我的手背上輕輕落下一吻，嘴唇久久沒有離開……我呆呆地看著他，感覺被他親吻的地方有些滾燙。

「那瀾姊姊～～那瀾姊姊～～」

房外突然又傳來了小笑妃慌慌張張的喊聲。伊森離開了我的手背，低下頭飛上我的肩膀，靜靜地

坐在那裡，沒有說話。

裝扮華麗的小笑妃跑了進來，後面還跟著一列侍婢，也是一路吃力地隨笑妃小跑步進入我的房間，恭敬地低頭站在牆邊，手中拿著一個個銀色的托盤，上面擺著鮮豔的衣裙、首飾、頭紗和鞋襪。

笑妃在我面前快樂地轉了個圈，身上的首飾叮噹作響：「姊姊，我好看嗎？」

她穿上了異常明豔的紅裙，上面點綴著金色的小繡花，每一朵繡花都栩栩如生，繡技精湛，配上那淡金色的頭紗，讓小笑妃整個人更加嬌媚。

她臉上純真快樂的表情讓我看著瞬間就開心起來，重重點頭。

「咯咯咯……」她發出了銀鈴般的笑聲，跑過來拉起我的手，左看右看，上看下看：「姊姊也快打扮打扮吧！王說今晚有狂歡活動，我們一起去跳舞！」

她高昂的情緒和歡樂的神情徹底感染了我，我也激動了起來。但還來不及說好，她忽然就伸手直接拉開了我用來固定絲毯和衣衫的結，動作快得我完全無法反應。所有的衣衫和絲毯頓時徹底鬆開，在燈光之中「撲簌」墜地……

時間瞬間停滯，我的世界似乎要崩潰了……我整個人石化在原地，只覺得坐在肩膀上的伊森越來越燙。

「還不快來服侍那瀾姑娘穿衣服？」

笑妃開始扠腰指揮侍女們為我穿衣打扮，但我因為太過震驚，完全變成了木偶……被、被看光了！好想哭……

肩膀上的重量不知道什麼時候消失了。伊森是何時離開的？他當時一定跟我一樣石化了吧？

「對了，那個小精靈呢？」笑妃在房間裡找了起來。伊森在廣場的暴動結束後再次隱匿起來，一般人看不見。找不到伊森的笑妃有些失望地回到我面前，拉起我的手臂撒嬌：「那瀾姑娘～～讓我看看那隻小精靈好不好？人類很難看到精靈的。聽說妳身邊有精靈守護，我就問起了王，但王說精靈的事我們不能干涉，也不能多問，可是我真的好想看看他。聽說精靈長得非～～常美麗，真的好想見見他啊！」

我僵硬地回過神，只覺得雙手有些冰涼。我剛才到底經歷了什麼？我的大腦已經自動格式化，忘記方才臉紅心跳與呼吸停滯的狀況，回到了最初的狀態。

我環顧周圍，因為看到鏡中的自己而愣了愣。我的身上是一件鮮黃的裙衫，分為抹胸、長裙、披巾、頭紗，胸圍上點綴了紅瑪瑙珠和許多亮片，裙襬下則是同樣用紅瑪瑙珠串起的流蘇，腰間繫上一條綴有各色鮮亮寶石的寬腰帶，實在是一身非常明亮的舞裙。

我渾身上下佩戴著各式各樣的首飾，頭紗邊的金穗顏色和我的眼罩正好搭配。因為戴著眼罩，我臉上的裝飾並不多，不像笑妃的額頭和眉角還畫上了漂亮的花紋。

此外還有亮得讓人眼睛的黃金項鍊！好粗……手腕上套著的臂環和手鍊也好重，肚臍上不知何時也被他們貼上了漂亮的寶石。我轉了轉腰身，這才發現下面的裙子是開衩的！我掀開一邊的裙子，發現露出來的腿上還戴著一個金環……怎麼會有這麼多瑣碎的首飾？腳上還穿著紅色的靴子，看起來非常神氣。

我整個人被這一身裙衫襯得反而瘦了……不，應該說是回到了高中時代的體格，更勻稱了，大大的屁股正好突顯出腰肢的纖細。穿上舞裙後，總覺得莫名地想跳舞！

我一把拉住了笑妃的手，高興地看著她：「走！跳舞去！」

「可是……小精靈？」

「他不在。」

我隨意答了一句，接著便把她往外拉，在走廊上飛奔起來，身後是慌張地緊跟著小跑步的侍婢們。走廊裡迴盪著我和笑妃歡快的笑聲，還有身上首飾碰撞的清脆聲響。

「那瀾！那瀾！那瀾！」

高亢的喊聲忽然從陽台外傳來，我慢慢在二樓的中廳停下了腳步。笑妃笑看我，將我往陽台的方向推了一把。我放開她的手，朝陽台慢慢走去。

「那瀾！那瀾！那瀾！」

我在那聲聲高喊中走上了陽台，站在白天安歌站立的地方，往下看去，宮殿的廣場裡站滿了我認識的地下城百姓們，他們都穿上了乾淨的衣衫，參加今晚的狂歡。

喊聲在我出現時瞬間消失，眾人靜靜地站在陽台下，萬分崇敬地仰視我。扎圖魯穿上了我替他畫的那件衣服，和巴赫林站在一起，呆呆地看著我，目光在火光之中閃爍。瑪莎和其她姑娘們今天也精心打扮了一番，雖然沒有亮眼的首飾，但她們本身的美麗無需任何飾品來襯托。

「那瀾！」人群裡忽然有人高喊了一聲，他站在所有人的前方、站在我的陽台下——是安歌！而安羽正站在他的身旁。

安歌笑看著我，安羽望了他一眼，也露出和他一樣的笑容。安歌朝我伸出雙手：「跳下來！我們能接住妳！」安羽也朝我伸出了手，我看向大家。

「跳下來！」扎圖魯猛然高喊，巴赫林也立刻上前一步，舉起右手：「跳下來！」

「跳下來！跳下來！跳下來！」喊聲再次響起。

我笑了，踩上欄杆，站在陽台之上。眾人的聲音再次消失，女孩們紛紛屏息，緊張地看著我，我在她們的目光中轉過身，面前忽然掠過一道金光，伊森終於又出現在我的眼前。我呆呆地看著他，剛才的一切再度浮上腦海，一張臉瞬間熱燙起來。

伊森有些生氣地看著我：「瘋女人，妳真的瘋了！」

我看著他的金瞳、他的金髮，還有他的臉，心跳得越來越快，彷彿即將衝破胸口而出。我將雙手交疊放在身前，閉上眼睛，往後慢慢倒去。

「那瀾！」

「不要你管！」我睜開眼睛，卻看見伊森懸立在空中，表情呆滯而驚詫。他隨著我的降落緩緩遠離，一直站在那裡看著我，用那雙受傷難過的金瞳凝視著我……

砰！我落入兩個人的懷抱中——是安歌和安羽。他們忽然振臂將我彈起，我又落到了扎圖魯和巴赫林的手臂之間，他們一起抬起我，我像是坐轎子般被他們抬向外面，人群跟在我們的身後，響起熱烈的歡呼聲：「哦～～～～～！」

音樂忽然響起，身後的人流排成長龍，跳起同樣的舞步，整齊的舞姿讓氣氛越來越火熱，眾人的情緒也越來越高昂。大家跳出宮殿，來到燈火通明的廣場上，扎圖魯和巴赫林將我放下，安歌和安羽牽起了我的手，我們一起在廣場上圍起大大的圈，裡一圈外一圈地跳起舞來。

人圈中心的高台上是跳躍的篝火和歡舞的笑妃，她的舞姿迷人而愉悅，感染了周圍所有的人，我

們一直跳著、唱著。

原本我的面前是安歌，然而一個轉身後又成了安羽，他們長得一模一樣，只有靠著眼角的美人痣的位置才能分辨，可是如果繼續這樣轉下去，我也許就無法認出來了。

安羽拉住了我的手，突然朝自己拽去，我撞上了他的胸膛，只見他挑起唇角，充滿邪氣地看著我。我想抽回手，他卻瞬間換了神情，露出難過的眼神：「妳只喜歡小安，不喜歡我嗎？」

「不是的，安羽。」

「那就陪我跳一會兒。」他忽然伸手攬住我的腰，靠在我的肩膀上。我想後退，他卻用力地圈緊我，讓我緊貼在他的胸膛上，不讓我逃離。他貼在我的頸邊，即使音樂嘈雜，我依然聽到了他深深嗅聞的聲響：「吸……妳跟小安做過了嗎？」

我頓時愣住，過了好半天才回神：「安羽，你現在的樣子像是在吃醋呢，害怕安歌移情別戀？」

「是啊～～我在吃妳和小安的醋～～」他的臉在我頸邊蹭了蹭：「妳跟小安那麼好，卻都不肯讓我碰一下……」

忽然有什麼舔上了我的頸項，我嚇得推開他，卻怎麼也推不動。他一口含住了我的脖子，隨即傳來了淫靡而低沉的呢喃：「小安也是這樣吻妳的嗎？我也要……」

他忽然吸吮起來，刺痛感從柔嫩的肌膚而來，我開始掙扎：「你的小安真的沒有喜歡我！」

他放開了我，在人群裡對我壞壞一笑：「他是不是喜歡妳，試試看就知道囉！」他的眼神頓時變得有些邪惡，銀瞳裡映出的火苗讓我驚慌。

忽然，他俯下了那張掛著邪笑的臉，扣住我的下巴吻住了我的唇。我緊咬牙關不讓他的舌進入，

他的銀瞳裡頓時劃過一抹不悅，抓住我下頷的手猛然用力，粗暴地逼迫我打開牙關讓他進入。

「嗯……嗯！」腦海中瞬間浮現伊森的臉，我害怕而著急地呼喚他——伊森，快來救我！

安羽的舌霸道地闖入我的口中，帶著一絲辛辣的酒味，我拚命掙扎，卻受到他的巨力桎梏，毫無反抗之力。他的吻忽然失控地粗暴起來，眸光伴隨著重重的吸吮，從邪惡轉為困惑，漸漸迷醉，越來越灼熱的眼神讓我更加心慌。他緩緩放開我，紅唇因為激吻而染上了我蜜液的水光，在跳躍的火光中閃爍迷人的光澤。

安羽疑惑地看著我，銀瞳微微瞇起：「妳的味道……怎麼像是精靈身上的花香？」

我驚惶地看著他，他的臉上泛起了宛如酒醉般的紅暈。他再次俯下身，一股冷冷的視線卻忽然從旁而至，似乎有人在盯著我們。正打算吻我的安羽微微一頓，停在了我雙唇的上方，火熱的氣息自他的口中吐出，唇角壞壞勾起。

難道是伊森？

我立刻求救地朝對方看去，看到的卻是……安歌。

這一刻，我忽然覺得有些失落，隨即是憤怒。伊森到底去了哪裡？正值心慌之際，我猛然想起是自己要他「不要你管！」的，大腦瞬間一片空白。失去了伊森，我一下子失去了方向感。

我無神而認命地看著安歌，就像當初被修嚇得魂不附體、認命地等八王抽籤的情況。安歌看著我，銀瞳顫了顫，忽然露出了以前和安羽一樣邪惡的笑容，緩緩走到我們之間，瞇眼笑嘻嘻地說：「咦～～小羽跟那瀾姊姊親親，怎麼不叫我一起呢？我也要～～」

「好啊！」安羽讓開身體。我渾身輕顫，眼淚潤濕了雙眸，心中懷著憤怒、害怕，還有一絲無

助。伊森不見了，我忽然感覺失去了所有的安全感，我在他們的手中毫無反抗的能力，還不如在地下城裡自由自在，受到尊重。

安歌拉住了我的手臂，我呆站在人流中。那些開心地跳著舞、喝了酒的人們不會察覺這裡發生的事情……

他輕輕地勾起了我的下巴，我抬眸看他，淚水在眼睛裡打轉。他的雙眉疼惜地擰緊，眼神閃爍了一下，微微側臉避開了安羽的目光，銀瞳裡浮現出心痛和歉意。

「對不起……那瀾……」

隨著一句只有我們之間才能聽見的輕語，他吻落下來，輕輕印上了我被安羽親得紅腫發麻的雙唇，接著閉上銀瞳，用雙唇輕撫我唇上留下的創傷，並用舌頭舔去安羽在我唇上留下的酒味。

我站在他的懷中，他輕輕擁抱著我輕語：「只有這樣……小羽才會放過妳……打我吧！」

好！

我毫不猶豫地揚起手，一巴掌打在他俊美的側臉上。

他猛然轉開臉，回眸看我時已換上了一副憤怒的神情：「妳居然打我？小羽吻妳的時候可沒見妳反抗！」他生氣地對我大吼。

安羽在一旁咬了咬唇，壞笑起來：「小安，看來小怪怪更喜歡我的吻技喲！你對女人總是太溫柔，可是女人更喜歡被粗暴地對待～～」他的眸光劃過一抹灼熱。

安歌立刻生氣地說：「小醜醜，妳說妳到底喜歡誰的吻？」他單手扠腰，側臉看我。

安羽也走了過來，以另一隻手扠腰，和安歌的姿勢相對，側臉看我：「是啊～～妳到底更喜歡誰的吻？」

他們再度回復到最初的鏡像雙胞胎模式，給我出難題。但我很清楚安歌是在保護我，並對此相當感激。

「如果妳說是小羽，我會很不高興！」安歌發狠地說，一切又回到了從前。

安羽也挑起了眉：「如果妳說是小安，我也會很不高興！」

安歌鼓起了臉：「如果妳讓小羽不高興，我會更不高興！」

安羽勾起了唇：「如果妳讓小安不高興，我會更加生氣！」

他們又來了。我在他們壞壞的目光中一步步後退：「我、我……我誰也不喜歡！」說完，我轉身躲入人群之中，回頭看到安歌攬住安羽的肩膀，和他擊掌壞笑，把他留在了自己身邊。

謝謝你，安歌……

我一口氣跑回房間裡，房間裡暗暗的，沒點燈，但瀰漫著一股酒味。我看到窗台出現了酒壺，一把抓起，隱隱感覺有什麼東西也被我提了起來。我轉過酒瓶看了看，是伊森！

他扒著酒瓶口掛在上頭，直挺挺的像是具屍體。

「伊森？」

他有些尷尬地轉開臉，我生氣地看著他：「你剛剛去哪裡了？你知不知道我……」我咬住了唇，憤怒讓我的手也微微發顫，真不想去回憶剛才的事情！一旦失去伊森，我才知道自己根本不是什麼神女，只是一個可以隨安羽褻玩的普通女人！

「妳還需要我嗎？」伊森神情低落，語氣有些詭異地說。他放開酒瓶，飛到窗台上，抱住自己的膝蓋坐著，金髮散落在他的肩膀上，月光為他的髮絲染上了一層銀霜。「我看到妳和安歌吻得很開心，分都分不開……」

「安、安歌？」

我一口血瞬間堵到了胸口，下意識地拿起酒瓶咕咚咕咚喝了起來。這酒似乎是米酒，甘甜不辣，我一口氣喝了半瓶，接著將酒瓶重重放在他的身邊。

「砰」的一聲，他驚得往旁邊跳開。我朝他吼了起來：「是啊！你不在讓我很舒服！被安羽挾持被他吻，不知羨慕死多少女人！但你知道我當時有多麼害怕、多麼無助嗎？我在心裡一直喊著你的名字──伊森！伊森！伊森！快來救我！」我的聲音顫抖了起來，無法再繼續說下去，眼淚奪眶而出，「滴答滴答」地落在他身邊的窗台上。他怔怔伸手摸了摸被染濕的牆面，僵硬地轉身看我，小小的臉上出現呆滯的神情。

我擦了擦眼淚，哽咽地說：「後來……後來安歌來了，他為了救我，意思意思地吻了我一下，安羽才放過了我……」

「瘋女人……」伊森飛了起來，伸手摸向我的臉。

我連忙閃開，低下頭看著那瓶酒，直接拿起來一飲而盡，隨後重重扔開酒瓶，瞪向金瞳裡充滿歉疚的他：「你不是說我是你的精靈之元，是聖潔之體，不能被別的男人觸摸嗎？但當時你去了哪裡？你去了哪裡？你不是答應永遠不離開我的嗎？」

他哀傷而愧疚地看著我，接著緩緩低下頭：「因為妳說……不要管妳……」

酒氣一下子湧上了頭，我有些暈眩，搖搖晃晃地走到床邊坐下，抬手扶額：「我真的要被你給氣死了！剛才笑妃一下子脫光我的衣服，我混亂了，你懂不懂啊？」

隨我而來的他一下子僵在空中，整個人在月色下開始慢慢變紅。

我指向他：「你說！你看見了沒？」

他眼神閃爍地看向別處：「如果……說實話……妳不能打我……」

好吧，那就是看見了！

我點了點頭，隨後卻越想越生氣，抬起臉就朝伊森抓去：「你這個下流的精靈！」並趁著他僵直

之際，一把抓住他小小的身體，翻身按在床上。

我一手按住他，一手撐在床上，雙腿屈膝，狠狠地俯瞰他，長髮和頭紗一起散落，蓋住了他的周圍，讓他在一片黑暗中只能看見我生氣的臉！

被我壓在手心下的他抓住我的手掌邊緣，分外委屈地看著我：「妳又打我……我又不是故意看的，當時的情況要我不看也難，妳怎麼能說我下流？」

「你看笑妃明明就看得流鼻血了，還不承認自己下流？」他流鼻血的那幕我可是看得清清楚楚！

「我才不是看她！」伊森焦急地大吼，隨後僵硬地一頓，有些懊悔地咬了咬通紅的唇，轉臉委屈地看向旁邊：「算了，不說了……哎呀，煩死我了！」他煩躁地抓亂了滿頭的金髮。

我傷心地看著他：「我把你當做好朋友，你居然嫌我煩？」

「不、不是的，瘋女人！」他急急回頭朝我大喊。然而我的大腦被酒精填滿，瞬間脹熱起來：「你果然是嫌我煩是不是？你從一開始就不想跟我在一起是不是？你那麼委屈地跟我在一起，只是為了拿回精靈之元是不是？當初是你說想跟我做朋友的，還委屈地來找我幫你完成成人禮，說我們是好朋友，現在居然嫌我煩了？你滾！」我抓起他朝外面扔去，卻聽到他忽然大喊：「瘋女人，我不是嫌妳煩……是看安歌吻妳心煩！」

我頓住了手，愣愣地跪坐在床上。明月下，伊森全身的銀光美麗得讓人目眩，我緩緩放開手，恍惚地倒落在床上，呈大字型呆看著上方美麗的紗帳，無力地說：「是安羽……」

「好……是安羽……」他緩緩飛回我的上方，歉疚地看著我：「對不起……我不該離開妳的……我沒看清楚是安歌還是安羽，但因為妳最近跟安歌很好，所以……」他難過地低下頭：「我以為是安歌在吻妳……我看到妳沒有掙扎，以為妳喜歡他……我當時好煩，真的好煩，所以就跑回來一個人喝酒……」

我的視線在伊森的話音中漸漸失去了焦距，頭有些暈暈的。我透過他有些疊影的身體，看向他身後的紗帳，失落地說：「安羽的力氣那麼大……我怎麼反抗？當時你沒來救我，我真的很失望……託你的福……我在這個世界的初吻……就這麼沒了……」心情好沮喪，自己的初吻居然獻給了安羽那個變態，想起來就覺得糾結不已。

「妳在這個世界的初吻……」耳邊忽然傳來伊森小心翼翼的聲音：「不是……給了……我嗎？」

我一愣，視線開始慢慢聚攏在他身上。他停在我的上方，雙手背在身後，雪白的牙齒緊咬著紅唇，看向別處的目光時不時會偷偷瞄向我，接著卻又飄開。他嘟起了嘴，忽然吹起口哨：「噓～～噓噓～～～」

我眨了眨眼：「什麼時候？」

伊森的神情僵硬了一下，口哨聲也隨之消失。他有些失望地回頭，金瞳裡滿是幽怨：「不就是妳掉下來撞在我嘴上，然後吸走了我的精靈之元嗎？」

「這樣也算？」我微微撐起身體。我字典裡的「吻」帶有具體含義，不是這麼撞上就算的。這番話讓近在咫尺的伊森徹底垮下臉，他雙手環胸，臉生氣地鼓了起來，滿面酡紅：「喂，瘋女人，那可是本殿下的初吻啊！」

我一愣。他憤怒地撇開臉，呼出一口氣，隨後再度回頭看我：「那第二次，我想找妳吸回精靈之元，在妳的嘴上吸了又吸，那次總算了吧？妳在這個世界哪裡還有初吻？全給我了！妳的初吻是我精

靈王子伊森殿下的！」他朗聲朝我說出，指向自己，神態瞬間如同王者，霸氣十足！

我呆呆地望著他，他也非常認真地看著我，我們在朦朧的月光下陷入久久的對視。

他是精靈族的王子，漂亮精緻得宛如一尊玩偶，既像是女孩們手中的玩具，也像是我們腦海中的完美情人，伊森是完美的。一如笑妃所言，精靈美麗無雙，他的金髮、金瞳，還有身上款式簡單，卻飄逸浪漫的白衣……一切的一切都能讓少女怦然心動，勾起那份嚮往白馬王子的童話情懷。

我的心口隱隱發熱，卻不知道為什麼會這樣，是因為酒？還是因為伊森勾起了我心底深處幾乎快因為年齡增長而忘卻的心境？我喜歡他，雖然搞不清楚是哪種喜歡，但我想和他成為不離不棄的好朋友，這份情感不參雜一絲雜質，純真潔淨。

我不想靠什麼精靈之元把他鎖住，而是希望他能真心願意留在我身邊，陪我度過在這異世界的每一分、每一秒。

伊森，我真的很想知道，如果我把精靈之元還給你，你還會不會……留在我的身邊？

我的心口越來越熱，隱約感覺到有某種火熱的暖流湧上了喉嚨。伊森的視線依然落在我的臉上，如果不是因為他太小，那道視線一定能讓少女為之窒息，他迷人的金瞳純淨而澄澈，更顯得裡頭湧出的情感真摯火熱。

他熱切地凝視著我，瞳仁裡充滿了不解和困惑。他在困惑什麼？他在不解什麼？我不知道……我只知道……現在……似乎有一股力量就要從自己的嘴裡湧出……

「瘋女人……」他癡癡地看著我，緩緩俯落，嬌小的身體貼上了我的唇。他伸出小小的雙手，輕輕觸摸我熾熱的雙唇，灼熱的視線落在我的唇上，久久不去。「我……能不能……也……」他咬了咬下唇：「妳……不會……打我吧……」

他的話音突然變得有些模糊，到我喉嚨口的火熱氣流終於無法控制地湧出。我不由自主地輕輕吐出了那股滾燙的氣息。「呼……」如同細沙的金色氣流隱隱照亮了周圍。伊森驚訝地頓住話音，微張紅唇。

那一股氣息蜿蜿蜒蜒，如同活物般鑽入了他的口中，他的身體開始散發美麗而朦朧的金光。他閉上雙眸，開始深深吸入那口金色的氣息。當氣息從我唇中完全吐盡時，圍繞在伊森周身的金光也達到最亮的一刻，耀眼的光芒使他化作了一顆金色小太陽，讓人無法看見他的身體。

沉沉的重量忽然壓在我身上。一雙成年男子的手捧住了我的臉龐，金色的髮絲在光芒中拂過臉邊，一個吻從光芒之中倏然而至，伴隨著他的體重，將我壓回了暖床之上。

他深深吸入我唇中的空氣，灼熱的雙唇重重貼在我的唇上，帶著一股芬芳花香。我緩緩回過神，用力推了他一把：「嗯！嗯！」

他微微離開我的唇，在我上方有些急促地呼吸。金光從他身上散去，我看到他的深邃眼神，一時忽然忘了自己想說的話，他的金瞳實在太過迷人，光是被他這樣定定盯視，我便覺得自己的心、自己的情都要迷失……心口的暖流即使離去，心跳仍猛烈得讓我呼吸困難。

「瘋女人……」他依然壓在我身上，目光灼灼地看著我。見他再次俯落，我抵住了他的胸膛，慌亂地避開他的視線，心頭小鹿亂撞，終於憶起自己想說的話：「那個……沒了……吸光了……你別吸了。」

他怔了怔，咬唇側開了臉：「那好像……不是精靈之元……」

「什麼？」我紅著臉，轉回視線看向他羞澀的側臉：「不是？那剛才的是？」

「只是一小部分力量……比以前的多一點，但還不是精靈之元……」他轉回了臉，白皙的皮膚染上了一抹桃紅，金瞳眨了眨，流露出一絲期盼：「要不然……我們再試試？」

「咦？」我一時呆愣地張開嘴。他開心地吻了下來，並隨口說了一聲：「謝謝！」

伊森再次堵在我的唇上，舌尖輕輕舔過我的唇，這……好像不是吸吧！他緊接著皺了皺金眉，離開我的唇，伸出手指探入我的口中。我吃驚地拿出他的手指，滿臉羞紅地看著他：「你在做什麼？」

難道他不知道這是某種不良舉動嗎？

他抽回手指，聞了聞，面露不悅：「都是安歌和安羽的味道，我不喜歡，難聞死了！」

「安歌和安羽？怎麼可能還留著？而且我剛才喝了酒……」話還沒說完，唇再次被堵住，伊森壓在我的上方，過近的距離讓他只要一俯下臉便可輕易啄上我的雙唇。

「嗯！嗯！」我拍打著他的肩膀，他卻把舌頭伸入我的口中，掃過我的口腔、我的齒根、我的舌床……他到底是不是處男？知不知道這就是深吻了啊？

從伊森的動作來看，應該是不知道，但這種仔細清理的動作讓我的身體隱隱發熱，血液流速在酒精的催化下漸漸加快。

「嗯！」我做出了最後的抗議，他這才終於離開我的唇，在我的唇上噴吐急促而灼熱的氣息：「呼……呼……」

他熱切地看著我，視線在與我交會時流露出一抹驚慌。他匆匆轉開臉：「好、好了……」接著像是逃跑般從我身上離開，背對我躺在身旁，微微蜷起身體，單手枕在自己腦下，努力克制變得紊亂不已的呼吸。

我也屏住了氣息，轉身背對他，身體變得火熱，額頭又脹又痛，渾身沁出了細細的汗絲。

窗外漸漸安靜下來，火光也變得有些黯淡，夜風徐徐吹入這個房間，卻吹不散纏繞在我身上久久不去的火熱。不該喝酒的……現在伊森……變大了……好危險……

身後也是一片寂靜，伊森可能睡著了。剛才到底是怎麼回事？為什麼力量就這麼忽然湧出來了？如果能把握到竅門，說不定以後就能一直幫他充電了。

可是……難道得用接吻的方式？

我不由得再次臉紅心跳，好不容易平復的心緒又變得混亂不已。酒讓我的腦袋更加昏沉，乾脆借酒澆愁，睡死算了。

「瘋女人……」身後傳來了伊森低低的話音：「妳睡了沒？」

我立刻閉上眼睛——還是裝睡吧！

「我變大了，妳介不介意我還是睡在妳旁邊？」

介意嗎？我介意嗎？我的心情一下子複雜起來。他是個男人，理智和節操告訴我不應該跟一個男人睡在一起，可是如果他離開我，我又覺得少了安全感，沒想到在不知不覺間，我竟然變得如此依賴他。

哎！煩死了，乾脆不去想。

「瘋女人？瘋女人？」他戳著我的手臂，但我繼續裝睡，因為不想面對這麼複雜的問題，和我現在這麼複雜的心思。

「撲通！」我有了畫畫的衝動。

我想飛快下床，卻又怕吵醒伊森，破壞了這份寧靜的美感。

此刻，他像是個睡得香甜的嬰兒；然而一旦醒來，他就會變身為雞婆大嬸，聒譟不停，讓他的美貌大打折扣。

我輕輕掀開了他的毯子，那身體曲線凹凸有致，讓人不得不用「性感」來形容。淡金色的薄透紗衣在金色的晨光下，化作朦朧而猶如童話般的光輝，包裹他的全身，讓他不失那份純淨。白玉般的大腿裸露在外，因為微微屈起而使衣襬不規整地掛落在腿側，遮蓋住下面的神祕區域。

我輕輕把畫架放到他的床邊，情緒比以往更加激動，他美得讓我實在無法不動筆，我要畫下這隻美麗的妖精，這隻讓我光是看著就臉紅心跳、呼吸凝滯的誘受。

當然，這份悸動只限於此刻，只要他醒來……大媽就會出現！

我用鉛筆在紙上勾勒出他的輪廓，淡淡的線條如同此刻朦朧的晨曦。我以最輕柔的筆觸繪出他的絲絲金髮，和那縷垂在唇邊的髮絲，不敢用力去畫他，彷彿一旦在這裡用力，也會使得睡在那邊的他通透的肌膚上留下劃痕……

淡淡的伊森、淡淡的晨光、珠光水潤的雙唇，以及細如蠶絲的金髮，這裡的神創造他的時候一定也是像我此刻這般的小心翼翼……

畫完時，我趴在畫架上靜靜注視他，他在朝陽裡緩緩地呼吸，長長的金色睫毛在清新的晨風裡輕顫。這麼美麗的精靈雖然不屬於我，卻待在我身邊，想想也覺得很美好……我……要不要留在這個世界呢……

我的手心驀然間像是被什麼扎了一下，出現了一絲刺痛，我立刻抬起手察看，只見手心淡青色的血脈忽然被金色的細流取代，那些金色的液體在血管裡流動，我疑惑地盯著它們，這難道是伊森的精靈之元？

我忽然笑了。算了，金窩銀窩不如自己的狗窩，我當然要回去。在這裡的一切彷彿童話夢境，和美人魚的泡沫一樣，終會消散，不過日後在我心底想必會成為最美好的回憶。

當我這麼想時，那些金色的液體便漸漸消失，血管又轉回淡青色，一切恢復如初。

我愣了一會兒，不置可否地笑了笑。隨後把畫好的作品放到伊森的面前，希望他醒來時第一眼便能看見我為他繪製的畫。等他看見，他會不會……樂瘋了呢？

我再次替他輕輕蓋上絲毯。抱歉，為了畫出你的美，只能借你的「色相」一用了。當他的臀部映入我的眼簾時，我忽然有些好奇，那條小內褲真的會跟著他一起長大？

我越想心越癢，看一眼應該沒關係吧？畢竟我在這個世界不會久留，如果不做會留下遺憾的。

我咬了咬唇，輕輕掀起他的衣襬，真的看見了我做的小內褲。當小內褲被無限放大後，我才發現自己做得有多麼粗糙！簡直就像是兩片紙黏在一起，沒有圍邊，針線針腳凌亂不堪，絲綢的邊緣甚至起了毛邊，像一排流蘇……看起來真是新潮。

我尷尬地把絲毯蓋回去，這樣的手藝就連自己也無法直視，伊森當時那高興的模樣讓我還覺得自己的手藝不錯……謝謝你，伊森，你的笑容安慰了我。

為了替小伊森做更多漂亮的小衣服，看來今後我一定要好好練練手工了。

「嗯……」床上的傢伙發出一聲不悅的輕吟，手摸向身邊我原來睡的地方，我的心臟忽然劇烈跳

動了起來。趁著他皺起眉頭、睫毛顫動的當下，我提裙輕輕從床後走過，躲到了門外，捂嘴偷窺精靈王子醒來的一幕。

他在床上扭來扭去，最後似乎終於掙扎著醒來，猛然拿起了我的畫紙，一動不動地坐在床沿看著我留給他的畫。

他靜靜地高舉畫紙，因為受到陽光映射，整張畫紙猶如金箔般透亮美麗。

「瘋女人……」

他開心地輕喃著，把畫重新放回畫架上，然後傻傻地對著畫架笑了起來。

我的心裡頓時湧出了喜悅，一個轉身，卻忽然有人按住我的肩膀、捂住我的嘴。眼前掠過一絲雪髮——是安羽！他用力壓在我的身上，湊到我的耳邊說：「昨晚居然吻了妳這個獨眼胖女人，讓我噁心到現在！」咬牙切齒的語氣裡充滿了深深的懊悔。我斜睨著他，看見了他耳邊銀色的大耳環：「別再靠近我的小安！我不管妳到底是什麼，但如果妳敢帶走我的小安，我發誓一定讓妳死無全屍！」

我怔了怔。他扭過我的臉，讓我看向房內的伊森：「好好跟妳的精靈王子相戀，如果妳不想多一個像我這樣的戀人的話。記住，我跟小安永遠是一起的！」他放開了我，我用左眼憤怒地看著他，他同樣以冰冷的銀瞳狠狠盯視我。

我緩緩抬手，移開右眼的眼罩，眼前果然出現了另一番景象。我閉上左眼，讓右眼的視野更加清晰明顯，在安羽的頸上看到了緊緊纏繞他的黑色花紋，那充滿邪氣的紋路像是枷鎖般綁緊他的脖子，又像是毒蛇似的爬上了他的眼角，那點美人痣化作毒蛇的眼睛，正狠狠瞪視我，散發出陰沉的黑色光芒。

「嗯？右眼好了？」

安羽勾起了唇，伸手戳向我的眼睛。

「給本殿下走開！」

我的身邊倏地掠過一道金色的人影。伊森重重推開了安羽，拉住我的手腕，把我拽到他的身後。

我愣怔地看著他比我高大的背影，和他身上明亮的金色花紋……

「哼！伊森，這樣好嗎？精靈不能干預人王的事，你這是在破壞規則！」充滿邪氣的話語自安羽勾起的唇中緩緩而出。

伊森微微抬首，沉聲說道：「那瀾非人非神非精靈，不受規則限制，本殿下……就是喜歡保護她，你們人王也無權干涉！」

他的這番話讓我的心跳一時停滯，好帥氣！伊森終於有一點精靈王繼承人的氣度了！

「你！」安羽上前一步，緊貼伊森的胸膛，盯著他的眼神變得有些陰狠：「那瀾是由我們人王撿到的！按照以往的規矩，她的命運必須由我們人王決定，她將會遊走各國！」

「我阻止了嗎？」伊森好笑地反問：「我沒阻止她遊走各國，也不打算干涉你們，只是在你們欺負她的時候保護她。而且發生在那瀾身上的事也是前所未聞，似乎……」伊森緩緩俯下臉，湊到安羽的耳畔：「你也不知道她到底……是什麼對吧？」

「哼！」安羽退開一步，冷冷地看了伊森一眼，轉身就走。我微微走出伊森身後，看著纏繞在安羽脖子裡的黑色紋路，它還在移動，像是活物一樣緩緩從他的頸上鬆開，轉過身對我擺動身軀。戰慄感登時遍布我的全身，整個人感覺非常不好。

伊森一直望著安羽遠去，直到對方消失在走廊的盡頭。他忽然轉身咧開嘴，對我猛眨金瞳：「怎麼樣？怎麼樣？我厲不厲害？厲不厲害？威不威風？威不威風？」他的小臉激動得緋紅，純真無邪的表情讓那股王者之威瞬間降為負值。「咻～～」一陣涼風吹過，失望異常。

不過，他到底還是威武過了，曾有那麼一瞬，我以為他變攻了，現在看來……唉。

我意思意思地豎起大拇指，像表揚孩子一樣說：「棒，伊森最棒～～」他登時笑得如花開一般，我只覺得他身邊像是漫畫背景似的綻放一朵朵玫瑰花。

我看到了他身上金色的花紋，看看左右後拉起了他的手，他瞬間石化，笑容凝固。我把忽然僵直的他拖入房間，關上了門，將他推到床邊，再次掀起他的衣服……怪了，怎麼會有花紋？

「啊！」他忽然回神了，一下子變得激動起來，俐落地脫起衣服：「我自己來。」

在他往上掀衣服時，我看到了他身上絢麗的花紋，於是單手托著下巴沉思。

他把脫下的衣服甩在床上，開心地站在我面前，睜圓金瞳像是在等我。他等了一會兒，疑惑地歪了歪臉：「瘋女人，妳怎麼不脫？」

「咦？」我呆呆地看向他，他的興奮和激動開始慢慢冷卻，臉瞬間炸紅，尷尬地轉開臉，小聲嘀咕：「妳……不是想跟我……做……」他頓住了口，懊惱鬱悶地抓起了滿頭的金髮。

我疑惑看他：「做什麼？」

「沒什麼……」他低落地低下頭：「那妳又脫我衣服做什麼……」

我指向他身上的花紋：「伊森，你真的看不見自己身上的花紋嗎？」

「花紋？」他困惑地看自己：「哪來的花紋……」

我托腮沉思：「好奇怪……我看到安羽身上也有花紋，不過是黑色的，那花紋像是活的……」

「瘋女人！妳是不是病了？」伊森忽然捧住我的臉，掀我右眼的眼皮。我把他推開：「去去去，我好著呢……不行，我要再驗證一下。」

說完，我在伊森迷惑的神情裡重新戴回眼罩。如果安羽有，那安歌說不定也會有，或許這個世界的每個人都會有。

今天宮殿前的廣場熱鬧異常，巴赫林把家裡的糧食和種子全部運到這裡，分發給每個百姓。安歌沒有把巴依老爺抓起來，反而讓他一起來發糧食，每當巴赫林發出一袋糧食，巴依老爺就一副想死的表情。

百姓在扎圖魯的安排下，井然有序地領取食物和種子，接著回到城外已經荒廢的家園。

此外，安歌還頒布了一條法令——全城滅鼠，十隻死老鼠可兌換一枚銅幣。由此可見他有多麼厭恨老鼠。

我站在廣場上方的陽台上，用自己的右眼去看所有人——扎圖魯、巴赫林，還有其他百姓。發現普通百姓身上的花紋是統一的，似乎沒有遍及全身，因為我並沒有在他們的脖子上瞧見，只在他們的手背上看到一些，而且沒有光芒，像是用畫筆畫上去的死物。而扎圖魯和巴赫林身上有光芒，彷彿他們是凡人中的閃耀之星，將來必成大事。

好奇怪的花紋，像是一種記號、一個戳章，用來辨別每個角色。

我的面前掠過金光，伊森又恢復成了小精靈的大小，飛落我的面前：「瘋女人，妳到底在看什麼？」

「花紋。」

伊森的神情在我淡淡的話音中嚴肅起來：「……要不然我回一趟精靈國，去問問父王？」

「千萬不要！」我立刻看向他，把右邊的眼罩拉好：「你要是走了，萬一安羽欺負我怎麼辦？」

伊森摸著頭笑了，我也笑望著他，我們相視而笑。我低下了臉，忽然察覺到扎圖魯正朝我看，他身邊忙碌的巴赫林注意到他發呆，也順著他的視線望來，發現是我，雙眸微微閃爍了一下，露出了靦腆的微笑。

「看來小怪怪很有魅力哦？」

身後響起了陰陽怪氣的聲音，一條手臂勾住了我的肩膀，安羽已經站在我的左側，朝扎圖魯和巴赫林揮手。

扎圖魯和巴赫林的目光頓時顯得有些擔憂。忽然，他們看向了我的右側，又一隻手按上我的頭頂：「小醜醜，妳這又是在勾引誰呢？」

是安歌。

伊森在我面前雙手環胸，看看左邊，再看看右邊，顯然安歌和安羽再次看不見他了。

「伊森呢？」安羽在我身邊東張西望：「是不在……還是已經在了？」他朝我靠過來。安歌突然把我從安羽身邊拽開，惡狠狠地對我說：「妳是不是該兌現妳的諾言了？」說完後，他一路把我拖出宮殿，拉到廣場。

在快速的腳步中，安歌抱歉地對我說：「那瀾，對不起，我跟安羽一直在一起，所以我不能對妳好……」

我半開玩笑地對他說：「為什麼？你們既然一直在一起，你對我好，安羽不也應該對我好嗎？」這樣世界多美好？

「不，他只會更加欺負妳，我不想看妳被他傷害……」

昏暗之中，安歌在關閉的宮殿門前停下腳步，深深注視我的眼睛。我隨他停下，他的雪髮即使在沒有陽光的情況下也依然鮮亮，身上銀藍的絲袍愈發映白了他的臉；凹陷的銀瞳讓他的視線更加深邃迷人，混血兒般的俊美少年臉龐讓少女不敢直視。

花樣的美少年，永遠停駐的十七歲——他的模樣正是我們情竇初開、芳心萌動時，心目中的白馬王子。

我理解安歌的意思。安羽現在像是在吃醋，他對安歌的獨占欲不容任何人搶走他的安歌，只要安歌向我示好，安羽勢必會變本加厲地迫害我。

「那笑妃她……」

「笑妃怎麼能跟妳比！」安歌焦急地握住了我的手，我愣在他身前。他灼灼地注視著我的臉，似乎有很多話想對我說。

伊森面露不耐地衝到他拉住我的手旁，在附近繞來繞去，顯得非常煩躁。

安歌凝視著我的視線越來越複雜，深深的情誼自裡頭湧出，讓他的視線愈發熾熱。我在他這熱切的視線中微微心慌起來，宛如回到高中時代被暗戀的男生默默盯視之際，那種慌亂、浮躁，還有猜測與回避的感覺。

我側開了臉，他握了握我的手：「笑妃只是我和安羽的一個妃子，我並不是……真心喜歡她……

所以安羽也不會傷害她……但是……妳……不同……」

周圍的空氣在他斷斷續續的話音之中緩緩凝滯，我在這呼吸困難的空間裡微微擰起了眉。安歌把我視為一個他真心喜歡的人，但我並不喜歡安羽，所以他嫉妒我和安歌之間的這份友情。他曾經說過，安歌有的，他也要。

「所以……那瀾……對不起了……」

他忽然放開我的手，把我重重推出宮殿的大門外。

宮殿大門被撞開，我站在眩目的陽光之下，微微抬手遮住刺目的陽光，身後是安歌響亮的話音：「願賭服輸，妳輸了，是不是該三跪九叩地到我面前？」

我大嘆一口氣，有一個彆扭的孿生兄弟真是麻煩。也就是說，如果我跟安歌做朋友，便得連帶跟安羽做朋友。按照這樣的理論，安歌所愛的人也必須愛安羽，嘿咻的時候也要一起……天啊，真不公平！

眼前是忽然安靜下來的廣場，大家都朝我看來，恭敬地退到兩旁。我從眾人之間穿過，走到了當初安歌把我關在門外的吊橋上，一切就是從這裡開始的。

安歌站在宮殿大門前遠遠看我，樓上是趴在陽台上的安羽。他們一上一下，站在同一條垂直線上，身上穿著一模一樣的裝扮，遠遠看去實在無法分辨。

我微微移開右邊的眼罩，世界登時變得完全不同。

上面的安羽散發出地獄裡惡魔的暗黑之光，他的下方卻是閃著純淨白光的天使安歌，他們身上的光芒越來越強烈，越來越閃亮，隨著注視我的時間慢慢幻化。

安羽身上的黑紋開始慢慢散開，然後從背後猛然刺出，化作了可怖的黑色骨翅，邪氣叢生。與此同時，安歌身上的白紋緩緩退卻，在他的身後編織出雪白的羽翼，散發著天使一般的光輝。

「我知道了。」我重新戴好眼罩。伊森飛到我肩膀上：「知道什麼？」

「那是圖騰，是標記。」

「圖騰？難道是……！」

「是什麼？」我在伊森的驚呼中看向他，難道他知道那是什麼了？伊森的神情驟然變得嚴肅：「我還不確定，因為那也是一個傳說，我也記得不是很清楚，看來真的需要回精靈國一趟了。」

傳說……又是一個傳說……每個地方都有著自己的傳說，就像我們世界裡的神話，誰能確定那些傳說中的人不是外星人呢？

我在大家的視線中提裙下跪，頓時驚得所有百姓也朝我跪下。扎圖魯和巴赫林急急看向安歌：「王！」

安歌露出了掙扎和痛苦的表情，他知道一旦此刻心軟，便等於徹底向安羽承認他對我的情誼，這對我之後到達安羽的羽都是十分不利的。

他遠遠注視我，眼神中懷著歉意與煩躁。提醒他要我兌現諾言的大概是安羽吧？我看向他的正上方，安羽正勾唇壞笑著。

我立刻朗聲道：「做人要講信用，我既然是你們心目中的天神使者，自然應該以身作則！」

大家在我的話音中紛紛跪在地上，卻是齊齊喊出：「請神女起身——」

我因為他們的話而驚訝，安歌也怔立在大殿之內。我回過神來，感動地看著因我而拜伏的大家：

「能用幾個叩拜為大家換來一位好國王，這是值得的！」

「瘋女人……」

伊森心疼地看著我，飛到我的腿邊，喚出了他的小魔杖，當他揮落之時，我跪著的膝蓋下頓時開出了一朵大如蒲團的蓮花，軟軟的蓮心讓我的膝蓋不會疼痛。

我感激地看著他，他對我微微一笑。那是一個承諾的微笑，他在告訴我，無論任何情況，他都會跟我一直在一起。

大家因為我膝下開蓮的奇景而驚嘆，有人忽然朝天呼出了莊重而神聖的聲音，如同內蒙古的呼麥，讓人湧起了一股敬意。

接著，一個又一個百姓仰天呼喊起來，「嗚——嗚——」整齊而莊重的聲音讓整個安都變得莊嚴肅穆，連躲在一旁哭泣的巴依老爺也驚訝地起身，呆呆站立。

陽台上的安羽面露詫異，緩緩站直了身體，在這百姓齊齊的呼聲中斂起了嬉笑的表情。

伊森欣喜地飛到我的面前：「太好了！這是安都的神頌，是百姓們向自己心中最尊敬的人表達最崇高的敬意，這種敬意甚至凌駕於王之上！如果安歌想做好國王，就要聽百姓的呼聲了。」伊森笑看安歌。

遠處殿門內的安歌也面露激動和興奮。他匆匆跑出了大殿，大步朝我而來，衣襬飛揚，卻不得不在安羽的視線範圍內放慢腳步，停佇在陽台的陰影下。他對我綻放喜悅的微笑，然後再次抬步威嚴地朝我走來，百姓們的目光齊齊看向他，口中的呼聲依然不斷。

安歌終於站在我身前，向我伸出了手：「小醜醜，我跟小羽比賽誰能做一個好國王，所以我必須遵從百姓的意願，傾聽他們的呼聲。現在百姓們為妳而頌吟，說明妳已經成了他們心目中最尊敬的人，即使是我也無權讓妳下跪。起來吧，我們安都的神女！」

安歌忽然向我俯身行禮，右手依然平伸在我面前，左手則放在胸口。站在陽光下的他如同天使，向我伸出了迎接之手。

我怔怔地把手放入他的手中，他輕輕執起，卻在我起身時緩緩以單膝著地，跪在我的面前。我俯視著眼中帶著敬意的他，接著又看向周圍的百姓，他們的呼聲漸漸停止，這份感動讓我無法呼吸，熱淚盈眶。

安歌再次起身，舉起我的手看向眾人：「那瀾膝下生蓮，受到天神與精靈的護佑，她果真是天神使者，讓我們為她雕塑神像，護佑我們安都吧！」

登時，百姓們全數高舉右手，齊聲大呼：

「王萬歲！」巴赫林第一個喊了起來，扎圖魯也驚喜地高舉右手，高喊：「王萬歲！」

「王萬歲！」

「王萬歲！」

我呆呆站在安歌身邊。咦？還要幫我塑神像？要不要搞得那麼大啊？以後知道真相怎麼收場啦！不過……或許這個真相永遠不會被人知道，因為我就快離開安都了……

這天之後，安都又多了一個傳說——傳說在安都百姓最水深火熱、國王昏庸貪樂之時，天神派遣了一位名叫那瀾的神女來到安都，她化作殘疾獨眼女子，幫助百姓，教化國王。國王不信她為神女，她於是三跪九叩入安都，每次下跪時，膝下生蓮，讓國王驚嘆不已。最終國王信服，被神女感化，帶

領百姓重建安都。百姓為神女雕塑神像，祈求她時時護佑安都。而她的另一隻眼睛其實是時空之眼，能看到過去與未來……

我無聊地坐在廣場神台上，從扎圖魯讓我假扮神女到現在，我真的完全職業化了。

自從安歌也承認我是神女之後，我就真的像神一樣被供奉在廣場，神台上建起了一個小小的園亭，四面是白色網格的柵欄，有點像教堂裡的懺悔室。而我每天的例行公事，就是坐在這裡，接受大家的膜拜。安歌說現在的我才是大家的力量和信仰，他需要我來讓百姓們重新振作！

我的塑像就建在對面，每天對著自己的雕像別提有多古怪。我看著它從一整塊大理石慢慢被開鑿成形，擺出一手放在心口，一手像是在推門的姿勢，宛如要推開通往未來的幸福大門。儘管看起來神聖莊嚴，然而當我看到那張戴著眼罩的臉時，只覺得渾身不舒服。既然是雕像，為什麼不讓我的兩隻眼睛都在？

這就像自拍一樣，多少會希望雕得好看一些，結果卻成了一尊獨眼龍……

我的面前擺著一張放有水果和食物的小桌子，這讓我覺得自己像是被關在籠子裡觀賞的小動物。雖然說我是自由的，可以隨時走出小亭子，但還是不時會有百姓來找我說悄悄話。他們信任我，毫不保留地說出心中的煩惱，我成了神父一般的角色。

伊森倒是挺開心的。他偶爾會把畫架搬到亭子裡，讓我畫畫解悶，他喜歡看我畫畫。

「那瀾神女，妳的右眼真的能看到另一個世界嗎？」

亭子外頭此刻站滿了很多小孩子，他們睜著圓溜溜的眼睛看我，白白淨淨的臉恢復了本來該有的血色，每個人的手裡都提著綁好的死老鼠。

我愣了愣。伊森坐在畫架上笑道：「現在外面有很多關於妳的傳說，傳說妳的另一隻眼睛能看到另一個世界，比如死亡後的世界，也有人說是宇宙，還有人說是過去和未來。」

「咦？」我驚訝不已，原來所謂的傳說就是這麼來的啊。我笑了，看向網格柵欄外的孩子：「那我幫你們看看好嗎？」

「真的可以嗎？」他們紅通通的小臉充滿了好奇與期待。我捏住了眼罩的邊緣，對他們眨眨眼：「你們怕嗎？」

「不怕！」幾個小男孩站了出來，小女孩們則有些畏懼地躲到他們身後，不敢看我摘眼罩。

我緩緩摘下眼罩，立刻看到了他們身上的花紋。他們盯著我完好的眼睛，看那副驚訝的神情，難道以為我的另一隻眼睛會像宇宙般星雲轉動嗎？

我開始說了起來：「你以後會是一個很棒的傢伙。嗯……你以後可是一個了不起的人哦！不過現在要好好讀書。至於妳以後一定是位美麗的姑娘……還有你、妳、你……」

孩子們在我的話中笑逐顏開，眸光閃亮，他們才是安都未來的希望。而現在需要仰仗的，則是巴赫林和扎圖魯他們這些年輕人。

巴赫林成為宰相後，整天忙得不見人影。扎圖魯也忙著幫大家重新開墾荒田，因為他現在可是安都的都督，相當於市長。

在孩子們笑著離開後，我看到了站在石像邊的扎圖魯，他崇敬地看著我，想上前時卻又像是看到了什麼人而停下腳步。我順著他的目光看去，看到了巴赫林匆匆地朝我走來。

巴赫林愣愣地站到了亭前，呆呆地看著我，俊秀的臉上露出猶豫的神情，欲言又止。

來到這個見鬼的世界，從被夜叉王嚇得半死到現在，基本上都是一些不好的回憶，除了被欺負還是被欺負。今天能被一個溫文儒雅的君子表白，化開了我心中所有的煩悶，周遭的空氣也瞬間溢滿芬芳的花香。

不對，花香是伊森給我的。

不管了，心情好了，感覺花香更美好。

我坐在亭子裡，開心地看著巴赫林來去匆匆的背影。曾經總是手執書卷，走起路來如同閒庭漫步般從容的儒雅書生，現在變成了公務繁忙的人民公僕，忽然好擔心他老得快啊……這麼俊秀的男子要是多出了皺紋或是白髮，我可是會心疼內疚的。

「看什麼啊？人都跑遠了！」身前落下看起來非常不愉快的伊森。我繼續看著遠方，向我表白的人就這麼遠去了，好可惜，但我又不能在這裡久留，不然找巴赫林發展發展也不錯。

「還看？瘋女人妳到底在看什麼？」伊森用他的兩條手臂在我面前大幅度地揮舞，生氣地喊：「不許看！本殿下命令妳不許看！」

「吵什麼，沒看見人家正在為告白煩心？」我把面前的小蒼蠅推開，他立刻飛回：「妳這樣看讓我更心煩好不好！」

我嫌煩地看伊森：「你煩什麼？」

伊森呆住了：「是啊，我在煩什麼？」

我再度看向巴赫林消失的方向：「我才煩呢！這麼好的小夥子就這樣浪費了……唉，我那瀾是群王的女人，不能跟任何男人在一起。巴赫林一看就是個誠實的好孩子，和他談戀愛雖然悶了點，但肯定不會被背叛的……唉……太可惜了……而且他長得也不錯……」

「戀愛……」伊森在我身邊呆呆輕喃，我看向他。他站在從網格窗外灑入的一束陽光之中，呆萌的臉上布滿了深深的困惑，金瞳裡泛著盈盈的水光，美麗的眼睛讓我一時看得失神。

伊森，你在想什麼？

「那瀾姑娘。」

面前再次傳來輕輕的呼喚，我和伊森一起回神，目光頓時相觸，我的耳邊忽然響起心跳劇烈的聲音，伊森的神情也在我的視線中發了怔。我們看著彼此的眼睛，不知為何，我始終無法離開他筆直的視線。

「您什麼時候走？」扎圖魯的話音讓我和伊森匆匆移開各自的目光，我看到了他眼中和我一樣的心虛與驚惶，我的心跳開始「撲通撲通」地加速。雖然扎圖魯的話題有些傷感，我在亭中卻覺得呼吸越來越困難，渾身熱出了一身細汗。

我偷偷瞄了一眼伊森，他在我的肩膀上坐下，變得格外地安靜，可以看見他的兩條小腿透出了一絲淡淡的粉紅。

「嗯……這個月底走。」我收回偷窺伊森的目光。一想到自己即將離開這個友善的都城，我的心

裡頓時相當難過：「扎圖魯，我走了之後，就不能再幫你們了……」

「我知道。」扎圖魯在網格後方黯然地垂下臉：「您已經為我們做的夠多了。那瀾姑娘……我能做好這個都督嗎？」

我一愣，笑了：「今天你和巴赫林是怎麼了，怎麼都問一樣的問題？」

「巴赫林也問這樣的問題？」扎圖魯總算提起了精神。

「是啊，他也在擔心他這個宰相能不能做好。」

「他擔心什麼？」扎圖魯生起氣來：「他讀的書多，如果連他都有這樣的擔心，我們還怎麼把希望放到他身上？」

扎圖魯的語氣像是在為自己的朋友著急。他抓住了網格窗，轉開臉：「我才應該擔心，連字都不認識……」

「那就去找巴赫林學啊。」這番話讓他一怔。我笑道：「你幫他做事，他教你認字，這樣不是挺好的嗎？你今晚就去他家找他學字，說是我要他教你的，他肯定不敢不答應。」

他愣愣地轉過頭看向亭內的我：「我……能學會嗎？」

「怎麼學不會？」我生氣地說：「你那麼聰明，如果學不會，那也是巴赫林沒教好！安歌馬上就會重開學校，孩子們很快就能上學了，如果你不覺得丟人，白天也可以到學校偷聽去。」

「呵呵。」扎圖魯憨憨地笑了起來，但笑了一會兒後又忽然陷入沉默。儘管廣場上人來人往，卻不會來驚擾神台周圍的寧靜。

「巴赫林說……」

他再次說了起來，但有些欲言又止，這可不是我認識的那個行事果斷乾脆的扎圖魯，怎麼做了官後，他和巴赫林像是人格互換，一個做事越來越風風火火，一個卻扭扭捏捏起來？

「……他喜歡您。」

扎圖魯一愣，看向我。我笑道：「他剛剛向我表白了，沒想到那書呆子會有這樣的勇氣，真是意外呢……」我再次回味他的表白，這能讓我的愛情激素上升，如同少女處於初戀之中，除了心情好之外，還會有美容的效果哦！以上是科學家說的，時常保持一種戀愛的心態，可以讓女性體內的各種激素年輕化，有益於延緩衰老之類的。

我一愣。他糾結了這麼久，原來是想跟我說這句話啊！我笑了：「我知道。」

「巴赫林居然有勇氣說了……」扎圖魯在我面前輕喃：「那瀾姑娘，我知道我配不上您……」

我在他忽然自卑的話音中收起了笑容。他垂落臉龐，手指緊緊扣在網格窗上，顯得非常緊張：「可是您馬上就要離開了，如果這句話不告訴您，我想我會後悔的！其實我……我……我欽慕姑娘也很久了！」他一口氣說了出來，隨後像是徹底解脫一般，放鬆了緊緊扣在網格裡的手指。

我怔怔看他，這又是……一次表白？

「對不起……我不配喜歡那瀾姑娘的，我不配……」他低頭自喃，深深的自卑讓他連面對我的勇氣都沒有。

我開心地笑了：「感情沒有配不配。扎圖魯，謝謝你喜歡我，你的表白讓我很開心。」

扎圖魯在我的話中吃驚地抬起臉，我發自內心地笑著說：「你和巴赫林的喜歡對我來說，是離開安都前得到最好也最珍貴的禮物。我祝福你在未來的日子裡能找到一個可愛的女人，與她過得幸福快

樂。」

他愣愣地看著我，顫動的眸光裡再也沒有了卑微，只有對我的感激。

「那瀾姊姊～～那瀾姊姊～～」忽然一陣呼喊響起，笑妃聲到人到。她一下子擠到了扎圖魯的身邊，沒有露出任何嫌惡的神情，向他非常熱情地打了聲招呼：「嗨！扎圖魯。」

扎圖魯呆呆地看了她一眼，讓她站到了我的面前。他可能沒想到自己會被這麼可愛的小姑娘打招呼吧？

可愛的巴沙笑絲毫不介意扎圖魯的存在，著急地跟我說：「那瀾姊姊，最近王都不來找我，妳說他是不是不喜歡我了？我該不該離開王宮去找別的男人了？」

我在她連珠炮似的話中微微一愣……安歌沒去找笑妃玩嗎？笑妃倒也看得開。

「那瀾姊姊，我很快就要過十八歲生日了，王不老不死，但我會老的，我十八歲如果再不嫁人，就要被別人笑話了，我可不想被人笑話。我現在這麼年輕漂亮、這麼可愛，等我老了就沒有男人會喜歡我了……哎呀！」可愛的巴沙笑驚乍起來：「萬一到時我的胸部也塌了該怎麼辦？」說罷，她托住了自己傲然的胸部。在一旁聽著看著的扎圖魯登時僵硬石化。

巴沙笑慌張地上前，整個人完全貼在網格窗上，那碩大的胸部把觸及的每個網格都填得滿滿的。她著急地看著我：「那瀾姊姊，妳能告訴我該怎麼辦嗎？我又不想隨隨便便嫁人，我該如何是好？」

「妳可以要王為妳舉行相親大會。」扎圖魯忽然說了起來，巴沙笑驚訝地看向他：「對啊！以前聽說王也這麼做過。那我要王在我十八歲的時候，為我開一個盛～～大的相親會！太棒了！扎圖魯，你真聰明！」巴沙笑欽慕地望著扎圖魯，扎圖魯分外尷尬地往後退了一步。

巴沙笑反而向前逼近：「我以為我阿哥是這裡最聰明的人，沒人能比過他了，沒想到原來你也那麼聰明。走！快跟我阿哥說去！」她一把抓起了扎圖魯的胳膊，他驚呼起來：「笑妃！妳不能碰我，君臣有別，妳現在還是王的愛妃……」

他還沒說完，巴沙笑已經開心地甩起胸部，又是那樣愉悅地跑向王宮，嘴裡大喊著：「阿哥——阿哥——」

「那瀾姑娘！那瀾姑娘——」被拖著跑的扎圖魯朝我急喊，我打開面前的網格柵欄，笑看手足無措的扎圖魯。巴沙笑真可愛。

「啪啪啪啪！」腳下大地忽然震顫，我轉身看去，兩頭大青牛赫然朝我奔來。

「瘋女人小心！」伊森終於再次說話，拽住我的胳膊往後。

大青牛停在我面前，我無語地看著眼前的牛車……不！那是經過改裝後的青牛越野車！自從我跟安歌說汽車的動力是汽油，汽油有限，這裡沒有後，他居然用青牛來拉車！只為節約那大半箱汽油！這也太超乎人類極限了吧？把我的越野車用青牛拉，真是氣死我了！

安歌說要等到研發出汽油後才卸下青牛，因為他知道我所說的石油在哪裡。雖然我不知道汽油是怎麼提煉出來的，但是他好像挺有信心可以入手。這也就意味著——他不打算把越野車還！給！我！

算了，其實放他這裡也好。我不能把越野車帶走，萬一被其他王搶去，還不如放在已經和我成為朋友的安歌這裡。

安歌坐在越野車裡，安羽依然與他形影不離，不過不知道是不是第一次坐車對他造成了嚴重的心理陰影，現在即使是牛拉車，他的面色依然不佳，一副病懨懨西施捧心的暈車模樣。

「那瀾，伊森在不在？」安歌坐在車上俯瞰我問。

我看向身後，望見小小的伊森正坐在大大的雕花椅上發呆，身後的翅膀垂落，似乎有些心事重重。看來還是暫時別打擾他比較好。

我轉回頭：「剛才還在，現在不知道跑哪兒去了……你有什麼事嗎？」

安歌皺起眉，露出了煩惱的神色：「田地因為荒蕪太久，乾裂得厲害，雖然最近大家一直在翻鬆土壤、重修水利，但現在的土地還是不太適合種植穀物，所以我想請伊森幫忙讓土地肥沃一些，別錯過第一季播種。」

「請伊森……幫忙？」我疑惑起來：「精靈不是不能干預人類的事嗎？」

「這屬於自然。」安歌說得分外認真：「精靈負責維護這整個世界的自然，包括讓土地肥沃、防止沙化，要是哪個城市雨水少了，也可以請他們過來降雨，所以這次只能拜託他了。等他回來後請替我轉告，謝了。」說罷，安歌按了按喇叭，前面的青牛登時再次飛奔起來，在我面前揚起一陣塵土。

……喇叭現在居然成了鞭子，真是服了。

我退回自己的亭子，關上門就勢坐下：「聽見了沒，伊森？安歌他……」我忽然坐到了軟軟的東西，吃驚地想站起，身體卻被人從後面環住，不讓我起身。

我的心跳瞬間加快，我正坐在……伊森的……大腿上……

「他們真討厭……」身後傳來伊森低低的話語。我呆呆地坐在他柔軟而溫暖的腿上，環住我身體的雙臂越來越緊，我的後背漸漸貼在他溫暖的胸膛上，他的絲絲金髮從我身邊垂下，在陽光中閃耀著淡淡的金光。

「明明是我先發現妳的……為什麼妳那麼喜歡他們？」他靠在我的肩膀上，狀似撒嬌：「他們真令我心煩，我想殺了他們，讓他們全部消失！」

「不要！」我急急回頭，沒想到同一刻他也正轉過臉來，雙唇……就這麼碰在了一起，柔柔的唇瓣帶著花的芬芳……我的大腦瞬間空白，心臟頓時停擺。

空氣在這小小的亭子裡凝滯，我們的視線就此撞在了一處……時間因我們而停，呼吸因這一吻而消失……他僵滯地瞪大金瞳，清澈的瞳仁裡空空如也，和我的大腦一樣化作虛無。

心跳聲漸漸迴盪在耳中，我清晰地感覺到伊森也屏住了呼吸，眼神於是閃爍了一下。他因我眼神的一閃而回神眨了眨眼睛，金色的長睫毛如同羽毛扇扇落般迷人，讓我一時看得失神。

他緩緩張開了唇，軟軟的舌尖小心翼翼地探出，輕輕舔在了我的唇上，我慌忙轉開臉，他的舌尖因此長長滑過我的臉側，留下一條如同沾水的毛筆劃過的痕跡，在微風中帶出了一陣清涼。

他抱住我的手緊了緊，依然不放，我後背緊貼的胸膛裡感覺到了他劇烈的心跳。我在這陣心跳中呆滯，他也在我身後久久無聲，我們一直這樣坐著，他一直抱著我。

時間在這小小的亭中靜靜流逝，沒有人再來懺悔或是禱告，宛如他們知道這裡正悄悄坐著一對親密而坐的情侶，不好意思前來打擾。

不知道坐了多久，只注意到透過網格的陽光漸漸轉為橘黃色，我宛如回到大學初戀之時，和男友靜靜坐在校園的梧桐樹下，即使不說話，也覺得時間流逝飛快。這樣的悸動伴隨第一次失戀，已不再來臨。我們之所以分手是因為家庭背景，他是個官二代，他的爸媽不會選擇我這種父母雙亡的欠債女來做媳婦，那個世界……其實並不美好……

忽然間，手心傳來了刺痛感，我不由得抽氣：「嘶！」驚動了伊森。他急急探出臉問：「怎麼了？瘋女人？」

「手心痛。」我抬起手，只見手心裡青色的血管正閃現金光。剛好伊森在，我於是問他：「伊森你看，這是不是你的精靈之元？」

伊森一手依然圈抱我，一手執起我的手心細看。我轉臉看向他認真的神情，伊森真好……

雖然那個世界有太多瑕疵，但所謂金窩銀窩不如自己的狗窩，我有正在起步的事業，以及和我興趣相投的同好們，最重要的是，我想報答當年資助我上學生活的好心人。而且我要發憤圖強，把他們給我的愛傳遞下去，努力掙錢去幫助和曾經的我一樣的人，這才是那些好心人想讓我繼承下去的大愛，我不想辜負他們的期望！

想到這裡，我手心的刺痛感再次消失，血管也漸漸恢復了本色。我看著伊森，發現他目不轉睛地盯著我的手心，神情顯得有些凝重。

「怎麼了？」我問他：「忽然這麼嚴肅？」

「啊。」他眨眨眼，放下了我的手：「沒什麼，確實是我的精靈之元。」他的眼神閃爍起來，我一眼就看得出單純的他在說謊。

我伸手捏住了他精巧的耳朵：「你在說謊～」

「沒、沒有……哎呀！好痛！啊，妳的手好好玩，肉肉的。」他忽然靠在我肩膀上，開始把玩起我的手，我恍然想起自己還坐在他的身上，心跳再次加速起來。

我放開他，轉頭臉紅心跳地問：「那個……你不嫌我重嗎？」

「還好啊……沒感覺……」

伊森是個單純的人，所以他說的一定是大！實！話！我心裡聽著美滋滋的。

「因為我的腿已經麻了。」他忽然又補充了這麼一句話，我瞬間感覺世界真不美好！尤其是男人！男人最差勁了！

「那你滾！」

我想起來，他立刻圈住我，把我用力拽回去：「別別別，我喜歡妳這樣坐在我身上。」

「你有病啊？喜歡做我的人肉坐墊？」

他抱住我，親暱地貼上我的頸項：「因為以前妳總是做我的床啊。椅子多硬，我捨不得讓妳坐太久，屁股會痛的……」

他溫暖而真誠的話深深感動了我，我不由得放鬆身體，往後靠在他的身上，閉上了眼睛。他的身體卻在我完全交給他時緊繃起來。

「伊森，你真好，我喜歡你。」我由衷說道。

他驚喜地緊緊抱住了我，像是想把自己整個融到我的身體裡。

「我也喜歡妳，瘋女人！對了，我比扎圖魯和巴赫林更更喜歡妳！我比他們的喜歡多出一百倍、一千倍、一萬倍！」

我忍不住笑了：「像你這種連成人禮都沒完成的小處男，知道巴赫林和扎圖魯對我的喜歡是什麼嗎？你的喜歡跟我的喜歡才是一樣的。」

伊森迷惑地嘟囔：「怎麼那麼複雜？喜歡還有什麼不一樣的？而且那巴赫林一副書呆樣，一看就

然漲紅。

我撇開同樣有些發紅的臉：「……在那之前，安歌希望你能幫他肥沃土地……」好奇怪，我該不會真的喜歡上這隻蒼蠅了吧，這下該怎麼辦？這隻蒼蠅一看就是那麼不可靠的傢伙。

不行不行，這裡的人我一個都不能喜歡上，因為他們都那麼不可靠，我可不能到最後被他們傷害。普通喜歡喜歡就OK了，不用玩得那麼認真吧？

該死的伊森長得那麼好看真是犯罪！再這樣相處下去，我真的過不了美男這一關。

可是，既然來了這裡，如果一個都不碰……是不是……太可惜了……

「這種事……不好處理吧……」伊森的嘟囔總算拉回我的心神。

「有什麼不好處理的？」我回頭看著他羞紅的臉：「我記得你以前說過，你們精靈只要這樣那樣就能讓土地肥沃起來。你等一下多吃點，然後去田裡……」我一時語塞，米田共果然是土地的根本啊！

伊森的臉更加難看：「所以才說……不好辦……而且……我一個人也不夠。妳現在也算是半個精靈體，妳怎麼不去？」他小心翼翼地回頭反問我。

我渾身一僵，果然說別人容易，自己做難，這種事做起來比想像中來得尷尬，難怪他說不好處理。一想到自己和伊森面對面蹲在地上拉粑粑，我就好窘。而且萬一兩個人都便祕，豈不是還要發出「嗯——嗯——」的聲音？

啊啊啊啊！窘死了！

為了不讓自己繼續彆扭下去，我只能揮起拳頭欺負伊森了：「你說什麼？想找打嗎？」伊森，對

不起，這種事我是做不出來的。而且你怎麼好意思讓我這樣純情的女生去做那麼不雅的事情？

伊森立刻揚手擋住：「知道了，知道了，我做就是了。我會去叫精靈來，這種事晚上做比較好，讓人看見多不自在……」

嗯？這話……怎麼好像聽起來怪怪的？那種事也是晚上做比較好，旁邊有人圍觀那叫ＡＶ。

礙於腦中的不良思想，我臉紅了。

「瘋女人，怎麼這種事妳也會臉紅啊，妳不做的嗎？」伊森還飛到我面前戳我的臉。

我趕緊把他揮開：「這種隱私的事怎麼好意思提起？你去找精靈來吧。」

「那妳要和我一起去。」他又飛到我面前，雙手環胸。

我下巴脫臼地看著他：「你做那種事居然要我作陪？你還要我幫你脫褲子、遞茅紙伺候嗎？」

伊森的臉登時一紅。他撇開頭說：「那倒不用。如果妳脫我褲子……我怕自己……會忍不住……想……」

他、他居然說忍不住？難道他還會泄嗎？能不能快點結束這個話題？在晚飯時間談是想讓我噁心吃不下飯就對了？

「我需要力量來召喚同伴，不然就得回精靈國一趟。可是如果我不在，我怕妳……」他偷偷瞟向我，我眨了眨眼睛。他忽然收回目光，吹起口哨來：「噓～～噓～～噓～～」

我知道了，他是看準我離不開他。我有些不甘願地低下頭：「知道了，晚上我先睡一覺，你覺得時間差不多了就叫我起來，我們再試試傳遞力量。」

「好耶！」

伊森開心地咧開了濕潤的紅唇，雙手背到了身後，身體在空氣中扭啊扭。總覺得他這笑容壞壞的，帶著某種陰險的目的。

夜深人靜之時，我站在窗口看伊森，他抽出了小小的權杖，淡淡的金色力量從權杖而出，包裹住我的全身。

「伊森，你最近晚上不化成人形？」我疑惑地看他，自從那晚之後，他一直維持小精靈的姿態。

他雙手握住權杖，委屈而悠遠地瞟我一眼，轉開臉輕輕嘟囔著：「難道妳不明白我變成大人有多麼地受煎熬嗎？」

看著他委屈的側臉，我疑惑起來：「我最近沒欺負你吧？怎麼讓你受煎熬了？」

他露出了鬱悶的神情，緩緩把我提起。我雙腳離地，隨他飛出了窗。

「啊，我知道了！你變大了，我們兩個人睡一張床太擠了，所以你不舒服？」

「我想跟妳擠，妳允許嗎？」伊森像是埋怨地對我說：「妳會打我的吧！」

我一愣。糟了，原來我給他造成了那麼嚴重的心理陰影，其實……奴家是很溫柔的……

驀然上方金光炸開，耀眼的光芒讓我無法睜開眼睛，整個身體被精靈的力量高高拋起。我驚訝地看向上方的清澈星空，地心引力卻轉瞬間把我再次拽回，這熟悉的感覺讓我驚慌到大腦空白。

那一天，我也是像這樣從高空摔落，這樣的經歷無論是誰都不想再經歷一次……

忽然，我落入了一個溫暖的懷抱中。我驚魂未定地看去，發現是伊森深情的臉龐，他溫柔而委屈地俯下臉看我：「甚至連這樣抱抱妳，也會被妳打……」

「伊森……」

受驚後的餘悸讓我在看到伊森時激動起來，像是見到救命的稻草般撲上他，緊緊環住了他的脖子，靠上他的肩膀。他僵立在夜空之中……

我忘記責備他把我扔來扔去，害我勾起了那恐怖的回憶，只想迅速從他身上找回我需要的安全感，然後緊緊抓住不放。

「下次別這樣了……你讓我想起掉下來的那天……」我深深埋入他的金髮之間，顫顫地低語。

「嗯……」耳邊響起他輕悠的聲音：「對不起……」

我緩了緩心神，從他的肩膀抬起頭，卻看到了他身後巨大的金色翅膀，視線完全被吸引過去，無法移開目光。我情不自禁地伸手摸向那對在空中震顫的翅膀，它們像是真的，但在我碰觸時，金色的光芒響起如同鈴聲般輕微的「叮噹」聲，然後從我的指尖化開，化作宛如螢火蟲的可愛光點，圍繞在我的手邊。

還記得伊森給我看過他的翅膀是怎麼形成的，那是一種神祕而美麗的力量，讓人驚嘆。

「別動……有點癢……」伊森說。我收回手，再次圈抱他的脖子，靠在他的肩膀上，幸福地說：「伊森，能有你在身邊真好……」

他怔了怔，俯下臉貼在了我的頸邊，輕輕地說：「我也是……瘋女人……」

我的心跳在這句充滿甜蜜的輕語中停滯，或許……我真的快要喜歡上這隻精靈了……

伊森啊伊森，你可別再誘惑我，考驗我的定力哦……

伊森帶我靜靜飛出王城，緩緩降落，停在滿是樹葉的地上，發出了踩碎樹葉的「窸窣」聲。

「到了。」他輕輕提醒我，我愣了愣，匆匆放開他瀰漫花香的脖子，腦中又開始妄想起來，這麼一個誘受給我一個女人是不是太可惜了？這明顯是給男人的配置啊！

「現在……我需要從妳那裡取得力量……」伊森在我面前低低地說，我心不在焉地點了點頭：「嗯……」

清澈的月光如雨淋在這片田地邊的樹林上，一縷縷銀白的光芒從樹葉之間灑落在我們的四周。寧靜的空氣中，散發著從伊森身上而來的淡淡芬芳，還有那輕悠的蟲鳴。

他的雙手輕輕地捧住了我的臉，緩緩抬起，他有些緊張的表情和緊閉的雙眸頓時映入我的眼簾。他忽然深吸一口氣，像是要吹向我似的俯下臉，這古怪的神情讓我本能地產生抗拒，想也沒想就一掌推在他的胸口。

「啊！」他捂住胸口，後退了幾步，隨後委屈地睜開眼睛：「妳怎麼又打我？」

「你想做什麼？」

我嚴厲地反問他，模樣在大半夜裡頗有些視死如歸的感覺。

他委屈地揉胸口：「取力量啊。」他一邊說，一邊指著嘴朝我嘟起，我恍然明白了！難怪下午他笑得那麼賊！我本來以為伊森單純，原來他滿腦子也都是占便宜的事！

我在月光中瞇起眼睛看他：「你真的……只想取力量？」

他眨了眨清澈的金瞳，依然用無辜的目光看我。我一直盯著他，漸漸的，他的眼神閃爍起來，視

線開始游移。他雙手背在身後，揚起臉吹起了口哨：「噓～～噓～～」

「噗嗤！」原來伊森也有點壞。我怎麼能讓他如意？我於是伸出雙手：「把你的手給我。」

「不給。」他倒是回答得乾脆，還白了我一眼：「那樣不行，上次不是試過了？」

「再試試有什麼關係？」

「那是浪費時間。來，快點，我不介意妳晚上吃了什麼。」他向我的臉伸出手，嘟著嘴要親下來，我伸手拍在他的臉上：「我介意！」

一陣僵硬後，他摸了摸被我拍打的臉，滿臉委屈，一副要哭出來的神情：「妳又打我！我怎麼說也是精靈王子、未來的精靈王，從沒被人打過，妳卻總是打我，欺負人家……妳壞！」他鼓起臉，哀怨地看著我，更像是在跟我撒嬌。

我再次伸出雙手：「少廢話，快伸手。」

「@#%￥$！」他嘴裡不知嘟囔了些什麼，又像是抱怨，隨後才扭扭捏捏地把手伸了出來。我一把握住，閉上眼睛開始聚精會神地想把力量傳遞給他。

「嗡～～～嗡～～～」

伊森居然在我對面學蒼蠅叫！我完全無法靜下心來。

我生氣地睜開眼睛瞪他：「你在鬼叫什麼？」

他鼓著臉側目看我：「不要成功。」

我一愣，他氣呼呼地白我一眼，繼續搖頭晃腦：「嗡～～～嗡～～～」

「你就這麼不願意手拉手嗎？」

他看我一眼，繼續「嗡嗡」叫。我受不了，踮起腳尖捧住他的臉，就這樣撞上了他的唇。風頓時停了，雲凍了，他終於不叫喚了……

他呆呆地瞪大金瞳，清澈的眸光顫動不已。月光靜靜灑落我們之間，讓他的瞳色染上了一層朦朧的華彩。

「說些動聽的……」我在他的唇前輕輕地說，呼吸因他的屏息而停滯：「讓我有感覺……」如同呢喃的聲音讓他吐出了一口熱熱的氣息。

「我有感覺了……」他的雙手輕輕撫上了我的腰。我情不自禁地輕輕撫摸他柔滑細嫩的臉龐：「你有有什麼用？要我有……」

「那……」他的眼神迷離起來，壓下我的唇，我稍稍後退躲開，他的眸光倏然變得灼熱，帶出了不悅與征服的欲望：「我現在就想吻妳，以後也只吻妳，我夢裡也在吻妳算不算？」

我的心跳在他那灼灼的目光中轉為劇烈，熟悉的感覺遍及身體，我撫上了他那雙微微凹陷的漂亮眼睛：「現在，我有感覺了……」金色的氣息從我口中緩緩吐出，他的唇也隨之而下，含住那些氣息的同時，也含住了我的唇……

輕輕的碰觸，深深的吸吮，他閉起了金色的雙眸，睫毛在銀白的月光中輕顫。他緊張地抱住了我的身體，一手環緊我的腰，一手緊緊按在我的後背上，我甚至感覺得到他的身體也因為緊張而輕顫，彷彿這是他精靈王子的初吻。

他的身體越來越沉，即使只是親吻我的雙唇也讓他沉浸不已，身體因此壓在了我的身上。我無法承受他的力量，往後一退，重心不穩地往後跌落，他就這樣隨我一起墜落。

「啪！」我摔在了軟軟的落葉上，他落下時單手微微撐地，離開了我的唇。

雙唇雖然只被他輕輕摩擦，卻也開始隱隱發熱發麻，我心跳凝滯地看著他，他也正深情款款地看我，清澈的金瞳此刻瀰漫著濃濃的情欲。我的大腦在他這赤裸裸的目光中漸漸空白。

他抬手輕輕撫上我的臉、我蓬蓬的髮絲、我的唇。纖長的手指輕輕按了按，再次俯落而下，這次他小心翼翼地伸入了軟舌，如同小鹿般小心謹慎地碰觸我的牙齒。碰到我的舌時他頓了頓，忽然雙手擁緊我的身體，深深吸吮起來。

那是一個綿長而漫長的吻。他完全壓在我的身上，雙腿纏上我的腿，像是在向我邀寵般地緊貼我的身體，吻入我的唇，並用他的舌輕輕舔過我的唇瓣。他始終不離去，一直吻住我的唇，漸漸地，他的呼吸急促起來，他把我越抱越緊，一直用吻來宣洩此刻越來越無法控制的情欲。

他開始吮咬我的舌，在我的唇內吞吞吐吐，用舌掃過裡面所有的一切，壓住我的舌纏纏繞繞。他的動作從小心青澀到越來越激烈，在情欲的催化下顯得越來越熟練。

有句話說得對——不用擔心不會做，你的本能會告訴你去怎麼做。

人類的感情和本能像是一些事情的記憶體，在爆發時自動開啟，去教會你一些可能原本不會的事情。

他的吻開始灼烈起來，身體也在我的身上變得躁動不安。他緊緊抱住我的手開始在我的手臂游移，不知所措地揉捏，我在他深深的吸吮中漸漸失去了控制，隨著他的吻而火熱、呼吸急促、心裡焦灼不堪，到底是該繼續？還是該停止？我的思考變得混亂不已。

「唔！」我的氧氣被他吸盡，於是開始掙扎，他卻閉著雙眸依然沉浸在吻中，濕熱的軟舌在我的

唇中進進出出，忙得不可開交，他捏緊我手臂的手緩緩摸上了我的肩膀，忽然慢慢往下，然後撫上了我被衣裙緊緊包裹的高聳胸部，他手心的火熱瞬間熨燙上我的衣服，我頓時僵硬。他捏了捏後，也倏然睜開了金瞳，僵硬地看著我。

我深深抽了一口涼氣，胸部在他的手心內高高起伏，他「咕咚」嚥了口口水，放開了我的胸部，表示投降：「別、別打我……呼……呼……呼……呼……」他氣息急促而滿臉通紅地緊張看我：「這、這是意外……」

我深深喘息，也有些頭暈地看著他：「你、你進步了……」我的嘴唇徹底發麻，已經感覺不到自己說話。

他壓在我身上愣了愣，忽然臉紅地燦燦笑了起來，金髮垂在月光裡隨風輕揚：「妳是說我的吻技嗎？」他大大地咧開了嘴，露出了整齊晶亮的八顆大白牙。

我吃力地點點頭，剛才差點把我吻斷氣了！

「瘋女人！我真是太喜歡妳了！」

他忽然捧住我的臉又親了下來。

「嗯！嗯！」

我在他身上掙扎，他在我的唇上開心地到處吻。

忽然間，我看到上方出現了一道黑黑的人影，他正單手托腮蹲在半空，眸光灼灼地笑看著我們，身後白色的羽翅和他邪惡的笑容讓他猶如夜間喜歡作惡的墮落天使。

是安羽！

「嗯！嗯！」我急急指向伊森身後，呆呆的伊森卻以為我只是掙扎，繼續捧住我的臉「吧唧吧唧」親。

忽然，安羽直接俯衝而下，伊森似乎有所察覺，回頭一看，安羽卻倏然拉住了我指向他的手，巨大的力量直接把我從伊森身下拽出，天旋地轉之間，我已經停在了半空，被安羽拉在手中。

好痛！我的手被吊住，承受了整個身體的重量……要被拉斷了！

「安羽！」

伊森身後登時彙聚金色的力量，片刻形成了金色的翼翅，追了上來。

安羽像是有意等待伊森。伊森飛上來站在安羽面前，焦急地看著我：「快放開瘋女人，她的手會痛的！」

「哦？」安羽揚起唇角，笑呵呵地說：「你心疼她？」

「快放開！」伊森怒吼。

安羽像是提小雞般毫不費力地提起我，瞥眸看向伊森：「伊森，精靈是不能跟人類私通的……哎呀呀，這件事我到底要不要告訴精靈王呢？」

「隨便你！」伊森憤怒地大喊：「快把那瀾放下，不然別怪我宣戰！」說罷，伊森高舉右手，權杖頓時出現，直直指向安羽。

安羽露出害怕的神情：「哎呀，我好怕呀！但是……」他忽然咧開詭異的笑容：「現在我看得見你了，你以為你還能戰勝我嗎？」

「是嗎？」伊森也面露冷笑，金髮在夜風中飛揚：「那就試試吧。」

安羽陰險地笑了，看向我：「嗯？所以妳到底是什麼東西？剛才給伊森餵的金色的東西是什麼？以前聽凱西說妳因為吸了伊森的一口氣，聽得懂、看得懂這裡的話和字，看來妳這口氣變多了呢。難怪上次吻妳時全是花香，像是精靈一般……現在想起來依然回味無窮……」他看著我舔了舔唇：「一想起來就想要了，我現在就要……」

他勾起唇將我朝他提近，我直接揚手打在他的臉上，「啪！」他瞬間凝固在黑夜之中，黑色從他白色翅膀的根部像是毒液一樣，一點一點爬上。

「想都別想！」

我憤怒地瞪視他，他身後的羽翅已經完全變成了黑色，殺氣也開始從他的腳底升起，不尋常的氣流捲起了我的裙襬和長髮。

「打得好，瘋女人！」

伊森在我身後叫好，然而此時安羽的銀瞳裡閃起了冰冷的火花。

我無畏地冷視他，他漸漸揚起了笑，冰冷地看著我被眼罩遮住的眼睛：「我一直好奇妳眼睛好了，為什麼還要成天戴個眼罩，現在明白了……」

我一怔，他明白？他明白什麼？

安羽的銀瞳裡劃過一絲殺氣，他忽然伸手抓住了我的眼罩：「是為了今天讓我戳瞎吧！」他一把扯去了我的眼罩，那整身張揚的黑色花紋頓時映入我的眼中。

「哈哈哈——哈哈哈哈——」安羽在我面前張狂地大笑。

我的頭因為兩個世界突然重疊而暈眩脹痛。安羽大笑著，伸手朝我右眼作勢挖來。

「住手！安羽！」身後傳來伊森的疾呼。安羽收起笑容，狂傲地看向他：「伊森，你敢阻止我嗎？你只要一動手，就是精靈族向人王宣戰，你想再掀戰爭嗎？」當他朝伊森冷笑時，纏繞在他頸項的花紋緩緩鬆開，像是毒蛇般朝我探來。

安羽邪邪地笑著，瞇起銀瞳看我身後：「想想吧！到那時你們精靈不知會有多少死傷，一切只是因為你伊森王子今天跟一個人類女人私通……」

「即使這樣，我也要救我的瘋女人！」

當伊森高昂的聲音從我身後響起時，纏繞安羽的那條毒蛇也朝我撲來，我本能地抬手抓住了他的脖子。

抓住時我愣住了，原本以為花紋只是幻象，卻沒想到抓入手中有奇怪的手感，像是真的抓住了一條蛇，牠因為我緊緊抓住而扭動掙扎起來。

「嗚……」

面前的安羽忽然發出一聲悶哼，難受地揪住了胸口的衣衫，抓住我手臂的手也失去了力量。就在這時，上空忽然出現了一條無聲的閃電，劃破黑夜朝安羽劈來，安羽痛苦得表情扭曲，徹底放開了我。

我從空中落下，鬆開了手裡的那條蛇。被閃電籠罩的安羽痛苦地在裡頭蜷縮起來。

「瘋女人——」

伊森朝我俯衝而來，我愣愣地看著自己的手和當時的景象，那到底是什麼東西？

砰！我落在伊森的懷抱中，他擔心地看著我：「瘋女人，妳痛不痛？」他在空中小心地執起我被

安羽拉拽的手臂，手腕處已然紅腫。

我愣愣地看向夜空，黑夜之中已經不見安羽的身影。

「伊森，你……」我想詢問伊森，卻又想起他連那圖騰的事都不清楚了，又怎麼會知道別的事？

「什麼？」

「沒什麼，放我下去。」兩隻眼睛忽然變得不太舒服，我扯下腰帶，綁起了另一隻眼睛。

「嗯。」伊森帶我緩緩降落，將我輕輕放到地面上，並小心地執起我的手輕輕吹氣，不滿地說著：「呼……呼……安羽真是粗魯，居然把我的瘋女人的手傷成這樣……劈他一次算是便宜他了……哼哼……呼……」

他殷切的關心讓我感動不已。伊森真好……

「你不怕安羽宣戰嗎？」

我擔心地看著他，畢竟他剛才用閃電劈了安羽。

伊森不在意地說：「如果安羽真的向我父王宣戰，我父王肯定會說我被流放了，我是個流放中的王子……唉……現在的情況確實跟流放沒兩樣了……」

「伊森……」看到他轉為失落的神情，我的心裡再次內疚起來，握住他的手，難過地說：「對不起……」

「沒關係，跟妳在一起比在精靈王國開心多了，我覺得現在很幸福。」他露出了真心美麗的笑容，俊美無瑕的臉龐在月光中裹了一層迷人的光輝：「我被流放也好，這樣就是我跟安羽之間的個人恩怨，不會牽連整個精靈王國的。」

了。

伊森總是那麼善良，那麼為別人考慮，我想……我真的要喜歡上這隻單純可愛又呆萌的小精靈了？」

我握住了他的手：「那在他告狀之前，我們先把精靈喚來怎樣？到時你是不是也不能召喚精靈了？」

「對啊。」伊森睜了睜金瞳，輕輕放開我，喚出了他的權杖，權杖在他手中轉了個圈。他對我眨眨眼，上排的貝齒輕咬下唇，可愛地笑了起來。

他忽然伸出手，一把將我攬到身前，在我的身體撞上他身體時，他也俯了下來，並高舉右手，光束從權杖中衝出，直射夜空。

金色的煙花在星空中一朵朵炸開，伊森深深地吻入我因為夜風而冰涼的唇。不知不覺的，我也環上了他的脖子，深深感受到他這一吻中的深情，還有對我的霸占。正像他說的，我是他的瘋女人，他真的很喜歡我，比扎圖魯、巴赫林更喜歡一百倍、一千倍。

對不起……伊森，我總以為你傻傻地分不清喜歡，現在我知道我錯了，正因為你的單純和呆傻，你的喜歡才最純淨、最真，是我被塵世浮塵蒙住了眼睛蒙住了心，沒有去相信你……對不起……沒有去相信這份真情……

或許，是我覺得自己不配得到你這麼乾淨的真情……那麼純淨的心……我不配……不配……

片刻之後，無數星光像是流星般從天際滑落，紛紛落到我們面前化出了人形，都是美麗的雄性精靈，他們的髮色各異，漂亮美麗，卻沒有一個擁有如同伊森一般的金髮。他們身穿整齊的鎧甲，大腿和手臂赤裸，也和伊森一樣裸足不穿鞋襪，像是斯巴達戰士般整齊站立在伊森的面前。

最後一束銀光下落，出現了涅埃爾。

她生氣地看著伊森：「您終於想起了我……我們了嗎？您是不是已經完成任務，要我們迎接您回去？」涅埃爾看也不看我一眼，但她臉上憤懣的表情說明她知道我的存在。

其餘精靈戰士紛紛好奇朝我看來，但嚴肅的軍紀讓他們不敢交頭接耳。

伊森笑看涅埃爾：「我想要你們肥沃一下這裡的土地。」

涅埃爾登時傻眼：「您……您！」

伊森笑著咧開嘴，格外地可愛。其他精靈戰士倒沒有任何表情變化，彷彿這的確是他們精靈份內的事兒。

伊森眨眨眼：「有什麼問題嗎？」

涅埃爾氣得繃緊了身體，怨恨地低臉咬了咬下唇：「沒問題。」說完，她轉身沉聲命令：「每個小隊各負責一塊田，待土壤肥沃後就返回精靈國。」

「是！」齊齊的喊聲在樹林裡迴盪，一隊又一隊美麗的精靈們在月光中紛紛縮小飛起，整齊地離開，分散在林邊的田地中。

伊森見狀走到我身後，雙手放在我的肩膀上，推著我走：「走了走了，我們回去休息吧。」他一邊說著，一邊捏著我的肩膀，像是在討好我般替我按摩。

「殿下！」涅埃爾急急飛到我們面前，先是瞄了我一眼，隨後看向伊森：「您不留下來監督嗎？」

伊森走到我身側，鬱悶地說：「這種事妳想讓本殿下站在一旁欣賞嗎？」

「那、那您自己不去嗎？」涅埃爾指向田地。

伊森彆扭地撇撇嘴：「涅埃爾，妳哪次見過我親自施肥了？這種不文雅的事妳也好意思讓我在瘋女人面前做？妳是不是打算讓我丟臉？妳看著就可以了，拉完就回去。」

「您！」涅埃爾氣得面色發白。

伊森推著我繼續走：「走，我們回去睡覺吧，明天一早土地就肥了。」我不知該用什麼表情去看涅埃爾，所以乾脆也像她看不見我一樣無視她。伊森推著我從涅埃爾身前走過，涅埃爾雙拳緊擰，獨自留在這片灑滿月光的樹林之中。

我看向遠處的田地，只見那裡星光閃爍，一隻隻小精靈像是螢火蟲般懸浮在田地上方，一陣夜風拂來，帶來了陣陣花香……

我的心緒變得有些古怪。

「伊森，我不想回宮，那裡有安羽。」直到看不見涅埃爾後，我說。

伊森停了停，再次輕輕拉起我被安羽拉傷的手，想了想，笑了。他拉起我的另一隻手，往樹林深處跑去：「跟我來，我幫妳築個巢。」

築……巢？

我們越往深處跑，樹木越是巨大茂密，參天古木之間纏繞起粗壯的樹藤，月光再也無法透進來，只能靠伊森散發出來的光芒看清滿是落葉的道路。

難怪我沒摔死，厚厚的灌木加上厚厚的樹葉，成了最好的緩衝。

伊森停在一處被四棵大樹環繞、面積不大不小的空地，拿出了權杖揮了揮，隨後又像是想起了什

麼，把權杖放到我面前：「給妳。」

我一愣：「給我？」

他笑了，笑得純真潔淨。他把權杖放到我的手中，我呆呆拿著，晶瑩剔透的手柄宛如積蓄了純淨的月光，上方金色的頂端則像是積蓄了溫暖的日光。

忽然有人從身後環抱住我，握住了我手拿權杖的手。在我心跳加快之際揮舞起來。金色的力量倏地從權杖中流出，捲起了地上的樹葉，開始在大樹之間的藤上堆積，如同魚鱗般一片片緊貼。我吃驚地看著眼前的一切，一個巨大的巢穴正在半空中慢慢形成。

驚訝讓我忽略了劇烈的心跳，也讓我忘記了臉紅，那座由樹葉搭建成的巢穴在伊森的力量中鍍上了淡淡的金色，神奇而華美。

「好玩嗎？」手中的權杖在伊森的話語中漸漸消失，巨大的巢穴也懸掛在半空中，只有一個小小的入口可以讓人鑽入。

我驚嘆地上前，伸手觸摸那些樹葉，那些樹葉像是打了蠟般光滑閃亮。

「不要告訴我你們精靈就住在這種巢穴裡。」

「是啊。」伊森歡快地跑到我身邊，和我一起觸摸巢穴，金瞳裡流露出絲絲懷念：「我現在好想念我的花屋。在我們的精靈國裡，大家都住在這種樹葉做的巢穴中，貴族則住在花瓣的巢穴裡。大的像蜂巢，可以住很多人，主要是戰士；小的則像袖珍屋，非常美麗，我真想帶妳回去看看！」他激動地握住了我觸摸巢穴的手。

我們的目光就此撞在一起，他的金瞳裡登時捲起了濃烈的情愫。他緩緩向我俯落，我怔怔看著他

漸近的紅唇。忽然，他的眼神閃爍了一下，立刻轉開臉，嘴裡輕輕嘟囔：「這樣不好……不好……會出事的……會被妳打的……」

「什麼？」

會出什麼事，又要被我打？

他立刻回頭，咧開嘴笑了：「我帶妳進去吧。」說著，他一下子抱起了我。我的心臟一陣劇烈跳動，轉開臉想避開他似乎也有點尷尬的目光。

他抱我進入了巢穴，取出他的權杖像蠟燭似的插在角落裡，權杖散發光亮，照亮了整個巢穴。裡頭顯得非常寬敞，身下的樹葉也像是被蠟和膠水固定一般，光滑而結實。

「我去幫妳拿毯子。」伊森說完後便化作小精靈飛了出去。我舒舒服服地躺下，看似黏在一起的樹葉卻依然保持著柔軟和溫暖，翻身時還能聽到樹葉之間細微的擠壓聲。

精靈真的是大自然的精華之子，他們和自然完完全全地融合在一起。

可憐的伊森像是我的奴隸，為我拿來絲毯鋪在巢穴裡。靠墊、軟枕一樣不缺，還有蓋在身上的毯子。

鋪完床後，我們一起倒落。「撲簌！」呼……好累，好睏。

我和伊森的頭微微輕觸，權杖的光輝漸漸黯淡。

「瘋女人……妳喜歡這裡嗎？」他靜靜地問。

我睏倦地微閉眼睛：「喜歡……」

「那我帶妳去精靈王國怎麼樣？我們可以永遠在一起……」

我一愣，今晚是伊森的懺悔日嗎？

我沉下臉：「你又騙了我什麼事啊？」

他偷偷看了我一眼，緊閉雙眼一口氣說出：「其實不需要妳再給我力量，我也能召喚精靈。」他說完後縮緊脖子，緊張地握緊我的手。

「咦？」我一愣，腦袋一時沒轉過來，等醒悟時立刻揚起手打向他的肩膀。「砰」的一聲，伊森瞬間消失無蹤，眼前卻出現了他小小的身影和壞壞的笑容：「嘿嘿，打不著。」

我鬱悶地看了他一眼，倒頭就睡。男人終究是男人，再單純的伊森原來也有那麼壞的一面。

「噗噗噗噗——」上空傳來陣陣翅膀拍打的輕風，像一隻蚊子在周圍飛來飛去似的。

「瘋女人，別睡了，我們聊聊天吧……」

又開始了，他真是煩死了！

「天也快亮了……」

受不了！

「我們一起看日出好不好……」

我直接揚手。

「啪！」

「哎呀！」他痛呼一聲，被我狠狠拍在自己的臉上，終於寂靜的巢穴裡傳來他垂死的聲音：「妳閉著眼睛……也能打人啊……」

「錯了，是閉著眼睛也能打蚊子！」

我一把抓起他朝旁邊扔去。

啪！整個世界終於安靜了。他怎麼會想到經年累月下來，我早已練出閉眼拍蚊的絕技？

我在寧靜之中美美睡了一覺，還做了一個美美的夢，夢見我在一片花海裡開心地跑啊跑的，醒來時卻總覺得這片花海讓我渾身不舒服。

我伸個懶腰，看看四周，不見伊森。

「殿下！您是精靈王國的王子殿下，怎麼能被一個人類呼來喝去？」忽然，外頭傳來了涅埃爾憤怒的聲音。

我躡手躡腳爬到巢穴口，偷偷望了下去，果然看見伊森和涅埃爾站在一束淡淡的晨光中，涅埃爾滿臉憤怒。

伊森聽了她的話，有些生氣：「本殿下高興，妳管不著！」

「殿下！」她著急地大喊：「您到底是怎麼回事？怎麼會變成現在這個樣子？」

「我變成什麼樣了？我還是我！」伊森傲然挺胸。涅埃爾失望地咬了咬唇：「您變得這麼不可理喻！那個瘋女人對您一點都不好！您只是想拿回精靈之元，何苦要做她的奴隸？」

伊森驚呆地看涅埃爾，他眨了眨眼，指向自己：「我不可理喻？我是瘋女人的奴隸？」

涅埃爾無語地抱住了頭：「殿下，您醒醒吧。」

「原來我變成這樣了嗎……」伊森側著頭，自言自語了起來：「難怪我也覺得自己怪怪的……可

是我心甘情願，因為我喜歡瘋女人，就像情詩裡說的……」笑容忽然溢滿伊森的臉龐，他雙手揮舞起來，高聲朗誦：「美麗的神女～～我願做愛情的奴隸～～匍匐在妳的腳下，不讓妳那聖潔的雙腳沾染塵埃～～」伊森的話音在金色的陽光中漸漸結束，他依然保持那神往的姿態，看得涅埃爾完全呆滯。

涅埃爾目瞪口呆地說：「殿下……您說的是真的嗎？您喜歡那個瘋女人？」

伊森緩緩收回揮舞的手臂，天真爛漫地笑看涅埃爾：「是啊。」

「那我呢？」

涅埃爾的聲音顫抖起來，黑色的瞳仁之中是深深的傷痛：「我是那麼地愛您，您怎麼可以這樣踐踏我對您的感情？您想找女人，我甚至還幫您把風啊！難道我沒有資格得到您的愛嗎？」涅埃爾幾近質問地大喊，悲傷地注視伊森。

伊森怔立在涅埃爾痛苦的神情前，金瞳在她顫動的淚光中輕顫，他露出深深歉疚的目光。

涅埃爾擦去了淚水，不讓它有流下來的機會，努力保持平靜地看著伊森：「您在精靈王國不選擇我作為王妃，我不怪您。可是您怎麼可以喜歡人類？喜歡那個瘋女人？您這是對我最大的侮辱！我哪裡比不上那個又胖又難看又眼瞎的瘋女人了？」

什麼？喂喂喂！感情上的競爭可以，但這樣人身攻擊就不好了……說我胖我認了，說我瞎我也認了，但妳不能說我難看啊！我哪裡難看了？不能因為你們這裡的人長得超凡脫俗就說我難看啊！人家阿凡達還有自己的審美觀呢，說我難看也太過分了吧！

「涅埃爾，妳怎麼可以這樣說瘋女人？」伊森的態度從歉疚轉為驚訝：「涅埃爾，妳是那麼善良的女孩，怎麼會說出這麼可怕的話？」

「哼！」涅埃爾苦澀地冷笑，伸手開始寬衣解帶：「我知道您想完成成人禮，我來幫您完成，這樣您就會正常了！」說罷，她瞬間褪去了衣甲，當那身銀色的衣甲「啪」一聲掉落在地時，她高聳的雪乳也跳突出來，裡面是一件幾乎透明的白色內衣，清晰地映出了涅埃爾雪乳上的渾圓乳珠，和肚臍下的神祕三角。

我瞬間驚呆了，眼前的情景肯定會讓男人血脈賁張的，我都不好意思直視了。

我低落目光正好看到了伊森，卻發現他早早轉過身捂住了自己的眼睛：「別這樣……快穿上。」

涅埃爾身著那將近透明的裡衣，赤腳朝伊森走來，一邊走一邊放散自己的長髮，英姿颯爽的女將軍瞬間變成了性感女神……好吧，我不得不承認妳比我好看了。

「殿下，您不想嗎？您不是常常想得腹痛煎熬，身體燥熱？」涅埃爾一步步逼近伊森：「我知道您只是不想負責，我可以幫您保密，我不需要您娶我，只要您回到從前的您……」

伊森匆匆轉身背對她拿出了權杖：「不要這樣！如果給瘋女人看見，又會以為我是下流的男人。」

涅埃爾停住了腳步，忿忿地深吸一口氣吐出，傷心欲絕地看著伊森的後背：

「瘋女人瘋女人……您心裡只有那個瘋女人嗎？她是人類！您跟人類私通會被驅逐出精靈王國的！還是您只是想找她幫您完成成人禮？如果是那樣，也請您找個不瞎的好嗎？為什麼非要選她？」

「為什麼不能是她？」

伊森生氣轉身大喊，臉側落一旁，目光低垂在滿地的落葉上，我在他的大喊中愣住，心跳因他認真的神情而停了幾拍。

伊森揮起權杖，樹葉片片捲起，圍在涅埃爾的身上。涅埃爾傷心地看著他，他抬起臉，認真地看著涅埃爾：「我喜歡她，沒想過要找她完成成人禮，但自從喜歡上她之後，我發現自己再也無法找別的女人做那種事，連看都不敢看別的女人一眼，怕她用看下流男人的目光看我。涅埃爾，我知道妳喜歡我，也知道我對不起妳，除了和妳在一起，我什麼都可以給妳。」

涅埃爾在伊森的話中痛苦地仰起臉，淚水終於滑落眼角，在陽光中劃過一條淡淡的金色痕跡。她轉過身，撿起了地上的銀甲，倏然消失在伊森圍起她的樹葉之間。樹葉自空中緩緩飄落，朦朧的陽光之中再無涅埃爾的身影。

伊森靜靜站在涅埃爾消失的地方，陷入了內疚的沉寂……

我的心裡五味雜陳。涅埃爾一直愛著伊森，伊森心裡很清楚，以前也曾跟我說過他對涅埃爾只有兄弟姊妹般的感情。但今天想必是涅埃爾第一次正面告訴伊森自己對他的感情，沒想到被嚴正拒絕了。

哎……衣服都脫了……伊森卻連看也不看，這真的是對她最大的侮辱。

「唉……」

伊森重重地嘆了口氣，轉過身朝我們的巢穴看來，我來不及躲，於是我們的視線就這麼撞在一起。我尷尬地立刻轉身躲回巢穴，背靠在出口邊，心臟「怦怦怦」地直跳。

「瘋女人、瘋女人！」下面傳來他焦急的解釋：「妳聽我說，那是涅埃爾自己脫的，我沒看，我什麼都沒看見，真的！我不是下流的男人！瘋女人！」

我沒有回應他，因為我忽然不知道自己該如何面對他。確切地說，是以什麼身分面對他……

外面忽然變得相當安靜，我偷偷看向外面，看到伊森抱膝坐在下面，金色的長髮隨著一陣一陣風，時不時掀起……

◆

土地在精靈們的施肥後變得肥沃異常，所有人開心地歡呼，安歌甚至親自下田播種。百姓們看到自己的王也下地播種，立刻群情鼓舞，跟隨安歌紛紛下田工作，田地裡響起嘹亮而充滿收穫希望的歌聲。

扎圖魯站在田地邊微笑著，這是他所嚮往的世界，那個曾和我提過的，人人歡歌笑舞的世界。

到了中午，女人們忙著替田地裡勞動的男人們送水送糧，來向我祈禱和祈福的人越來越少。我還記得最後一個是瑪莎，她向我祈禱里約能夠平安回來，大家都很想念他。

我和伊森自那天之後一直沒怎麼說過話，兩人在一起變得有些彆扭，我開始替之前畫的線稿上色，卻唯獨沒有幫伊森上色，因為一旦在他的面前替他的畫上色，我便始終無法平靜下來，總是走神。

我有時候會回想起自己和伊森的一切，有時候……則是想起那天脫去鎧甲、赤裸面對伊森的涅埃爾……

安羽似乎沒有跟安歌提起那晚的事，也不再來找我。安歌為了讓安羽遠離我，一直拉著他去田裡播種，自己也儘量不與我接觸……

我被「孤立」在那個小亭子裡，看著自己的石像漸漸完工。之後，它將會代替我，成為安都百姓心裡的寄託。

轉眼間，已經到了離開安都的前一晚，安歌為我舉辦了送別酒會。我坐在神台上，百姓們向我高舉酒碗，目含淚水，他們之間有著傳說，說我又要去「解救」別的王國……

真相永遠不能讓他們知道，就讓這些百姓們懷揣著這樣神聖的使命，將我繼續當做他們心目中的神女吧……

歌聲在我周圍響起，他們圍在我的身邊開始跳舞。我身穿白色聖潔的衣裙坐在神台的中央，接受他們的祝福，安歌說這身衣裙其實是去靈都準備的，他們那裡喜歡裹得嚴實的服裝，體不露膚，連腳也不行。

安歌很擔心我去靈都會悶，因為靈川王王宮裡全是女人，而且因為服侍河龍，不准她們喧嘩閒話。宮裡唯一的男人叫亞夫，只負責服侍靈川王。他很擔心我去了之後，連一個可以說話的對象都沒有。

我聽到這裡，心裡倒是很安心，這樣我可以去畫畫，至少沒人會來打擾我。

扎圖魯和巴赫林齊齊向我敬酒，今天百姓敬的酒我必須喝，但考慮到百姓多，我只有一個，所以我拿的是一個非常小的白玉酒杯，他們則用碗敬。

兩人走到我身前，目光裡是對我的不捨，什麼話也沒說便把酒喝了，我也喝下酒。然而即使酒杯小，也禁不住這數十杯，頭有點暈，視線也開始散亂。

我隱隱看見他們單膝跪在我的面前，兩個人輪流執起我的腳，親吻了一下我的腳背。我愣愣地看

著他們在親吻後難過地轉身離去，輕拍彼此的肩膀，像是給彼此安慰，然後這兩個同樣落寞的背影就這樣消失在歡舞的人流之中……

我暈暈乎乎站起來：「伊森……」

面前金光掠過，我無法聚焦地看著他：「帶我去沐浴……」

他沒有說話，只是利用精靈的力量提起我，直接飛入王宮，今夜的王宮顯得格外安靜。

他帶我飛到浴殿外的陽台上，當視線掠過陽台時，我聽到了男人的粗喘聲，伊森在我上方僵住了身形，我就這樣被提在半空。

月光將整個浴殿照得波光粼粼，閃動的銀光下，照出了三個在浴池中赤裸的人影。

他們的雪髮在月光中顫動，他們的身體在月光中閃現迷人的水光，他們在浴池之中半瞇眼眸。我只能用眼角美人痣的位置來區分他們誰是安歌，誰是安羽。

他們之間則是笑妃，她的臉埋入長髮之中，隱隱聽見她嬌喘連連，她高聳的雪乳緊貼在安歌的胸膛上，隨著身形的擺動在安歌胸口的凸起上滾動碾壓。而她的擺動是因為身後的安羽，安羽正扣緊她的腰，在水中用力挺進，激起的水浪讓人隱約可見那在水中進入笑妃身體的硬物。

我的大腦完全空白，全身的血液沸騰燃燒，湧起了灼熱的溫度。我一時忘記離開，呆滯地看著安歌輕撫趴在他身上的笑妃長髮，揚起和安羽一樣邪邪的笑容：「小羽今天開心了嗎？」

「嗯……」安羽在笑妃身後停下，媚眼如絲地越過笑妃瞥向安歌：「終於好多了。那個那瀾真是有夠噁心，讓我一直提不起精神。」

安歌的銀瞳閃爍了一下，雙眸瞇起，繼續保持那壞壞的微笑。

笑妃環住他的脖頸，不斷喘息：「王……現在請讓笑兒服侍您，還是……像以前一樣？」笑妃一點點啜吻安歌的脖頸緩緩而下，雙乳沒入水中，臉即將埋入安歌的肚臍之下。

忽然，安歌扶住了她：「今天笑兒可要全心全意讓小羽開心哦～～」說罷，他從笑妃身前離開，側靠在一邊。

笑妃眨了眨眼睛，有些困惑地再次起身，伸手撐在池壁上。

「安歌真可憐……」上面傳來伊森的低語：「他們一直在一起，如果他不陪安羽，肯定會被安羽懷疑。唉……他也是為了讓妳到安羽那裡好過點才這樣陪著安羽……為了不讓妳再受安羽欺負，他只能藏起對妳的心意，真可憐……這輩子他都不能喜歡妳了……唉……」伊森這番有些感性和傷感的話也讓我……

如果安羽不改變，此生我和安歌也不可能做好友了，可是……伊森怎麼說得像是安歌不能愛我？

安羽在浴池裡喘息了一會兒，再次挺進。安歌微微瞇眸，露出壞壞的笑容：「小羽，即使你再討厭那女人，還是要忍耐一下，別讓別的王有機會挑起戰爭，尤其伊森還是那女人的人。」

安歌真的是在為我考慮，希望安羽不要再欺負我，雖然用別的形式……

安羽擰眉煩躁地睜開銀瞳，無趣地瞥了安歌一眼，透出的冷豔讓人心動：「知道了，不用你囉嗦。我看她也不一定能到我這兒，她未必能從伏色魔耶那裡活著出來。」說罷，他拽起笑妃的手臂拉到身前，伸手握住了她碩大的雪乳，粗暴地揉捏起來。

「呵呵……」安歌笑了起來。在安羽閉眸再次陷入享受之時，他擰起雙眉，目露擔憂地朝陽台外的夜色看來，我們的視線不期而遇，我僵硬地向他舉起手，他登時從浴池裡驚跳起來：「啊！」

他的驚嚇讓安羽停下了動作，順著他的目光朝我看來，笑妃也扶著池壁聲聲喘息。忽然，安歌故作憤怒朝我指來：「妳這個可惡的獨眼女人，居然敢偷窺！快滾！」

不用你說，我也會迅速離開的。

在安羽吃驚朝我看來時，我立刻說：「伊森，我們走吧。」

「啊，哦……」他迅速提起我飛離了這座讓人血脈賁張的陽台……

我們飛出了王宮，飛過狂歡的人們，飛過已經綠苗遍野的田地，飛過那茂密的樹林，回到了那片月光之中，我們安靜的小巢。

伊森好像也喝了酒，一路上飛得歪歪扭扭。進入巢穴後，他一下子鬆開了手，我就這樣摔在柔軟的毯子上，緊接著面前金光閃現，一個重重的物體壓在我的身上，金髮鋪滿了我整張臉。他慌慌張張地撐起身體，金瞳顫動地看著我：「對、對不起……」

我看著他金髮下通紅的臉，忍不住笑了，抬手撫上他纖柔的側臉。他的金瞳倏然收緊，睫毛快速顫動。

「我可憐的……精靈王子伊森……」我一點一點撫過他臉部的側線，把他柔美的線條記在心底，醉醺醺地注視他那張俊美、又因為和我一樣偷窺到安歌三人在浴池中的激情場景而通紅的臉：「你本來好好活在自己美麗的精靈王國裡……卻為了成人禮偷跑離開……在林中尋歡……被我壓扁……吸去了精靈之元……哈哈哈……」

我在他越來越灼熱的目光中好笑地大笑：「我可憐的……精靈王子伊森……嗯……」我慵懶地在他身下轉了轉身體，擦過他與我相貼的下身，笑著用手指劃落他的頸線：「為了吸回精靈之元……被

我這個……又胖……又醜……又瞎的瘋女人綁在身邊……任我打……任我罵……像是個……奴隸……哼哼……」

我現在心裡不知道為什麼好開心，莫名地開心，輕輕劃他更開心。大概是那一杯又一杯的酒讓我興奮，讓我歡愉吧。

「瘋女人……」他的嗓音乾啞，癡癡地盯著我的臉，喉結在我劃過時上下滾動。我順著他的柔美的頸線繼續劃落，指尖劃過他的精美的鎖骨，目光開始迷離：「嗯……我可憐的……精靈王子伊森……因為喜歡我……不敢看別的女人一眼……即使別的女人脫光衣服……也不敢觀賞……其實……」

我的指尖在他的鎖骨來回徘徊：「你拒絕涅埃爾那天……我……很開心……哼哼……好開心……哈哈哈……好開心啊……我喜歡你……伊森……我不要你去別的女人身邊……嗯……我不……」滾燙的雙唇忽然攫取了我的唇，堵住了我的話音。

火熱的舌瘋狂地闖入，混亂無章的亂攪讓我擰起了眉，不舒服地輕輕拒絕：「嗯……嗯……」我無力地推上壓在我身體的人，火熱滾燙的胸膛貼上我的手心，酒精漸漸讓我全身無力，發軟發麻。

「嗯……嗯……」總覺得很不舒服，我開始在重重的身體下扭動，大腿卻在擺脫他的腿時擦到了硬硬的東西，那東西進入我的腿間，讓我的腿根有些難受。我在火熱的吻中想挪開那擋在我們腿間的短棍，無奈手不夠長，我只能用腿去磨蹭它，希望能把它給弄掉。

「嗯……嗯……」我的抗議無力地從唇舌之間吐出，他用力吸走了我口內的空氣，手焦躁地撫上我的身體，在我的胸部停留。

「呼……呼……呼……呼……」

好吧，至少證明他是真的處男。

「奇怪，到底在哪裡？看別人做好像很簡單……」他嘟囔著伸手往我下身摸去，纖長的手指很快找到了濡濕之處：「難道在這兒？」他試探地進入，我瞬間本能地收緊身體，呻吟溢出了唇：「嗯！」他驚得抽出手指，撐起身體呆呆看我。

他的抽出更是讓我一陣戰慄。

「呼、呼……」我無力地喘息，半瞇眸光看著他。他愣愣地嚥了口口水，像是想到了什麼似的，金瞳頓時變得閃亮：「對了，要舔一舔。」

什、什麼？這個傻處男還知道這種事？

他有些倉皇的金瞳裡是癡癡的目光：「艾德沃說舔過才更容易進去，女人也會更舒服……」

艾德沃？璐璐的未婚夫、伊森的朋友和王位競爭者？

他忽然退到我的兩腿之間，將臉直接埋入。軟舌的突然進入讓我的大腦瞬間空白，久久沒有打開的身體也開始適應異物的闖入，即使是沒有章法的亂舔也讓人搔癢難耐！

我快瘋了！

他的金髮在我大腿內側滑動，像是羽毛在搔撓我的大腿，我不受控制地扭動著，難以言喻的苦楚讓我不由自主地喊叫起來：「伊森……嗯！你、你給我停下！嗯！」

他立刻抬頭，爬到我的上方，無辜地看著我：「不舒服嗎？」

「我、我……」我已經沒力氣說話了。身體蹭上他火熱飽脹的下身，我斷斷續續地吐出話音：「可、可以了……」

「真的可以了嗎？」他欣喜地看我：「好，好！」他忽然一挺身，毫無準備的進入讓我久未經歷情事的身體產生了輕微的疼痛。

伊森驚得立刻打算抽離，然而那瞬間的摩擦讓我更加難受，我立刻抓住他：「別出去！」

「嗚！痛死了！你這個白癡！」

「但、但妳痛……」

我氣得語塞：「你、你這個蠢貨，進來了就別亂動！等、等我緩緩……」

伊森僵硬地撐在我的上方，漸漸咬緊了血紅的下唇，緩緩放下身體，伏在我的身上，開始用他的胸膛在我的酥胸上上下扭動，大腿也焦躁地磨蹭我的腿部：「瘋女人……我……痛……我快……忍不住了……」

他沒想到這番扭動摩擦和撒嬌是對我的胸部最刺激的愛撫，我真的要瘋了，這隻飢渴的妖精！

「呼……呼……」

我的頭再次發沉，這次換成從身下而來的陣陣情潮折磨著我的理智。

「我……開始了哦？」他小心翼翼地退出，每一寸退出都讓我備受煎熬，我難耐地揪緊他的金髮：「要做就快點！」

「是，是！」他像是得到我的命令，開始飛快地挺進起來，用葉子做成的巢穴頓時開始隨著他的挺進擺動。青澀的進入和退出一開始還有些混亂，但漸漸地他終於找到了節奏，渾身開始緊繃，也舒爽地發出了男人的低吟：「呃，呃，呃，好舒服……好舒服……」

我揚起軟綿綿的手，一巴掌拍在他的臉上，啪！

得很清楚，也是出於自願的，他不必如此自責，但對他過度索求的「禽獸」行為還是有些氣憤，害我現在全身都在痛，他能理解我現在連頭也痛得難受嗎？我咬牙切齒地說出此刻心裡唯一的念頭：「我要殺了你！」

「啊？」他驚惶地抬起臉，金瞳顫抖，沁出了水光：「我、我真的不知道妳是處女，真的不知道！」

處、處女？

我那瀾雖然不濫交，但也確實已經跟初戀男友——他是我第一個也是最後一個男人——所以昨晚當伊森進入時，我的身體顯得很不適應……慢著，傻處男伊森以為我是處女？

「害妳……害妳流血了……」

什麼？血？我驚嚇地一下子裹住毯子坐起，難道是這白癡伊森做太多傷到了我？那我可真要殺了他了！

「我錯了……我真的錯了……我到底做了什麼……我是個下流無恥的男人……我不再是聖潔的精靈一族了……」

我在他極度懺悔的話中慢慢挪開屁股，看向毯子，只見銀色絲毯上一抹豔麗的血紅映入眼中，我愣了半刻，恍然大悟……我的大姨媽來了！

每個女孩大姨媽來的情況都有所不同，有人一開場就氣勢恢宏，有人則是漸入高潮。我就是後者，一開始只有一點，然後會一整天沒動靜，直到第二天、第三天才開始進入正題。

自從來到這裡，我的大姨媽一直沒來，當然前面昏迷的時候不太清楚，總之醒來後從沒來過，算算時間也只是延遲了一個星期，這很正常，畢竟我之前重傷傷了元氣。

如果在男人不知情又是生手的情況下，第二天忽然看見那麼一小塊豔紅，多半會有這樣的誤會。可是……可是他沒察覺到這朵小紅花有多麼鮮豔光澤，顯然是剛留下不久嗎？完全不像是經過一晚上的血漬啊。

傻伊森居然以為這是處女的落紅！

「對不起……瘋女人……」

旁邊的伊森還在懺悔，那神情和語氣像是恨不得馬上也撞出一灘血來還我。他們精靈最看重貞潔，伊森因為不想負責，才想到要偷偷找人類女性，而且也不是處女，因為他覺得自己擔不起那個責任。

我心裡暗暗地笑了，乾脆別告訴他，讓他去懺悔一輩子好了。我看向他，金光忽然從他身上炸開，他忽然化作小小的精靈，用雙手捂住臉嗚咽：「我沒臉再留在妳身邊了……」

什麼？他哽咽的話讓我吃驚。他轉身朝外面飛去，我立刻喊：「伊森！你怎麼可以逃跑？」

「對不起——」

他卻更加急速地朝外面衝去，一束金色的淚光從他眼角飛出，顆顆掉落在我的巢穴裡。我一下子愣住了，石化地坐在巢穴裡，呆呆看著那散落在巢穴裡、像琥珀一般的金色淚珠。

天……啊……伊森……內疚得跑了！這隻……笨得登峰造極、蠢到人神共憤、傻入臻化之境的白癡精靈！

這下我真的要殺了他！要怎麼去精靈國？我要去殺了他！嗯，絕對要這麼做！

忽然，整個巢穴震顫了一下，像是有人重重落在了巢穴上。我裹緊絲毯，緊張地看向上方，上面傳來了腳步聲，那腳步聲漸漸逼近，我的目光也隨之落下，緊張地看向入口。

只見一絲雪髮在晨光中飄過，有人從入口上方倒掛下來，耳邊隨即傳來了和安歌相似的話音：「快醒醒，小怪……」他的銀瞳在看到我驚慌的神情時逐漸收縮。

因為倒掛，美人痣的位置給人一種變了位置的錯覺，我看到他第一眼時還以為他是安歌，當他叫我小怪怪時才確定他是安羽。他身著一襲淡綠色銀線花紋的胡服，腰帶斜掛，猛一看還以為是森林的守護者。

他瞇了瞇銀瞳，從上面翻落，鑽入了我的巢穴，我緊張地看著他。他趴在我面前，勾起了壞壞的唇角，邪氣頓時湧現，銀瞳裡閃現一絲灼熱的光芒。

「妳這是在勾引我嗎？」他的手指輕輕劃上我裸露在絲毯外面的腿，絲絲的輕癢如同羽毛輕輕撫過。我慌忙想收起腿，卻被他一把牢牢握住，於是掙扎地踢踹：「你不是嫌我噁心嗎？快放開我！伊森！伊森！」我朝外面大喊，雖然知道這傢伙應該不會回來了，但也要讓安羽以為我在叫伊森回來。

「哼！」安羽邪邪而笑，緊緊扣住我的腳，眸光狠辣起來：「偶爾換換口味也不錯。雖然覺得妳噁心，可是現在……妳確實讓我興奮了！」他忽然直接把我撲倒，一隻手按在我的胸部上，開始粗暴地揉捏，手掌的火熱溫度豈是那層薄薄絲毯可以抵擋的？快速的動作讓人還來不及反抗，便已經被攻城掠地、占據頂峰，隨之而來的火熱親吻也在我的頸項如同暴雨般落下……

憤怒和羞憤燃燒著我的全身，我無法從安羽的壓制中掙扎出來，更沒有能力反抗他的入侵，全身的疼痛在他的重量下更加劇烈，感覺腰都快斷了。而他成熟中帶一絲粗暴的愛撫讓我心慌害怕，這是

讓女人欲罷不能，喘息加速的愛撫。他有些激烈地揉搓我的胸部，隔著那層薄薄的絲毯捏上了我的花心，戰慄瞬間襲遍全身，即使心中噁心至極，身體卻已經被本能控制。

他火熱的雙唇也快速吻落我的胸部，隔著絲毯咬住了我藏在絲毯下的凸起，我的大腦瞬間嗡鳴，卻在此時終於想到自己該如何脫身。我在他吸吮之時大喊起來：「我的大姨媽來了！」

他在我身上一愣，抬起了臉，白淨的臉上情潮火紅：「大姨媽？」

「就是月事！不信你可以看我下面。」為保貞潔，我什麼面子裡子的底線都不要了。

安羽在聽到「月事」這個詞時倏然從我身上離開。我要掀毯子給他看，他瞬間噁心地轉身：「妳真是讓人噁心，早知道還是應該讓小安來接妳的！」說完，他頭也不回地離去，並在躍出巢穴時「呼啦」一聲張開翼翅。我順便朝他大喊：「回去跟侍婢說，給我帶些女人用的東西來～～」

安羽直接展翅飛去，也不知道是否聽見了我的喊聲。

狂跳的心終於緩緩平靜，我抱住了自己的身體，身上還殘留著伊森留下的痠痛和安羽再次挑起的溫度。差點就變成第二輪了，好可怕，好噁心……我好想洗澡，把安羽碰過的地方全部都洗一遍！

安歌來的時候，我穿好了衣服。他站在下面喊：「那瀾──我們要走了。」

我爬向入口，全身痛得幾乎動不了。

我從入口探出頭，看到安歌站在下面，手裡拿著一個大大的包袱，還有我的畫板行頭。安羽黑著臉站在一邊，雙手環胸靠在樹上，第一次沒有跟安歌做出一模一樣的動作表情。安羽真自私，他不准安歌不跟他一樣，卻允許自己與安歌不同。

他們今天身上的衣服也不一樣，確切地說，安歌身上穿著的是安羽早上來時的那件綠色胡服，可

是安羽現在穿的卻是一件白色金紋的胡服，看來他真的驚到連衣服都換了。

「我不出去。」我說：「我害怕，要跟我的窩一起走。」

安歌愣住了，安羽則瞥來一束鬱悶的目光：「妳以為你是兔子嗎？想躲在窩裡？」

我抓住窩沿，決定無論如何都不出去：「我身體不舒服，走不動，又肚子痛，渾身沒力氣。你們不端窩，我就不走。」

我縮回窩裡偷偷看著他們，模樣跟我朋友養的兔子差不多。我不想離開這裡，因為這是伊森為我築的窩，裡頭充滿了他的力量和味道，還有伊森散落在窩裡、此刻像是鑲入樹葉的金色淚石。它們在樹葉間散發點點金光，猶如太陽散落的光輝，成為太陽的淚水。

我想告訴伊森，他誤會了，我並不介意昨晚的事，所以把他為我築的巢帶在身邊，住在他的氣息裡。但他回來我肯定會揍他！這個大白癡！

安羽「嘖」了一聲，安歌則哭笑不得地看著我，把包和畫板行頭一一扔了上來：「裡面是妳要的東西，快換上。」包袱和畫板落在我腳邊，我將包袱緊緊抱在懷裡，繼續偷偷看他們。我現在的狀況暫時沒那麼急，在他們在的時間點換太不好意思了。

「小羽，端窩。」安歌對安羽說。

安羽一愣，瞪大銀瞳看著安歌，安歌向他使使眼色：「早送早走。」

安羽一臉煩躁，「呼啦」一聲從身後展開白色的羽翅，飛向巢穴的上方。隨著一陣「啪啪」像是樹藤斷裂的聲音響起，我的巢穴搖晃了一下，開始緩緩上升。安歌高高躍起，刻意壓低視線掠過我的臉，從我面前飛過，躍到了巢穴的上方。整個巢穴騰飛起來，浮出茂密的樹海，飛在樹林的上方，我

像是坐在熱氣球裡飄過樹林、田野、王宮和道路上空……

笑妃從王宮裡跑出來向我揮手；巴赫林和扎圖魯停在我的石像邊向我揮手；耕地的百姓停下手、揚起臉向我揮手；瑪莎和女孩們放下水罐向我揮手……

別了，巴沙笑。

別了，巴赫林、扎圖魯……

別了，安都的大家……

別了，瑪莎和可愛的女孩們……

我們再次來到了那扇聖光之門前，巢穴的入口正好面對安都，田地裡耕作的百姓紛紛放下鋤頭和農具，帶著在田間嬉戲的孩子朝我揮手跑來，向我送別。

我再次看了他們一眼，看了安都一眼，向他們及安都揮手告別，然後慢慢隨著巢穴沒入了聖光之門。面前被白色的光芒吞沒，安都和大家在我眼前徹底消失。

我的窩緩緩降落，接我的人似乎還沒來。安羽把我的窩放在八扇聖光之門的中央，那個滿布神奇圖騰的大圓裡。

「小羽，你該回去了，不然你可贏不過我哦？」我聽見安歌在外面說著。

我打開了安歌給我的包袱，一封書信從包袱裡滑落出來，我驚訝地撿起來，迅速看看外面。安羽看著安歌：「你放心，我才不會輸給你，我一定能比你治理得更好，然後讓小怪怪三跪九叩來朝拜我。這次我可不會讓她那麼容易逃脫，哈哈哈哈——」安羽大笑起來。

安歌笑著看他，目光忽然偏向一側：「靈川來了。」

我順著他的目光看去，果然看見靈川王身穿和上次一樣的白衣，從一扇水藍色的聖光之門走出，身邊還跟著一個同樣戴著面紗和頭紗的黑髮男子。

有著一頭黑色長直髮男子身上的衣服與靈川不同，顯得更輕便、更百姓化。衣服的袖口收緊，腰部也有束緊的腰帶，下面露出了靴子，不像靈川衣袍墜地。

靈川王是聖者，服飾顯得優雅而飄逸，他身邊的男子則穿得更為生活化一些。

我記得伊森說過靈川王身邊只有一個男人，專門服侍他，叫亞夫。這個跟隨靈川前來的應該就是亞夫吧？

亞夫頭戴黑色頭巾，但不像靈川包得那麼嚴實，露出來的肌膚偏古銅色，眼角畫了長長的黑色眼線，雙眼深深凹陷，黑色的長髮柔順閃亮，模樣有些像埃及王子。

他與靈川的身高不相上下，體型卻比靈川看起來壯碩……不，應該是靈川看起來比較纖瘦。他們兩個站在一起，讓我想起離開玉都前曾看到的涅梵和靈川，但涅梵器宇軒昂，待在靈川後側的亞夫則神態恭敬。

安歌笑了笑，迎向靈川王，單手扠腰：「這個女人很麻煩，你最好不要管她，不然她會煩死你。我知道你最喜歡安靜。」

安歌看似在說我壞話，但我知道他是希望讓靈川少管我、少搭理我，最好能儘量遠離我，這是在保護我、幫助我。這些王離我越遠，我便越安全，越能安心。

現在伊森不在，我瞬間失去了依靠，安全感也隨之消失，即使知道靈川王那裡應該很安全，但還是會懷著不安。

「嗯。」靈川王依然只回答了一個字，頭紗與面紗間那雙極淡的銀灰色瞳仁朝我的方向淡淡看了一眼，目露疑惑：「人呢？」

天啊，靈川王終於說出兩個字了！而且不是「嗯」！

「在那個窩裡，膽小得不敢出來，像兔子一樣。」安羽指指我的窩。

我戴好面紗，微微探出腦袋，靈川王淡淡的目光看到了我，銀灰的瞳仁微微一愣。他眨了眨眼睛，瞥開了目光，身邊的亞夫則擰緊雙眉，微露一絲心煩地看著我。

怎麼了？我還沒去就嫌我煩了？真是好現象。

安羽忽然躍起，又跳到我上方，再次降下來時手裡多了一根粗大的樹藤。他把樹藤交到亞夫手中，揚起唇角看向靈川王：「拖回去吧！隨便餵點東西，讓她活下去就好。不然……伏色魔耶會很不高興的～～」

真的把我當兔子……

亞夫握住樹藤，望向靈川王。靈川王點點頭：「嗯……」

他們紛紛轉身，靈川王走在前頭，亞夫跟隨在他身後，拉起了那根樹藤。我的樹窩開始「沙沙」地移動，緩緩經過安歌和安羽之間，朝那扇藍色的聖光大門慢慢挪去。他們再次站在了一處，勾肩搭背，笑看著我。

我縮回身體，打開了應該是安歌寫給我的書信……

親愛的那瀾：

我很想陪伴在妳身邊，但是，我不可以……

我很想去好好擁抱妳，但是，我不可以……

我很想親吻妳的雙唇，但是，我不可以……

我的心跳在他真摯的話語中，慢慢凝滯，一種說不出來的梗塞感壓抑得我無法順暢呼吸……

我很想將目光永遠停在妳身上，但是，我不可以……

我很想永遠拉住妳的手，但是……我不可以……

我很想付出我的一切去愛妳……但是……我不可以……

我每靠近妳一步，只會害妳被小羽更欺一分；我每多看妳一眼，只會累妳被小羽更加折磨……

那瀾，我愛上了妳。但是……我知道自己已經失去了資格，妳是不會喜歡一個和自己的弟弟在浴池裡與一個女人嬉戲的男人的……

可是，我還是深深地希望妳能像改變我一樣，去改變小羽。我相信著妳，和信奉妳的百姓一樣深深相信妳……

愛妳，卻不能去愛妳的安歌。

複雜的感情化作了淚水，模糊了我的眼睛。這是我所收到最動人的情書，卻出自一個不能愛我的男孩。我閉上了眼睛，把情書放在自己的心口，熱意彷彿從字裡行間流出，溫暖了不屬於這個世界的我的心。

安歌，我很想再看你一眼，向你道別，但是，我不可以……

我收起書信，抽出包裹用的大絲綢，看到了安歌藏在衣服布條下面的首飾，裡面還有髮簪。

我拿起兩支髮簪，爬到門口，望見越來越遠的安歌與安羽。他們的目光遠遠朝我看來，我與安歌的視線相觸片刻後，緩緩拿起絲綢切斷了彼此之間的連接，徹底遮住了入口，並用髮簪固定，把自己封在這個巢穴之內，準備迎接新的命運。

別了，安歌。

這個想愛我，卻不能愛我的少年。

我怎麼也沒有想到，藍色的聖光之門之後，會是這樣一幅壯觀美麗的景象——高聳入雲的柱形石山、平頂的山頂，有的細如參天大樹，讓人擔心天柱斷裂；有的粗壯如巨山，巍峨壯闊。平頂的山上布滿白色平頂的房屋，宛如希臘神話裡的奧林帕斯山和神宮。

雲霧繚繞在山間，往下看一望無際，猶如建在雲間的天宮，神聖縹緲，帶著水一般清新的空氣撲面而來，讓人感覺到絲絲寒冷。高峻的天柱被蔥綠包裹，看似厚重的青苔卻是蒼天古木，更有白色的瀑布從平頂山上掛落，如同一條條白紗飄盪在雲霧之間，讓人覺得不可思議。這水是怎麼上去的？是如何在這座平頂山上形成瀑布？

巨大而密集的柱形山像是一整片大陸被人狠狠劈散，變得支離破碎，卻形成壯觀而讓人驚嘆的綺麗奇景！柱山之間，近的有索橋相連，遠的有飛舟飛渡。我驚訝於眼前的飛舟，它們飛在空中，原來這個世界真的有飛行器！

那些飛舟全身白漆，神聖純淨，只在局部繪上銀藍色如水波般的花紋。奇特的是那些花紋像是精靈之力，會閃現微弱的藍光，似乎是使飛舟懸浮空中的動力。飛舟的前端做成蛇形……或是長頸龍？它們有著圓潤高昂的腦袋，目光溫和平靜，脖頸修長美麗，同樣繪有圖紋。

飛舟尾部有櫓，還有身穿淡藍色短衣和戴著頭巾及面紗的船夫在控制方向。

我躲在窩裡，驚嘆地看著眼前的一切。從聖光之門出來後，我們的所在之處是一座平頂的山上，山頂面積不大，僅有這扇門。飛舟停靠在山的邊緣，亞夫拖住巢穴的樹藤，固定在兩艘飛舟上。

這裡的所有人都戴著頭巾與面紗，看起來相當神祕。有「聖域」之稱的靈都果然與眾不同，只是沒想到會這麼冷，山風加上水的涼氣，沁涼刺骨。

固定好飛舟之後，靈川王和亞夫上了一艘巨大飛艇，飛艇兩側有著船槳，兩排身穿白衣的少女站在兩側為靈川王開船。果然靈川王的身邊只有女人。

飛艇在女孩們整齊劃一的划船動作中緩緩飛起，劃出的巨大氣流吹散了周圍的雲霧，形成一條清澈的天路，讓藍天之下的綠色柱山及白色瀑布更加清晰。固定巢穴的飛舟也緩緩飛起，我的心隨著巢穴晃晃悠悠了起來。

這座巢穴是由樹葉製成的，所以非常輕，在山風之中劇烈搖晃。我抓住窩的邊緣緊張不已，如果不抓著，我很可能會在裡面滾來滾去，最後暈到吐。我的畫板和巢穴裡的鋪蓋早已滑到巢穴的邊緣，不過因為畫板有稜角，卡入了樹葉的薄壁內，使它不再滑動，也正好掛住了那些鋪蓋，不然我還真擔心它們都從窩裡掉出去。幸好之前包袱裡的東西全部塞到顏料包裡去了。

一陣颶風襲來，巢穴因為我待在邊緣而傾斜了一下，我差點滑出巢穴。低頭一望，只見下面是一望無際的萬丈深淵，我不禁驚呼：「啊！」我可沒信心掉下去能再活一次。

飛舟因我的驚叫而停下，我更加不敢動，深怕一動就滑了出去。要是知道今天鳥巢還會飛上天，當初就應該叫伊森幫我做條安全帶。

前方的飛艇也因為我而懸停空中，裡頭的靈川王轉身朝我看來，我抓在邊緣，緊張害怕地看著

他，他淡淡的銀灰瞳仁中流露出一絲同情。不過和鄯善王的悲憫不同，他的情感感覺很淡，猶如看淡生死，只是對我此時的倒楣遭遇微露一絲同情。

靈川微微揚手，我的飛舟緩緩上升，巢穴漸漸與他的飛艇相鄰，他看向亞夫，亞夫微露一抹驚訝。未見靈川與他說話，他卻像是已經知道似的擰眉點頭。

亞夫朝我走來，向我伸出了手。原來靈川是想讓我從自己的窩裡出來，上飛艇以保安全。

我看著亞夫向我伸出的手和那雙不耐煩的眼睛，心裡忽然來了氣。我憑什麼要被你嫌棄？我們明明是第一次見面，我做了什麼錯事得看你臉色？

「我不會離開我的窩的！」

我義正詞嚴地說完，甩下面前自製的門簾，躲入巢內。

外頭忽然沒了聲音，然而不久後，我的巢穴再次移動起來，卻不再晃動。我疑惑地揭開一點布簾，發現自己的巢穴稍稍搭載在飛艇的尾部，吊掛著它的飛舟在飛艇上方平行前進，讓它不再於風中搖晃。

我懸起的一顆心總算放下，看向飛艇裡站立的靈川。他似乎有所察覺，轉身朝我看來，我立刻放下布簾，再次躲起。

巢穴隨飛艇平穩行進，安靜的空氣中傳來了鳥兒的鳴叫和猿啼聲……這裡還有猴子？

我好奇地掀開一角看去，發現飛艇正在山柱間緩緩前行。臨近這些參天巨山時，我才清晰地看到有路盤繞，動物穿梭在樹間，白色身影掠過，竟是無數雪猴在樹間跳竄叫喊。

雪白的小猴身形矯捷，不畏高空地從一座柱山越到另一座柱山上，甚至還有雪猴躍落靈川的飛

艇，爬到他的身上。靈川並沒有驅趕牠們，而是溫柔撫摸，那雙淡淡的眼眸中流露出真正的溫柔。看來他對動物比對人好。

我再看向下方，只見雲霧不見陸地，這高空之下到底會是什麼？平頂山有著高低起伏，我在可見的低矮山頂上看到了錯落有致的白色房屋，還有精美的花園、果園、田園、菜園。

也是啦，上面那麼冷，不適合一些農作物和蔬菜生長。

那些田園及果園中，有戴著頭巾的男女在果園中採摘，還有孩子們在花園裡嬉戲。原來靈都還是有別的男人的，但靈川的王宮裡只有女人。他們看到靈川的飛艇飛過，紛紛彎腰行禮，態度畢恭畢敬。

忽然，一群藍色的翠鳥從巢穴前飛過，忽上忽下，突然朝我這裡過來。我驚然後退，牠們便全數衝了進來，停落在我的巢穴之中。

我呆呆地看著牠們，只見牠們扭扭脖子，顫顫翅膀，向我齊齊叫喚：「喳～～喳～～」

天啊！牠們是把這裡當成鳥巢了嗎？還想占據！

我勢單力孤。儘管那些藍鳥只有麻雀大小，還有漂亮的白色翎毛，可是牠們人多……不，是鳥多勢眾啊！牠們若是圍攻我，看那鋒利的小嘴，怎麼看都會把我給啄碎吧？

「吱！」耳邊忽然又傳來了猴子的叫聲，一隻小小的雪猴跳上我的巢穴，掀開布簾。外頭可見靈川帶著一絲笑意的目光，他身邊的亞夫也雙手環胸，好笑地朝我看來。我在面紗下狠狠罵了他們一句，擰緊眉頭跟新來的猴子大眼瞪小眼。怎麼，你也想住？

「吱——」

小雪猴居然也朝我吼，碧藍的眼睛像天空裡的藍寶石。太神奇了！這裡的雪猴是藍眼睛的，這讓上面想有藍眼睛的人類情何以堪？

來到靈都還不到半天，已經有一堆傢伙看中我的窩，並且組團來霸占。

我決定跟猴子妥協，因為鳥太多了。

「你……喜歡嗎？」

到現在為止，無論是靈川他們說話，或是安歌寫的蝌蚪文，我都還能理解，這說明精靈之元還在我體內。精靈的力量是大自然的力量，我想……自己或許可以跟這裡的動物交談一下。我不指望自己能懂獸語，但也希望這個神奇世界裡的動物皆有靈性。

「吱！」小猴子還承認了。

我端正坐姿，指向窩裡的藍鳥：「你搞定牠們，我就給你住……」我看看角落：「睡那裡吧。」

雪猴順著我的手，看到我指的角落，立刻蹦跳起來：「吱！吱！吱！吱！」顯然牠不同意。

「那你想怎樣？」我直接問牠。

牠看看我的巢穴，跳了進來，雪臂揮開藍鳥，藍鳥倒是有些畏懼地跳開。牠跳到我的被褥絲毯上端坐，接著指指自己：「吱！吱吱吱吱！吱！」牠忽然指向我……好吧，最後那個「吱」字我聽懂了，是「妳」。

「吱吱吱吱。」牠指向角落。

我目瞪口呆地望著他，牠的下巴還抬了起來，囂張跋扈地看我。

我咬咬牙：「算你狠！成交！」我舉起右手。牠疑惑地抓抓腦袋，隨後像是明白了什麼高高躍起，落下時和我的手拍在了一處。

牠四平八穩地落下，站在我身前弓起了後背，捲起了雪白的長尾，朝那群藍鳥猛地長吼：「吱吱吱～～～～～」藍鳥們也紛紛聚集，朝牠嘰嘰喳喳大叫。

忽然，我聽到巢穴四周有物體降落的聲音「啪啪啪啪！」緊跟著，一隻又一隻體型碩大，幾乎像是小猩猩的白猴躍了進來，牠們身上的白毛還是長毛。

當四隻白猴像四大金剛一樣站在小雪猴身前時，藍鳥們頭也不回地飛了起來，在前方盤繞一圈後，貌似不甘地離去。

我愣住了，居然被一群猴子保護了……不對，貌似是小猴王相中了我的窩，才出兵擊退那群藍衣侵略者。我忽然覺得有些有趣，剛才在我的小窩裡其實已經發生過一場激烈的戰鬥了嗎？真想把牠們擬人後趕緊畫下來！我體內插畫家的血因為這群猴子和藍鳥而沸騰起來。

在藍衣軍隊敗退之後，雪猴王子大搖大擺地進駐我的窩，四大金剛護在牠周圍。牠獨坐我的軟墊上，得意洋洋地翹著細細長長的猴尾巴，時不時翻翻這裡、翻翻那裡，從滑到窩邊的鋪蓋和我的顏料包裡翻出了安歌為我準備的食物。由於我把之前包袱的布做成門簾，裡頭的東西全被我塞到那個大大的顏料包裡了。

「喂！那是我的食物！」

當我起身時，牠的四大金剛登時弓起後背，站在面對我的方向，齊齊亮出森寒的尖牙。

唉，好女不跟猴子鬥。

我縮回窩邊：「好吧，至少留一點給我……」

雪猴在四大金剛身後看看我，啃了啃一個像鑊一樣的大餅，一皺眉，「呸呸呸！」隨手把餅甩給了我……嘿，這猴子還挑食？

接著，牠翻到了水果，開開心心地啃了起來，可憐的我只能吃牠咬過的乾巴巴的餅。

但牠還沒打算停下來，繼續翻，翻到了金銀首飾，碧藍的眼睛閃了閃。「吱吱吱！」牠開心地在軟墊上蹦跳，接著把一條金項鍊掛在自己的脖子，又把一個戒指套在腳趾頭，然後得意得像個人似的側躺在軟墊上，單手支臉，轉動金手鐲，模樣無限風騷。

好你個騷包的臭猴子。

小雪猴躺了不到十秒又蹦躂起來，似乎覺得腳上戴著戒指不太舒服，於是摘了下來，卻沒有放回我的包，而是賊頭賊腦地塞到自己坐的軟墊下，接著又迅速地把其他金銀首飾也全數塞了進去。還裝作若無其事地坐回軟墊上東看看、西瞅瞅、咬咬指甲。

天啊！這還是一隻貪財的猴子！

之前我只希望牠有靈性，但沒想到牠那麼有靈性，簡直有人性了好不好？都認識金銀財寶、知道那是好東西了！

猴子是沒定性的。在小雪猴裝模作樣地咬了一會兒指甲後，牠又開始翻了，翻出了很多布條。那一條又一條被裁剪整齊的絲綢，以及幾條有著長長繩帶的棉布……好吧，其實我猜那大概就是這裡的衛生棉了，樣子倒有點像外婆用的東西，我曾經見過，但還沒明白該怎麼用。似乎是要將繩子固定在腰上，然後把布或是茅紙墊在上面，像以前小孩穿尿布的樣子。

小猴子大概是覺得那些布條沒意思，也就扔到一邊。我想去拿，四大金剛又朝我一咧牙，森光寒寒，我再次縮回去啃餅。明明全身不舒服只想睡覺，偏偏招惹了這樣一群猴匪，都怪伊森為我做的這個巢太好，鳥喜歡，猴子也中意。

雖然小猴子動個不停，四大金剛卻是一站就文風不動，非常威武地佇立在我的窩裡，守護牠們的小主人。我記得猴群裡有著很嚴格的等級制度，大猴子守護小猴子只有一個可能，就是這隻小猴子身分尊貴。

現在小猴子又翻出了我的畫筆和顏料，在那裡好奇地把玩。見一時也奪不回自己的巢穴，我只能繼續看外面的景色——神奇的平頂柱山、蒼鬱的植物、隱祕地盤繞在柱山上的小道、身穿白衣的人們、翻飛盤繞的各色鳥兒，還有在柱山雲霧之間若隱若現的飛舟。

靈川的飛艇開始緩緩上升，眼前的柱形山漸漸整齊起來，像是天神製造的天宮神柱般整齊地排列在飛艇的兩旁，高度也逐漸增加，狀似階梯。

飛艇繼續往上，空氣也隨之越來越冷。忽然間，我聽到了「隆隆」的水聲，前方出現了更濃的雲霧，瀑布則在雲霧之後若隱若現。慢慢的，飛艇穿過了這片濃濃的霧海，卻有水滴噴灑在我的臉上，我還來不及擦臉，便已為眼前壯闊的景象驚嘆。

只見兩邊整齊的柱山上皆有瀑布飛流直下，整齊的瀑布一條接著一條，引人進入神奇的山水世界。

我們的正前方出現了一座非常巨大的高山，這是比之前的柱形山更加宏偉的山，遠遠看去，就像一座巨大的島嶼飄浮在雲霧之上。寬闊無比、猶如尼加拉瓜大瀑布般的水幕在斷層處掛下，與兩邊柱

形山上的瀑布在下方匯流，發出震耳欲聾的水聲。

這就是所謂的「飛流直下三千尺，疑是銀河落九天」吧？

這個精妙絕倫的世界處處透著古詩般的意境，從前面的「兩岸猿聲啼不住」到「一行藍鳥上青天」，然後是此刻的「銀河落九天」，都讓人情不自禁地想提筆作畫，將這裡的神奇留在畫紙之上。

飛艇再次爬升，漸漸越過那片瀑布，我這才看到瀑布山之後還有一座高入蒼天的高山，山頂上白色的宮殿錯落有致，層層往上的宮殿讓我不由想起了聖●士們攻打的十二宮，太炫了！

當我們慢慢靠近那些宮殿時，瀑布的嘈雜聲突然減弱，我看到了衣著和靈川飛艇上的女孩一樣的少女們，她們站在那座白色的宮殿裡，靜止得像幅美麗的畫。這個世界是那麼地幽靜，除了風聲、水聲、鳥啼聲和猿啼聲外，幾乎聽不到其他任何聲音，我宛如進入了一幅巨大的畫中。

飛艇緩緩懸停，下面是一座小小的白色房屋，屋外有著一片碧藍的水池，水池邊以白石鋪路，路邊是花園和修剪整齊精緻的灌木。

巢穴忽然一動，我抓住邊緣往上看，發現飛舟緩緩把我的巢穴帶離了飛艇。我望向靈川，他也淡淡地看著我，巢穴緩緩挪移到他的面前。他身邊的亞夫面無表情地說：「以後妳就住這兒，沒事不要亂跑。」說完，他揮揮手，做出放落的手勢，我的巢穴便在飛艇邊緩緩下降，靈川的臉和其他人的身影漸漸從我眼前消失。

撲簌！我的巢穴被輕輕放在那間平頂小白屋前的草坪上、池水邊。我掀開簾子看向上方，靈川的飛艇已經從我的上方飛離，朝山上宮殿的方向飛去。飛舟上的人將樹藤扔下，連一聲招呼也不打便獨自飛離，整個世界忽然只剩下我一人，不對……還有窩裡的五隻猴子。

我回頭看看……嘿，小雪猴不知何時玩累了，四腳朝天地睡了，牠的四大金剛卻依然盡忠職守地睜大著眼睛進行護衛。

我對著四大金剛指指那些布條：「那些布條……能不能給我？」

四大金剛看看彼此，兩隻繼續站崗，兩隻轉身把破布條收拾了一下，扔到我面前。我還得跟牠們說謝謝。這些臭猴子，占了我的窩還霸占了我的東西，這些布條都被牠們抓過了，我要怎麼用？

我掀開簾子看向外面，雖然冷，但天氣倒是相當好。

我拿起布條，拖著痠痛的身體走到池邊。這座圓形的池子也很特殊，與地面齊平，從上面看像是一塊碧藍的寶石，鑲嵌在碧綠的草地裡。

我把布條放入水中，驚訝地發現這水是熱的，像溫泉，而且還有氣泡時不時冒出來，是活水。真神奇，這裡不愧是聖域，處處都有驚喜等待著我，不知那小房子裡又會有什麼迎接我？

水池邊就有可供晾衣物的竹架和繩子。我把洗好的布條曬好，絲綢的布條風吹即乾，晚上就能用。

我走向那間靈川分配給我的小屋，我就要在這樣的小屋裡待上一個月了嗎？

只見平頂的白色小屋外有四根廊柱，風格像是希臘的小神殿，廊柱之間有石凳相連。細細一看，小屋的台階和廊柱是用白色的玉石打造的，真奢華啊……如果連這間小屋都是用白玉石打造的，那麼靈川那整座宮殿豈不是真正的翡翠宮？

果然很豪華！

由於整座小屋是石屋，走上地面還溫溫的，像是開著暖氣一般。我脫鞋直接走在上面，光滑溫

就算被安歌遺棄，我至少還跟地下城的百姓們生活在一起，有扎圖魯、瑪莎還有孩子們，熱熱鬧鬧的。

可是這裡……天啊，白天感受到那股詩情畫意的幽靜，到了晚上就是兩回事了！偌大一片平地，除了我，就是天，再無半個人影，陰森森，冷颼颼。如果不是月光雪亮，真的像是整個世界只有我一人。

「咕嚕嚕──」

肚子好餓。本小姐的大姨媽剛好在這個時候來了，正是需要補的時候，應該要以雞湯、鴨湯、野鴿湯伺候著，結果靈川連饅頭都不送來半個，這也太遠離我了吧？既然不養我，當初為什麼要參加抽籤？這是打算餓死我嗎？

我不由得跑到草坪中央，用全身最後的力氣揚天怒喊：「靈川──」

一聲喊完，連飛鳥都沒驚起半隻，似乎是因為這裡太高了，連鳥都不來。

高高的平頂山到晚上更冷，現在的我比上個月被安歌遺棄還慘，又冷又餓。當初安歌的確是希望我受凍挨餓，但我那爛命格好，有貴人相助，既沒凍著也沒餓著。然而在這裡，本以為會過上自由如同鳥兒般的生活，結果第一天就飢寒交迫，幸好安歌那裡還有點食物。

我鑽回自己的巢穴，抬頭一看……嘿，雪猴小王子正躺在我的被褥上，舒坦地吃著一種紅色的野果，看上去像櫻桃。四大金剛恭恭敬敬站在一邊，手裡捧著各色水果。

連猴子的待遇都比我好！

「咕嚕嚕。」

我的肚子又叫了，而且叫得特別響，驚到了這群占據巢穴的猴子。小雪猴朝我看來，滿嘴紅色的漿果。忽然，牠手指向我，「吱吱吱吱」笑了起來。

我相當鬱悶，沒想到居然會被一隻小屁猴取笑，真是虎落平陽被犬欺，被王遺棄遭猴欺。我心裡很不甘心，但現在誰有食物，誰就是大爺。

糾結半天後，我決定跟小雪猴要吃的。

我冷冷地看著牠：「喂！我把我巢穴給你了，你至少也要給我一點吃的做為交換吧？」怎麼也沒想到我那瀾會有向猴子乞食的一天。

小雪猴看看我，又指著我「吱吱吱吱」大笑起來，在被褥上蹦來蹦去，笑得前仰後合，最後四肢朝天。

可惡，不幹了！

我爬到角落，拿起被牠翻亂的包，這些被丟得亂七八糟的東西肯定是牠不要的，因為我知道牠要的全藏在牠屁股下面。我撿起畫筆、顏料、安歌給我的一件衣服，還有一些餅。那些餅我也不敢吃，因為被小猴子抓過，牠那爪子上天知道有什麼。

我把東西整理了一番，和畫板一起放在小雪猴「賞賜」給我的角落裡，收拾起衣服準備放到石屋裡去——那櫥裡也有些衣物——再撿起那些牠抓過的餅準備扔掉，畢竟放在巢穴裡惹螞蟻，我的巢穴可不能再變成蟻窩。

奇怪，我記得安歌好像也有放了幾個水果給我……對了，肯定是被小猴子吃掉了。

我準備出去時，突然天降某物，「咚！」正砸在我頭上……好疼！

咕嚕嚕！那東西滾到地上，是個跟菜瓜一樣的綠色瓜類。

「吱吱吱吱。」

身後是小雪猴歡快的笑聲。我明白了，這是牠賞我的……真是報應啊，以前把東西扔給猴子吃還覺得挺開心，也不知道猴子是什麼感受，現在輪到猴子扔給我吃，才知道撿起扔過來的食物，感覺真是非常沒尊嚴。

火了！我今天就不吃了！我人胖油也多，扛得住！就當減肥吧！

我看都不看那綠瓜一眼，直接走人！

靈川，我再給你一次機會！今天你可能是忘記了！或者你吩咐下去但下人忘記了，我想應該不會有人把我這麼大一個活人給忘記吧？

第二天一早，我再次眼巴巴坐在台階上等。早餐的時間過去了，依然不見人來，四大金剛則去給小猴子摘果子吃了。

午餐的時間過去了，還是沒人來。小猴子吃完水果，跳出巢穴蹦來蹦去消化一下了。

晚餐的時間過去了，依然沒人來。我急了，下了台階，挨著餓找人，卻赫然發現自己住的地方是獨立的，三面懸崖，沒一條路可以下去！

我本來對最後一邊充滿了希望，結果走過去一看，發現是上一層的峭壁！往上看不高不低，但以我現在挨餓以及沒有保護措施的情況下，實在沒把握能攀岩上去。

好吧，我真的被關在這座天然的大籠子裡。而那隻可惡的小猴子也不知道是不是故意要氣我，在我面前「蹭蹭蹭」就爬上去了，爬到一半還用那火紅的猴屁股對我一陣耀武揚威，像是揮動一面大紅

的旗幟。

即使扛一天扛得住，然而兩天、三天過去了，我哪裡還撐得下去？

我全身無力地坐在草地上，在紙上畫下一個大餅，畫餅充飢……靈川，你去死吧！

今天已經是第三天了，前兩天我都是以水充飢，就跟道家辟穀一樣，但水喝多了只會不停地上廁所，而且吃不飽。兩天下來我瘦了！不想減肥的我，在這裡被迫減肥了！

我今天是真的撐不下去了，現在看見草都想啃，人一動就眼冒金星，再餓下去真的會死。人的極限是多久來著？我看我是熬不到了……我要吃的！

空氣裡飄來水果的香味，飢餓讓我的嗅覺變得跟狼一樣靈敏——是小猴子那幫金剛護衛為牠送食物來了。紅的、綠的、紫的、黃的，各色水果看得我眼都花了，我的全身頓時充滿了力量！這個時候就知道人類的潛能有多麼地強悍！

陰森森地看著那四隻猴子進去後，我立刻起身，頭也不暈了，全身在潛能中充滿了無限力量。我跑到自己的巢穴邊，一手抓住入口邊緣，一手插入巢穴底部。

「啊————」

我發出如漢子般的大吼，手一掀，把整個巢穴給翻了！

哎喲，不錯嘛！巢穴比我想像中還要來得輕……畢竟是一堆葉子啊……不過裡面也有五隻猴子，所以還是我小宇宙爆發，瞬間力量增倍了吧。

巢穴雖然是饅頭形的，但入口的這個缺口可以讓它立起來。只聽見裡面傳來「咕嚕嚕」滾動的聲音，還有「吱吱吱吱」一陣猴子驚叫，我那瀾終於一雪前恥了！臭猴子，我等這一刻等很久了！

「吱吱吱吱！」有隻爪子從下面伸了出來，我用全身的力氣扶住巢穴，不讓牠們翻過身：「臭猴子！讓你們占我的巢！想出來就把食物交給我！」

「吱——————」

是那隻小雪猴威武不屈的吼聲。

「嘿！還挺有骨氣……好！你們不拿，我就自己來！」說罷，我使出全力，開始推起自己的巢穴，「沙——」巢穴滾動起來，我頓時聽見裡面猴子亂撞「咚咚」和「吱吱」的聲音。水果在巢穴入口每次落地時滾出，不一會兒，草地上已經是滿滿一地水果……哈哈！

「吱～～～吱～～～～」猴子的驚叫漸漸變成了暈眩的呻吟聲。我用最後的力氣使勁一推，巢穴脫手後像落地的饅頭一樣開始在地上打滾。我隨手抓起地上一串紅色的水果，趕緊到池子裡洗洗，不顧形象地往嘴裡塞去。

在我狼吞虎嚥之際，巢穴終於滾完落地，正巧落在池子邊，門口正對我，布簾顫動，露出裡面東倒西歪的五隻雪猴。一隻小小的猴爪顫顫伸出門口，然後是小雪猴小小的腦袋。「嘔！」牠的臉掉進了溫熱的水池，揚起時，我滿嘴紅色果醬，如同血盆大口般對牠一笑：「小屁猴，知道我的厲害了吧！」

誰知那小雪猴像是被我可怖的模樣嚇到似的，「吱！」一聲，暈過去了！

我一愣，朗聲大笑：「哈哈哈……哈哈哈……」吃飽後的笑聲格外洪亮，響徹山間。

有句話說，給敵人留活路，就是自己找死！像小雪猴那麼聰明的傢伙，肯定會找我報復的，到時要是牠又一聲大喊，萬千猴兵來扁我，我還不倒楣嗎？所以做人要先下手為強，別以為我一隻眼睛就

好欺負！我也不會因為你是一隻猴子，而且還是一隻長得可愛的猴子而手軟。

我見小雪猴暈了，毫不猶豫地把牠拖出來，在四大金剛還沒暈完時扯下腰帶，直接把小雪猴給綁了拴在手上。哼哼，小雪猴，你現在可是我的人質……不對，是猴質了！

這件事可不能讓伊森知道，他一定會生氣的。

話說回來，我的笑容真有那麼恐怖嗎？能把小雪猴直接嚇暈？

我在水池邊探出頭對自己咧嘴一笑，瞬間僵硬了。

只見我滿嘴都是紅色的果醬，像血一樣，牙齒全是紅色的；右眼蒙著眼罩，臉色因為餓了三天而格外蒼白，還有點發青；蓬頭散髮，活脫脫像是個獨眼食人女妖。

我默默地縮回腦袋，坐在池邊，手裡是拴住的小雪猴。原來我真的那麼恐怖。

清冷的山風颳過我面前的草地，掀起一陣草浪，整個世界在剛才的人猴大戰之後又變得安靜，再度只剩下我一個人。

一群飛鳥從上方掠過，留下幾聲鳥鳴後，又回歸安靜。

太靜了，此時此刻我才明白寂寞是那麼難熬。靈川給我安排的地方成了一個天然的籠子，我逃不走，離不開，獨自一人被寂寞和孤獨漸漸吞沒。這像坐牢一樣的日子讓人快要發瘋。

四大金剛緩緩爬出了巢穴，還有點左搖右晃。

「吱……吱……」小雪猴也醒了過來，愕然發現被我綁住，頓時尖叫起來：「吱吱吱吱！吱吱吱吱！」

牠在我身邊掙扎，在地上滾來滾去，非常憤怒和狂躁。

聽到小雪猴的怒叫，四大金剛立刻竄起，再次列隊，其中一隻還沒暈完，趔趄了一下。我也毫不示弱地起身提起小猴子，跟牠們對峙。

四大金剛站起來有小猩猩那麼高，幾乎快到我的胸口。我把捆成粽子的小雪猴提到池子上方：「你們要是敢動我……我、我、我就淹死牠！」

四大金剛憤怒地瞪著我，忽然小雪猴又發出一聲長吼：「吱——」登時飛鳥驚起，「撲啦啦」在我上空盤繞不去。

不妙，小雪猴又在叫救兵。

就在這時，四大金剛也興奮地捶打胸口，像是「隆隆」的鼓聲。

「喔！喔！喔！喔！」

我吃驚地看向周圍，好日子不會這麼快就結束吧？

我立刻抓起小雪猴退到屋子前，戒備地看向四周。飛鳥突然停在面前的草地上，金剛們也不再吼叫，整個世界靜得讓人心慌，宛如一場大戰即將到來。

「吱，吱！」

小雪猴殷切地看向前方懸崖的方向。

忽然，一抹白色的身影跳了上來——是一隻雪猴。小雪猴看到自己的同伴，高興地蹦跳起來：「吱吱吱吱！」

緊跟著，一隻又一隻雪猴竄了上來，牠們從四面八方而來，不一會兒已經白花花占據了山頭，形成千軍萬馬！

我驚訝地站在原地，才那麼片刻間，我的地盤又被雪猴占領了。

牠們上來後靜靜地列隊分開，真的像人類士兵一樣整齊站立，每一隊前方都有一隻比較大的猴子領隊，像是將領。牠們讓出了一條通往我的通路，然後在原地坐下，變得恭敬無比。就在這時，一個巨大的白影從懸崖邊高高升起，一隻雪猴躍入半空之中，幾乎遮住空中的太陽，在地上投落一大片黑影。牠朝我躍來，「砰」的一聲，重重落在我的面前，緩緩站起……居然是一隻跟人同高的雪猴！

緊接著，「砰砰砰砰！」數隻和牠差不多高的雪猴從天而降，站在牠的身後。我瞬間石化，這場面已經完全脫離我的控制了！而且那些與人同高的雪猴好帥！我無法形容牠們的俊美，只能說牠們才是真正意義上的美猴王！

為首的雪猴顯然是國王，頭上還戴著王冠，那王冠應該也是從人類這裡入手的。牠看起來年紀很大，還有白色的鬍鬚。

「嗷——————」牠赫然朝我一聲大吼，一陣猛烈的風吹上我的臉，吹開我的長髮，混雜的水果味迎面撲來。

天啊，我可不是動物學家，誰能告訴我怎麼跟猿猴溝通？

可惡，我豁出去了！今天如果落敗，這輩子也別想在猴子面前抬頭了，這一個月肯定要被這群猴子欺負死！

我於是也朝他大吼：「啊——————」你以為只有你會吼嗎？小猴子可在我手上！

於是，山水之間，我和一隻老猿猴對吼，彼此不甘示弱，眼睛瞪眼睛，看誰先吼不下去，先斷氣。

我漲紅了臉，就算沒氣了也要跟牠拚到底！牠也漸漸堅持不下去了，我們幾乎是同時收聲。他氣喘吁吁，我也喘著氣把小雪猴放到牠面前：「不准再來騷擾我，我就放了你兒子……不對，應該是孫子？不管了，我會守信用的！」

老猿猴看看我手裡的小猴子，小雪猴開心地看著牠，碧藍的眼睛閃閃發亮，雪白潔淨的毛在風中輕揚。

「嗯………」

老猿猴發出一聲沉吟，突然露出一抹失望的神情，抬眼看看我，轉身走了。

小雪猴傻傻地望著老猿猴的背影，我也愣住了……老猴王不管小猴子了？

老猴王一邊搖頭，一邊遠去，從雪猴之間緩緩走過，其他猿猴也跟隨牠轉身離開。

「吱！吱！」小雪猴急了起來，在我身邊走來走去，忽然朝老猿猴大喊：「吱吱——」感覺像是在叫爺爺。

老猿猴頓住腳步，轉身看了牠一眼，隨後卻捂住臉，像是覺得丟臉似的立刻扭頭，大手一揮，所有雪猴登時躍起，紛紛躍向懸崖。一時間，我眼前是萬千白色身影飛下懸崖的壯觀景象。

我愣愣牽著小雪猴上前，那雪白的猿猴像是這個世界的白色精靈般，飛翔在雲霧之間，猶如神祕的修仙者。

草坪上瞬間再次空空如也，只剩下原先凌亂散落在地上的水果。

我愣愣地站在懸崖邊，面對再次寧靜的世界：「你完了……你爺爺覺得你丟了家族的臉，不要你了……」

我低下頭看著被我綁起的小雪猴，牠站在懸崖邊，碧藍的眼睛裡流出了眼淚，朝山間再次大吼：「吱吱——」

猴王真的不要小雪猴了，四大金剛也走了，這座山頂上只剩下我和一隻猴子。

我坐在懸崖邊，小雪猴坐在一邊，一直在發呆。我看看牠：「這樣吧，你不報復我，我就放了你。」

小雪猴垂頭喪氣地點點頭，我開始幫牠鬆綁。解開繩子後，牠依然萎靡不振地坐在懸崖邊，完全失去了平日的活潑，我也杵在一邊。今天吃飽了，明天怎麼辦？

不知愣了多久，我遠遠看到從雲霧之間駛來一艘巨大的飛艇，飛艇上滿載了食物！

我驚呆了，看著那飛艇緩緩飛升，越過山頭朝上方宮殿而去，這才意識到平時從這裡經過的飛艇原來是運送食物的！

混帳靈川！運輸食物的船每天從我這裡經過，居然從沒想到要給我留一點！一想到這裡，我的胸口就發脹。

我匆匆起身揮手：「喂——給我點吃的——喂——」但是飛艇根本沒因為我的喊聲而停留，甚至沒人探出頭看我一眼。這是個跟靈川一樣冷漠的世界。

我在原地徘徊了一陣……不能這樣坐以待斃！我看向往上的懸崖峭壁，看來還是得想辦法征服它！

說做就做！我先把散落在地上的水果收拾起來，這些可以讓我熬上兩天。小雪猴坐在懸崖邊，扭頭呆呆地看著我。我把巢穴放好，拿出畫架，開始設計登山工具。小雪猴蹦到身邊看我繪圖，看得聚

精會神。

我開始用清剛做木楔，清剛削鐵如泥，削木楔當然簡單。起先我削得不好，但熟能生巧，水池邊一隻大象造型的園藝很快被我削成了豬。

一根根不粗不細的楔子是我蹬上山崖的依靠。

我一直在做木楔，累了就喝點水，餓了便吃點水果，偶爾還會分小雪猴吃一點，睏了則直接和小雪猴睡在巢穴裡。牠被爺爺遺棄後變得格外老實，似乎也害怕孤獨，不想一個人。

牠的爺爺那麼巨大，而牠只有那麼一點，可想而知牠的年紀還很小。我雖然也想過要小猴子幫我找吃的，可是這樣說出來感覺還滿丟人的。而且我還害牠被猴群放逐了，怎麼好意思讓牠養我？牠又那麼小，萬一受傷了，我要怎麼跟老猴王交代？

小雪猴的事讓我再次想起伊森，他也是因為我而處於被祕密放逐的狀態。

更何況，沒有食物的事一定要讓靈川知道，這到底是怎麼回事？

三天後，我在顏料包裡裝滿自製的木楔和用布做的繩子，站在了崖壁下。我撕掉裙子，綁起長髮，收緊衣裙，帶上最後一個大梨開始攀岩！

我把木楔插入山石縫隙之中，用自製的榔頭敲緊。這把榔頭是將木頭和一塊大石頭綁在一起製成的，充滿了史前的味道。這就是人類的求生欲，為了尋求食物，可以激發出連自己也想像不到的潛能。

小雪猴在崖壁上竄來竄去，這對牠來說根本不是難事，爬山爬樹是猴子的本能。

我開始一邊固定木楔，一邊往上爬，漸漸在這面崖壁上釘出一條往上的通路！

靈川的國都靈都只有山，沒有城，仰賴飛舟在各山頭之間往來。

「叮！叮！」我把木楔釘入石縫中，向上看看，希望就在眼前。小雪猴已經登上山頂，正往下看我。我往下一看，頓時打了個哆嗦，雖然這座崖壁不算高，頂多是登山初級的程度，但掉下去也是會把屁股摔碎的。

我趕緊回過臉向上看，並拿出包裡用床單做的長繩，扔了上去：「你看看有沒有樹，綁一下！」我對小雪猴大喊。牠縮回了腦袋，我手中的布條隨即開始向上飛竄，片刻後不動了。我拽了拽——很牢固。

崖壁邊再次探出小雪猴小小的腦袋，碧藍的眼睛圓溜溜地盯著我。

我雙手緊緊握住布繩開始往上爬，這可真是要了我的老命。常年不運動的我一下子又是登山、又是往上爬，全身沒有一個地方不痛的。尤其是手心！

我失算了，應該再幫自己做一副手套的，我的手心根本沒繭，每往上爬一步，柔嫩的皮膚便會傳來火辣辣的疼痛，幾乎都要痛出了眼淚。我的腳蹬在崖壁凸起的石頭上，一點一點吃力地往上爬，手心被布勒得生疼。眼前的終點現在成了我唯一的動力，我咬緊牙，強忍手心裡的痛楚往上爬。

漸漸的，白色的床單布上出現了紅紅的血跡，但終點也近在眼前。我咬緊牙關，用盡最後的力氣往上一蹬，一口氣爬上了頂端！

我幾乎像是狗似的狼狽登上地面，往前連爬幾步，趴在綠色的草地上氣喘吁吁，翻身仰天，眼淚溢出了眼眶——我終於成功了，藍天離我又近一步！

我雙手攤開，躺在柔軟溫暖的草地上，金色的沙雲在我面前流動，宛如我伸手便可觸及。

靈都這裡的山那麼高，我能不能上天回到我的世界？

忽然間，我產生了這個奇怪的想法。

「吱吱！」

軟軟的舌頭舔過我的手心，我轉臉看去，是小雪猴在舔我手心裡的血。我坐起來察看自己的雙手，右手手心完全磨破了；左手好一些，但也有一條深深的紅痕。

「吱吱！」小雪猴跳上我的腿，扒住我的手看我的手心，像是在好奇我手心裡紅紅的液體是什麼。

「這是血。」我說。小雪猴不解地朝我看，我笑看牠，摸上牠雪白的小腦袋：「你們流出來的是沙，我流出來的是血。」

小雪猴眨了眨碧藍的眼睛，似乎還是不明白。

我摸摸牠的頭：「我們現在也算是相依為命了，我給你取個名字好不好？叫白白怎樣？」

小雪猴指指自己：「吱吱？」

「是啊，不喜歡嗎？」

牠眨眨眼，撇開臉，搖頭。

但我才不管牠喜不喜歡呢，就這麼決定了：「以後我就叫你白白。你放心，我很聰明的，肯定會想到讓你回猴國的方法，並且讓你風風光光地回去。」

白白轉回臉看看我，突然「嗤！」一聲再次撇開臉……嘿，牠還不相信了，臭小猴。總之我得先把自己的溫飽問題解決。

先看看上面到底是什麼鬼地方！

我坐起來，轉身環顧四周，巍峨的宮殿和一望無際的長長雲梯頓時映入眼簾！我驚訝地起身，遙望像是在雲霧之中的天宮，那雲梯也沒入雲霧之中，我宛如一步登天，登上了三十三重天的仙宮！

一個巨大的黑影忽然籠罩在我的身體上，我立刻抬頭一看，正是運送食物的飛艇從我上方而過，我毫不猶豫地朝它追去！

「吱吱！」小雪猴飛速竄上我的肩膀，我們一起朝飛艇追去。

奇怪的是，飛艇並沒有把食物送上天宮，而是往雲梯的東面飛去。我跑到雲梯下，眼前果然出現了岔路，我於是朝右邊的路跑去。

右邊的石階很平緩，像是通往這座平頂山的後方。漸漸的，靈川身邊的少女出現了，一共有六人，她們排成一列，靜默無聲地在雲霧之間緩行，白裙飄然，面紗飛揚。

我看看自己，白裙早就因為爬山礙事而被我撕掉了，只剩下白褲；面紗我也早摘掉成為頭巾了，那東西戴不慣。

山路狹窄，只有一條，我只能偷偷跟在她們身後。

漸漸的，前方開闊起來，居然出現了一片大湖。

我躲到山路邊的樹後方，驚嘆地看著前方如同天山天池一樣巨大的鏡湖，碧藍的湖面上雲霧繚繞，宛如仙境。

整片湖像是懸浮在空中，從山崖邊而出，一望無際。

飛艇就此停落，緩緩降落懸浮在鏡湖上，那隊少女上前，上面有人遞出食物，她們接下後往鏡湖

邊一處像是祭台的翡翠玉台而去。那座祭台像是一座方形的玉亭，通透碧綠，奢華純淨，緊貼湖水而建，獨立於藍天碧水之間。

少女們把食物放上玉台後便往原路折回。我趕緊藏在樹後，等少女和飛艇遠去後就走出樹林，朝那祭台而去。

「奇怪，這鬼地方建座祭台做什麼？」

我奇怪地向前走，走了兩步感覺少了點什麼，停下腳步回頭看，卻見小雪猴害怕地縮在路邊樹旁，不敢上前。

我朝牠揮手：「去拿食物了！」

我不喊還好，這一喊，牠完全躲到樹後面，只露出捲起的雪白小尾巴。

我心裡更加狐疑，這隻天不怕地不怕的小雪猴怎麼突然怕成這樣？該死，看牠那麼害怕，我也突然有點怕了，畢竟白白像人一樣精明，那麼害怕必然有原因，而且那副模樣已經不只是害怕的程度，更像是在恐懼什麼。

我的心也開始打顫起來，看向周圍，杳無人煙，只有那死寂的大湖和孤零零的祭台，之前覺得這裡藍天碧水，碧玉亭台獨立雲下，如同仙境，現在看看卻覺得有些懾人，那玉台宛如行刑處決的地方，繚繞的雲霧更像是環繞不去的縷縷冤魂。

整個地方都像是——倩女幽魂的場景！

「咕嚕嚕。」哎呀，肚子餓了。

我摸摸包裹，最後一個果子在爬山時吃掉了，為了不挨餓，即使眼前這地方有水鬼也要闖！

我心一橫，牙一咬，帶著閻王膽和一身雞皮疙瘩朝祭台跑去。

從小到大，我們聽到的鬼故事大都跟水有關，水鬼成為鬼怪中讓人尤為畏懼的鬼物，它們會在人靠近水域時變出幻境引人入水，或是直接把人拽入水中，目的只有一個——讓對方成為替死鬼。

而且它們無處不在，似乎只要有水的地方就有水鬼，這才是讓人恐懼的地方。到了現代社會，水鬼生活的區域更擴展到樓頂的水箱。它會隨著水龍頭打開的剎那跑到人們的身邊作怪，從水龍頭裡流出大把大把的頭髮。

該死！越是不想去想這些恐怖的事情，腦子裡越是不斷地像播放電影一樣重溫這些恐怖鬼片橋段。我全身的寒毛陣陣豎起，越靠近水邊更冷，總覺得這片大湖不太對勁。於是我決定速戰速決，絕不靠近湖水。

我飛快跑上祭台，撲向食物就抓，手因為害怕而不斷發抖，果子不時從手裡滾落。我一邊慌亂地撿起，一邊害怕地看著面前這片在雲霧之下靜謐無聲的空中大湖。

忽然，水面上出現了一絲波紋……天啊，該不會真的有水怪吧？

我趕緊把包放下，直接往裡頭塞進水果。塞著塞著，視野裡出現了一團巨大的黑影，我僵硬了。呆滯地抬臉看向湖水，只見玉台的碧水裡出現了一大片黑影，水波開始漾開，一個黑藍色、圓溜溜而巨大的頭正對著我浮出了水面。牠一點點地浮出，有著大如抱枕的腦袋，以及彷彿銅鈴般的銀灰色大眼睛、咧開的大嘴，長長的脖頸。不消一刻，牠已經完全遮住了我眼前的光線，像一座小山般矗立在我面前。

啪！我手裡的水果滾落。

天、天、天天天啊！尼斯湖水怪啊啊啊啊！

牠緩緩朝我張嘴俯來，我的下巴開始慢慢脫臼，全身石化在祭台上。雖然想動，卻像是中了魔咒一樣無法動彈。

牠兩個像蘋果一樣大的鼻孔湊到我臉前，忽然朝我噴了口氣，「噗！」登時噴了我一臉溫熱的水，我立刻像是抽筋般害怕地大叫起來：「啊————」

砰！面前的龐然怪物反而像是被我驚嚇似的竄回水中，濺起巨大的水花，鋪天蓋地灑落在我身上。我的全身半濕，湖風一吹，瞬間涼透半邊天，也讓情緒冷靜了下來。

我看看自己，手……沒缺；腿……沒缺；頭……沒缺，我沒被尼斯湖水怪吞掉！再看看祭台上的食物，確實只有蔬菜水果，不見葷食。

我安心地瞬間癱倒在祭台上，看來這隻水怪吃素。

面前再次傳來輕輕的水聲，我警戒地走向前，好奇地趴在祭台上看著再次漸漸浮出水面的大腦袋。牠在水中眨了眨和靈川一樣顏色的眼睛，也在好奇地偷看我。

牠似乎……沒有惡意，也沒有敵意。

我緩緩伸出手摸向牠，牠看著我的手，微微縮回水中，緊張地繼續窺探著我。

「你到底是什麼……」

我輕輕地問，緩緩摸向牠。

「妳在做什麼？」

身後忽然傳來厲喝，水怪立刻沉入湖底。我驚嚇轉頭，眼中映入了亞夫冷厲的雙眸，以及站在他

身後不遠處，目露淡淡驚訝的靈川。

我想都沒想，抓起裝滿食物的包跳下祭台，拔腿就跑！

靈川和亞夫的突然出現，驚擾了我和水怪的初次接觸，我的第一反應是逃跑，頭也不回地逃跑。跑過樹林時，白白從樹上竄出，跳到我的後背上。我背著牠繼續跑。

一口氣跑回山崖邊，我才回過神來，我跑什麼？我不是要質問靈川為什麼不給我吃的嗎？怎麼遇到他之後，我反而心虛地跑了？真是做賊心虛，明明我可以理直氣壯站在他面前，結果因為正好在偷東西被亞夫抓包，就嚇跑了。

唉，我真沒用。

看看天色，沒想到這一折騰下來已經黃昏了。靈川還在這個時候前往那片大湖，難道水裡的怪物是他的寵物？可惡！他果然對自家寵物特別用心。而我則是寄養的，連食物都不給我吃。

我順著繩子再往下爬，快到下面時不小心一腳踩空掉了下去，摔得屁股疼痛不已，半天無法起來，水果也散落一地，還有幾個摔爛了。

我的手心疼、屁股疼、全身都在疼。為什麼偏偏是我掉到這個破世界，被一個又一個王輪？我整天過得提心吊膽，好沒有安全感，好不容易和一位王成了朋友，總算可以安心點過日子，卻又要再次面臨未知的王、未知的未來，和這該死的未知生活！

上面的日子再苦，我也不會淪落成野人，自製攀山工具和榔頭，還去偷一隻大寵物的晚餐，這跟

向狗搶吃的有什麼區別？

我抓起地上摔爛的水果，狠狠扔向對面害我摔下來的崖壁，將正在撿水果的白白嚇得愣在原地。

所有的委屈因為這一摔，一股腦兒地全摔了上來，我即使再堅強也忍不住抱頭痛哭起來，悲傷的淚水沖走了夕陽的溫暖光芒，周圍陷入夜的黑暗和悲涼。

我想回家……

我想回家……

「我想回家——」

我朝天嘶吼，暗沉的夜空卻以冰冷的夜風殘酷地告訴我，我只能留在這裡，接受上天替我設定的命運！

「吱吱！」白白輕輕戳了戳我的手臂，把一個大哈密瓜遞到我面前，碧藍的眼睛在月光之中清澈閃亮。

我擦了擦眼淚，哽咽地看牠：「我又不像你，能啃皮……」

白白看看瓜，忽然往地上一拍，拍碎了，再次拿到我面前，看著他傻傻的模樣，我忍不住笑了。

幸好還有白白陪我，我們也算是不打不相識。

我接過牠手裡的瓜，牠很開心，「喔喔喔喔」地把散落的水果撿起來，裝進我的包裡。

我深吸一口氣，站起來。發洩夠了就該重新振作，後面還有六個王在等我。

我背上裝滿水果的包，擦了擦臉，走出屋後的崖壁，一邊吃水果一邊晃出來，卻在無意識抬眸時驚然看到站在月光下碧池邊的靈川。

他似乎聽到了我的腳步聲，也朝我看來，銀灰色的瞳眸淡淡看著我，那呆呆的眼神讓他猶如月下的遊魂，又如從碧水中而出的水鬼。池裡的溫水與寒冷的空氣形成一層雪白的水霧，飄蕩在他的腳下，讓他更像幽靈一分。他的一襲白衣在月下飛揚，幾縷銀絲微垂在面紗上，像是那月仙在夜下走神，又彷彿精靈隔世望凡間。

我滿腔的憤懣在看到他的那一刻徹底掀翻，他居然還有臉來？

我大步朝他走去，腳步如風，疾馳如電，絲褲飛揚。靈川愣愣地看著我，宛如看著一個陌生人。

我直接走過去，毫不猶豫地抬腳踹向他，將毫無準備的他踹入身旁的碧池之中。

砰！溫熱的水珠飛濺，他的白衣和頭紗在碧水中飄揚。他「嘩啦」一聲浮起，面紗漂在水面上，圓睜著微微有些驚訝不解的灰瞳。

「你還好意思來？」我憤怒地朝他大吼：「既然不養我，當初就不要參加抽籤。你這是在折磨我！你想餓死我嗎？」

他的雙臂在池水中輕擺，依然目露疑惑，呆看我了許久後才說話：「那瀾？」輕輕悠悠的聲音像是無法確定。

看他那副感覺像是認錯人的呆樣，我登時一口氣堵上胸口，差點內傷吐血：「好，很好！才幾天不見，你居然連我長什麼樣都不記得了！有你這麼不負責任的王嗎？你說你當初為什麼要參加抽籤？你不參加我還可以少經歷一個人，可以早一個月結束這一切，你好好待在靈都，幹嘛跑出來湊什麼熱鬧？」

我憤然地質問他，然而不愛說話的靈川久久沒有給我答案，只是浮在水中靜靜地低下頭，目光淡然而呆滯地看著自己的面紗在水中浮沉。

我站在池邊，撕短的衣裙在風中搖曳。我和他一上一下，浸沒在雪白如銀霜的月光之中，世界因為他久久不言而陷入安靜。

「回答這個問題真的有這麼困難嗎？」我終於忍不住追問，跟不願說話的人處在一起真是讓人氣悶無奈：「還是你靈川王不屑開口對我這種普通百姓說話？既然如此，請你明天就把我送回安都安歌身……」

「因為悶。」他輕輕悠悠的聲音忽然打斷了我。我怔怔地站在池邊，俯臉看向在池水中靜靜懸浮的他，銀髮在浸濕的白色頭紗下顯現而出，飄蕩在霧氣繚繞的池水中，美得讓人無法移開目光。

「只是……因為悶？」

我無法想像自己一直百思不得其解的問題，答案居然如此簡單！

只是因為靈川王悶！

只是因為這位不食人間煙火，像小龍女一樣的聖者覺得悶！

他心念一轉，就這樣徹底改變了我那瀾的命運！

他在水中又默默想了片刻，點點頭：「嗯……」

我頓時在他的回答中產生了一種挫敗和哭笑不得的感覺。我無語地蹲下，白白跳到我的身邊，學我抱住了頭。

「呵，原來答案是那麼簡單，只是因為你覺得悶……」我抱住頭，在夜風中無力地嘆息：「只是因為一個王活得太久覺得悶，我就被送到這裡挨餓受苦……」

頭，也朝靈川像我一樣喋喋不休地叫起來：「吱吱吱吱。」

「那瀾！」

忽然間，靈川輕悠悠地喊了我一聲。我停下腳步，翻了個白眼，似乎明白不是靈川有意忘記我，而是他真的很呆！跟一個呆子還能計較些什麼？

我一個轉身，他仰起臉看我。我沉臉看他：「什麼事？」

他張了張嘴，眸中再次掠過一絲光亮，但是那道光最終還是淹沒在他灰色空洞的雙眸裡。他微微垂下臉，眨了眨眼睛，說：「留下來。」

「留下來？」我好笑地轉身，雙手環胸俯瞰他：「是因為你不老不死，一百五十多年來整天做相同的事情，對著一樣的人和物覺得悶，所以想找個不一樣的人來陪陪你嗎？」

他在水中垂下臉，神情在霧氣中變得朦朧。良久後，他默默地點點頭：「嗯……」

我語塞了。面對這樣的呆萌男子，生他的氣也沒用，剛才就算我朝他發火，把他踹到水裡，他還是那副木訥的樣子，沒有感情讓他也徹底沒了脾氣。

「一個月……」

他又補充了一句，像是在說他只有一個月可以和我在一起，只有這一個月可以擁有一些不一樣的人生。

我無語地搖頭：「既然你想找我來陪你，既然你知道只有一個月，那為什麼接來後卻把我一個人扔在這裡，還不給我食物吃？」

他怔怔地揚起臉，灰色的瞳仁閃爍不定，像是有無數個原因可以解釋他沒有忘記我，只是中間出

了差錯，他可以找到千萬個理由為自己辯駁。然而最後他還是低下頭，對我說出了那三個字：「對不起……」

我徹底無語了，站在池邊望著又變得安靜的他，一時說不出半個字。

「既然希望我陪，你就好好養我！」我扔下這句話，轉身朝自己的巢穴走去，接著又補了一句：「自己從水裡出來，我是不會拉你的！」

身後傳來「嘩啦啦」輕微的水聲，我帶著白白爬進自己的巢穴。

巢穴並不暗，伊森留下的淚石晚上會發光，像是把星星留在了裡頭。而且……讓我感覺很溫暖，宛如他把自己的體溫和光芒留給了我。

我開始整理從大寵物那裡拿來的食物，先把摔爛的吃掉。白白要去抓別的，我立刻打牠的小手：「那些明天吃，你先吃這些摔爛的！」

白白在我凶巴巴的眼神中委屈地低下頭，抓起一個摔爛的紅色桃子，然後偷偷看了我一眼，以迅雷不及掩耳之勢搶了一個完好的菜瓜，在我作勢要打牠時飛快竄到角落啃了起來。

「臭小子！」我拿起摔爛的瓜啃了起來。靈川從入口彎腰鑽入，顯得有些好奇地一邊打量我的巢穴，一邊彎腰走到我面前坐下，全身的水很快就濡濕了巢穴地面。

他呆呆地撫摸地上嵌入的那些發光的淚石，目中露出了不解和疑惑。

「對不起啊，搶了你寵物的食物。」

我揚揚手裡的水果對他說。淡淡的星光照在他臉上，繪出了他臉部的輪廓，深凹的眼睛裡映出了點點星光。

他抬臉淡淡地看了我一會兒，說：「是河龍。」

我一愣，腦子忽然一片空白。他說什麼？什麼河龍？河龍不是這裡的神嗎？傳說靈川就是服侍河龍的……

慢著，那座像是餵食用的祭台、傍晚忽然出現在祭台邊的靈川，以及那長得像長頸龍的大水怪，一切的一切都指向一個方向……

天啊！

我的下巴開始慢慢脫臼：「你……說什麼？你是說那大水怪是河龍，不是你的寵物？」

他靜靜地看了我片刻，然後對著下巴脫臼的我淡淡點頭：「嗯……」

我眨了眨眼睛：「那……我偷了你們河龍神的食物，會有……什麼懲罰？」

他依然維持那副呆呆的模樣，銀灰的雙眸看了我一會兒，垂下了眼瞼：「日刑……」

我登時僵硬在原地，手裡的水果掉落地面：「你……不會那麼做吧……」

這一次，他倒是沒有讓我等很久，直接對我搖搖頭。

「呼……」我捂住胸口，長舒了一口氣，再次撿起掉落的水果：「嚇我一跳。自從來到你們的世界，我的命就不是我的了，每天都那麼提心吊膽的……」

「妳瘦了。」他忽然說，定定地看著我。

我一邊吃，一邊看著他呆呆的眼神：「託你的福，我減肥了，是不是因為我瘦了，所以你一下子認不出我了？」

他眨了眨眼睛，慢慢點點頭，然後指指我的頭：「有精神了。」

肉。

我摸了摸自己的頭髮，之前他們見到我時都是披散的，但現在為了不影響爬山的視線，綁起來了。這樣一綁，臉上的眼罩變得更加搶眼，讓我更像叢林大盜。

我忍不住問他：「你們這裡沒肉吃嗎？」我那瀾無肉不歡，別人是不可居無竹，我是不可食無肉。

靈川微微蹙眉，濕淋淋的銀髮和頭紗黏在一起。他對我抿唇搖搖頭，神情中流露出一絲嚴厲。

「我明白了，你們是聖者，不能吃肉，因為你們崇拜的河龍也不吃肉？」

靈川在我的話中點點頭：「嗯。」

我見他渾身濕透，還傻傻地坐在對面跟我聊天，於是說道：「回去吧，你的全身都濕透了。」

他怔了怔，這才意識到自己全身濕透了。他呆呆地看著自己的身體，我好意關心：「你不冷嗎？」他愣愣地抬起臉，對我搖搖頭，灰色的淡眸裡確實看不出一絲硬撐，彷彿水已經成為他身體的一部分，所以無論是水在他身上停留，還是那不一樣的溫度，都不會讓他感覺到不適。

他看了看巢穴外，低頭發了一會兒呆，夜風掀起了門簾，揚起了他臉邊的幾縷銀絲。他緩緩回神，再次看向外面：「晚了……」說完，他起身彎腰走了出去。

「我送你。」我隨口說。此刻我才發現亞夫不在他身邊，剛才就算我踹了他，也沒出現人來救他或是抓我。

雖然之前因為靈川完全忘記送食物給我而生氣，但我現在漸漸感覺到他是一個很好欺負又沒脾氣的人，比任何一個王都來得安全、安靜。

我隨他走出去。他走向崖壁，然後在那裡朝遠處發呆。

我走上前看看周圍，沒看見亞夫：「亞夫呢？」

「睡了。」他呆望著遠處說。

我疑惑地看他：「他睡了，那是誰送你來的？」

他依然呆呆看著遠處：「我自己。」

我眨眨眼：「你自己？怎麼來的？船呢？」

他在夜風中眨眨眼，緩緩抬手指向遠方：「飄走了。」

「什麼？」我的大腦再次因為這個男人呆傻的行徑而一片空白。我順著他指的方向看去，隱約藉著月光看到一艘小小的飛舟孤零零地飄蕩在雲霧之中。

我回過神問：「到底是怎麼回事？」

他在我身邊緩緩垂下手，輕嘆：「忘了拴了。」

此時此刻，我好想對他說——你真是千古第一神人啊！不過我想以他這副呆樣，說不定還會以為我在誇他。

我無力吐槽，站在崖邊陪他一起看著那艘飄遠的飛舟發呆。

「靈川……」

「嗯？」

「如果你不是不老不死，你能不能一個人活下來……」

他靜默了片刻，似乎很用心地思考這個問題。然後他看向我，很認真地回答：「不能。」

我終於忍不住笑了：「我想也是。跟我來吧，從我的路線回去。」我轉身走向自己造的路，他輕輕跟了上來，走在旁邊愣愣地看著我。

我將他領到屋後的崖壁，指向那些木楔：「踩著這些木樁就能上去。」

他呆呆地看了我一會兒，接著轉頭看向那些木楔，視線順著它們往上，看到了還飄在半空的繩子。

「妳做的？」他的語氣裡罕見地多了一分驚嘆。

我摸上那些木楔，相當自豪：「是啊，也是託你的福，我才知道原來自己還有這種技術和機智，人的求生欲激發了我自己也不知道的潛能。不過你爬繩子的時候最好用布包住手，不然會像我這樣磨破。」我一邊說，一邊攤開手心給他看，左手的紅痕依然明顯。而右手手心的傷口雖然已經止血了，但磨破的皮還是讓人有點怵目驚心。

他灰色的瞳仁顫了顫，淡淡擰眉眨了眨眼睛，緩緩將手指伸向我受傷的手心。在將要觸及時，他停下手指，像是隔著空氣撫摸我手心裡的傷痕：「疼嗎？」

「當然。」我收回手，心疼自己地吹了吹，然後看向他：「我看你也是嬌生慣養的，手心一定比我還嫩，不然我幫你把手心先包一包吧？」我真誠地看向他。我那瀾氣量大，不會跟一個呆子硬討舊帳的。

靈川站在崖邊沒有說話，只是定定地看著我一會兒，隨後轉身走到崖壁前，拖著濕濕的衣服和幾乎與衣服同長的銀髮。衣襬因為濕透，已經沾上了灰土變黑。

他伸出右手，抓住我釘在石縫裡的楔子，左手握住另一根，靜靜地站了一會兒，像是用力握緊，然後他慢慢放開，轉身再次淡淡地看著我。我疑惑地望著他，但他的表情依然淡漠，只輕悠悠地說了

三個字：「爬不動。」這幾個字雖然說得語氣極淡，卻讓人感覺相當理直氣壯！

他說他爬不動，他上不去，今晚他回不去了！他靈川大人只能靠別人來救了！

我就說不吃肉的人怎麼會有力氣嘛？這位靈川王居然手無縛雞之力，難怪只能餵餵大寵物！

我與他大眼瞪小眼半天，幾乎完全石化在風中。他這是有多嬌貴，連爬山的力氣都沒有？

靈川靜靜地看著我，像是在說「我爬不上去了，妳看著辦吧」。

他眨眨眼睛，我也眨眨眼睛：「你們王不是有神力嗎？安歌和安羽可以飛簷走壁，你不行？」

他愣了愣，低下頭思索片刻，再度抬起臉靜靜看向遠處的池水。隨後他眨了眨眼睛，轉過來對我搖了搖頭：「不行。」

我愣愣看他，一個「不行」要讓他想那麼久？我真的很好奇在這段時間裡，他的大腦裡到底在想什麼。

我面對著他，忽然覺得無力起來，只能擰眉嘆了口氣：「那你跟我來。」我走在前面，他很乖地跟在我後面，靜靜的月光照出了我們兩人的身影，長長地拖在地上。他在我身後歪著腦袋，將手伸到我頭頂，像是在比高度。

我立刻停下腳步轉身，他慢慢收回手看我。

「你在做什麼？」我戒備地看著他。

他一愣，指指我：「妳長高了。」

我一愣，這年紀哪裡還會長高？我生氣地雙手扠腰站在小屋前：「還不是因為我瘦了，所以讓你覺得我高了。你今晚就住在這間屋子。」靈川隨著我的話看向石屋。我繼續說：「把濕衣服脫了，放外面晾乾。」我指向身後的晾衣架，他緩緩看過去。

「就這樣。我要睡了。」我轉身回巢穴，身後卻響起腳步聲，地上映出了他跟上來的身影。

我疑惑地看著他。他愣了愣，停下腳步呆呆地看著我。

我挑眉上下打量他：「幹嘛？不是叫你睡石屋嗎？」

他的目光直直看向我身旁的巢穴。我停下話音看看他，再看看自己的巢穴，又看看他那筆直的視線：「你……該不是看上我的巢了吧。」

他眨了眨眼睛，收回目光靜靜看我：「嗯……」

嗯？就一個字？我可以把它理解成「嗯～～」那種撒嬌的語氣嗎？

「呼。」我雙手扠腰，一時語塞：「這是怎麼了？鳥喜歡我的巢，猴子喜歡我的巢，現在連你也喜歡我的巢？」

「嗯。」他再次嗯了一聲，這次倒是非常直接地承認喜歡我的窩。我看向他，他淡淡補充：「沒住過。」

我看看他全身濕淋淋的狼狽模樣，頭紗和面紗雖然在夜風中已經半乾，但他的濕髮依然直垂腳踝。

我的心裡開始充滿問號，靈川那看似呆傻的腦袋瓜裡到底在想什麼？他的話不多，多半不超過三個字，卻像是萬千話語的凝結。他到底是不會表達，還是懶得多說話？

我一時覺得拿他沒轍，看他的樣子，要是今晚不睡巢穴，想必會一直傻傻地站在那裡吧。

「好吧，你進去吧。」

說完後，我鑽入巢穴，他也彎腰跟了進來，靜靜坐在一邊。

白白早在褥子上睡著了。我把地上的東西整理到一邊，指著褥子：「你睡這裡。白白睡相不好，你讓著點吧。」我看他之前跟猴子相處得很和諧，應該也不會介意跟白白同床。

他淡淡的灰眸裡露出了一絲淺淺的笑意，看樣子他是真的想睡在巢穴裡。由此可見靈川是喜歡玩的，從他對我的巢穴充滿極大的興趣就可以看出，他其實是個好奇心很強的孩子，只是可能因為活得太久，把許多表情都忘記了，或是能說話的人太少，導致語言功能退化了？

他彎腰要上前，我立刻叫住他：「你全身都是濕的，別弄濕我的被褥！」

他愣了愣，坐回原處看著自己的濕衣服。我隨口道：「你全脫了吧，我拿出去吹乾。」

他一怔，坐在那裡發起呆來，雙手久久不動。傻傻的靈川王又開始神遊了。

我恍然明白了什麼：「是不是不能當著我的面脫啊。」

他點了點頭：「嗯。」

「唉～～你這個男人怎麼那麼麻煩？飛舟忘了拴、爬山爬不動、脫衣服還不能看。你們男人脫光了不是都一個樣？莫非你身上貼了藏寶圖還是……」靈川一直低著頭靜靜坐在那裡，任我數落：「在我們的世界中，故事裡多半是聖女的身體不能看。其實不管是不是聖女，女人的身體肯定是不能看的，到這兒來反而變成不能看男人，真是麻煩死了！你脫吧，我在外面等！」

他沉默不言。我掀了簾子鑽出去，鑽到一半卻頓住了……不行，我得看看，我對這個呆子身上有什麼花紋感到相當好奇。

我又鑽回來，他拉住衣結的手一頓，呆呆揚起臉看向我。我蹲在他面前，擰眉指他的手：「你的手……我能看吧？」他從頭到腳只有手露在外面。

他在淚石淡淡的光芒裡露出了一絲疑惑，微微點頭：「嗯。」

我指指他的手：「把你的雙手伸過來，讓我看看。」

他歪了歪腦袋，眨了眨眼睛，還是把雙手緩緩朝我伸來，手心向上。

「我要看手背。」

他聽話地把手翻過來。我開始掀起眼罩，動作吸引了他的目光。為了避免頭暈，我先是閉上雙眼，把眼罩拉上額頭，然後慢慢睜開右眼。登時冰藍色的、像是冰花綻放的花紋映入眼簾。

我不由驚呼：「好漂亮！」

靈川呆呆坐在我對面，疑惑地看著我。

我細看他手背的花紋，左右對稱的冰花紋路在他白嫩嫩的手背綻放，還有一些細小的六瓣紋，像是雪花墜落在他的手背上一般。一條冰藍色的紋路猶如花莖，隱沒於他的袖管之中，可以想像他全身布滿冰藍色冰花的美麗。安靜、純淨的美讓人心生敬意，也讓人心念神往。

他手背上的冰花也和安歌、安羽身上的紋路一樣充滿活性，它在靈川的手背上緩緩收縮，像是在呼吸。一朵冰花飄浮在半空中，我緩緩伸出食指，輕輕觸向那朵在空氣中搖曳的冰藍色花朵。

當我的指尖碰到那朵花時，它倏然迅速合攏，如同含羞草一般，與此同時，靈川像是有感覺似的握住了雙手，一粒冰晶如同蒲公英般從花瓣上飄飛起來，閃爍著淡淡的銀藍光芒，飄過靈川的雙手、胸前、唇邊、眸間。我的視線和他在巢穴內相觸，他一直沒有表情變化的淡眸中，此刻充滿了深深的不解和驚訝。

我對他神祕一笑：「你是不是在想我到底看到什麼？你永遠不會知道的，因為我現在也不知道這是什麼？」我伸出手指尖，那顆飄離的冰晶吸附在我的指尖上：「我想……這或許是這個世界的本源，你們詛咒的根源……」

靈川在我的話音中一怔，平伸在身前的手像是瞬間失去力氣般跌落而下，「啪！」地落在自己的身前。冰晶在我的指尖融化，變成了一滴水滴，我摸了摸，竟然是濕的，是真的水滴！它居然化作了實體，這在以前從未發生過。

總覺得似乎每次多接觸它們一點，我離真相便越近一步。我有種很強烈的預感，只要靠近真相，我就可以離開這個世界。

我一邊不解地摸著濕濡的指尖，一邊離開巢穴。

一直以來，我能看見的只是紋路，知道王身上的花紋是活的，有才能的人身上的是閃耀的，所以我可以從人群中找到閃耀的人。後來卻發現它們是可以被觸摸的，比方說安羽那次，似乎我只要看見就能摸到，我摸到了它的本體，感覺到了它的邪惡。當我揪緊它們時，紋路的主人是有感覺的，只是當時因為伊森的攻擊正好落下，我一時無法確定。

然而現在從靈川身上灑落的光芒在我的手中成為實體，化作了一顆小小的水滴。我想起之前問靈川有沒有神力，他看向了水池……

我望著水氣繚繞的水池，難道靈川的力量與水有關？他所擁有的神力無法幫他飛簷走壁，但可以對水產生影響？所以……我看到的難道是群王力量的本源？

我回頭看向安靜的巢穴，這呆子應該會自己脫衣服吧？

我拉好眼罩，站在夜風裡回想抵達靈都的這一週，起先因為靈川忘記給我食物而火大，後來因為偷他寵物的東西吃而心虛逃跑，原以為會遭受懲罰，最後卻是遇上一個沒脾氣的呆瓜，無論是踹他、罵他，他都沒什麼表情和反應，只會呆呆地看著我，我胸口的這團氣就像是打在一團棉花上，軟綿無力。

現在，這呆王還把船丟了，又沒力氣攀岩，只能委屈住在巢穴裡過夜，和一隻猴子同睡一張床。這樣一想，我忽然忍不住想笑，倒是覺得這呆呆的靈川有那麼一點可愛。

「好了。」巢穴裡傳來靈川輕輕悠悠的聲音。

我也沒看見他把衣服遞出來，疑惑地說：「那我進來了。」

「嗯……」

我鑽了進去，看到一疊衣服整整齊齊地疊放在穴邊，再往裡面瞧，看到了坐在最內側用被單把自己裹得像粽子一樣的靈川。他仍戴著面紗，把自己整個用被子包住，坐在巢穴最昏暗的角落裡，只露出那雙淡淡的灰眸看著我。

你有見過男人把自己的身體裹得緊緊，像是覺得只要被人看到一寸赤裸的肌膚就要死的樣子嗎？

我看了他一眼，拿起他的衣服要拿出去晾。

「不可以！」他忽然說。

我的動作僵在一半，彎著腰看他。他擰了擰眉，對我搖搖頭。

我疑惑地看看外面，轉回臉看他：「你……是指不能拿到外面曬，你不想讓人看見？」

他抿了抿唇，點點頭：「嗯。」

「啊……你真的好煩。」我蹲在原地，嫌煩地看著他：「你來都來了，居然還怕別人看見？慢著，你該不會是溜出來偷偷看我的吧？」這個講究聖潔到了有些誇張程度的靈都，還真的不准男人與女人單獨夜會之類的？

靈川靜默地看了我一會兒，慢慢點了點頭：「嗯……」

我睜圓了眼睛：「那……你這樣做，會受到什麼懲罰？」

他看看我，眨了眨眼，淡淡地說出：「日刑。」

我蹲在原地僵硬了一會兒。這個呆瓜腦子裡到底在想什麼？居然冒著日刑的危險來偷偷看我，他是想找死嗎？還是真的是活膩了？

看在他冒死來跟我道歉的份上，前面的帳一筆勾銷了。

我到巢穴的另一邊搬出了畫架，取下上面的畫紙放在一邊，架起畫架，撐到最高點，然後抖開他折疊整齊的濕衣掛上去。薄紗一般的白衣輕飄如雪，這個材質的衣服晾在畫架上，明天也能乾。

「我……很依賴亞夫……」當我幫他整理衣袍時，傳來了他輕輕的話音，我有些驚訝，靈川竟然說出了一句完整的句子。我停下手邊動作，側臉繼續聽：「宮裡上下的事他會打點，所以……」

他頓住話音，不再說下去，我轉身看他：「所以你以為他會幫我準備吃的？」

他抬眸看了我一眼，點了點頭：「嗯……」

我愣愣看他，他這算是在跟我解釋嗎？不過他的語氣裡並沒有責備亞夫的意思，似乎正像他說的，他很依賴亞夫，無論亞夫做錯任何事，他都不會責備。他跟亞夫的感情似乎不是主僕關係那麼簡單。

從說話的語氣和神情來看，靈川似乎很尊敬亞夫，還有那麼一點畏懼他。

我一直看著這位和我先前遇到的截然不同的王，他不像別的王高高在上，受人敬仰，或是讓人畏懼，更像是……怎麼說呢？更像是被眾人和亞夫小心呵護在手心的寶貝，不讓他沾染塵俗間任何不好的東西。

「怎麼了？」他見我一直盯著他，淡淡地問。

我回過神，笑了笑：「你說出超過三個字的話了。」

他眨了眨眼，微微垂眸，露出一抹淺淺的笑。

「你該不會是瞞著亞夫偷偷跑出來的吧？」他和亞夫的關係讓我心生好奇，感覺很有意思。

他點了點頭：「嗯……」

果然！真有趣啊！一個畏懼僕從的王。我忽然好想知道以前被他們輪的人的命運，尤其是靈川這裡的。

「以前那些從天上掉下來的人來過你這裡嗎？」

他抬眸再次看我，緩緩地答：「來過。」

「然後呢？」我好奇地睜圓眼睛：「你也會這樣偷看他們嗎？」

靈川的眼神忽然變得黯淡，他垂下了臉：「死了。」

這兩個字讓我愣了片刻。「……什麼？死了！」我感覺到一陣寒意從腳底而起，他……還真的是「寵物」殺手……

「餓死的？」我僵硬地追問。

他看了我一眼，搖搖頭，在原地躺下，卻沒有再說下去，剩下我一個人僵硬地看著裹成毛毛蟲的他。那個人怎麼死的成了這個晚上的謎，也成了我心裡的一根刺，我屢屢想起這件事，總覺得毛毛的，彷彿自己也會被靈川活活養死。

不過我總算感覺到靈川是有感情的，當他提起那個人的死時是傷心的，因為傷心而不想再提及這件事。這個人的死，想必在他心中留下了深深的內疚。

我離開了巢穴，在水池邊清洗自己的手，手心裡的傷已經在不知不覺間癒合，只留下兩道淺淺的紅痕，這是伊森留給我的精靈之力，靈川還不知道。

我又開始想念起伊森，此時已經不氣他了，只剩下深深的思念。伊森，你這個白癡，什麼時候才會回到我身邊？

我起身遙望遠處的雲霧，那艘飛舟已經遠遠飄離，淡淡的剪影像是在星空之中漫遊……

第二天一早，我剛從小屋裡出來，便看到靈川巨大的飛艇朝我這裡飛來，心裡一陣不安。難道靈川睡在這裡被人知道了？

我匆匆跑到巢穴邊，飛艇也降落在山崖邊，上頭載著亞夫還有靈川的少女們。

完了，靈川……這回我可幫不了你，但願你們這裡的規矩能給王網開一面，不然你就要去曬太陽了！

亞夫依然穿著一身黑衣，戴著黑色的面紗，走下飛艇，他的身旁站出了兩個同樣戴有面紗的士兵，朝我疾步而來。亞夫停在了我身前一步之遙，冷冷號令：「抓起來！」

「什麼？」我還沒反應過來，士兵已經上前架起了我的雙臂。我愣了一會兒，原來他們不是來抓靈川，是來抓我的？我回神過來，不解地質問：「為什麼要抓我？」

亞夫的表情冷峻異常，冰冷的黑眸裡是對我的一絲嫌惡：「妳居然敢偷神明河龍的食物！現在又不戴面紗，行為輕浮放蕩，理應遭受日刑！」亞夫的話讓我大為吃驚，我掙扎起來：「憑什麼？我又不是你們靈都的人！」

亞夫冷漠看我：「妳既然來到靈都，就要守靈都的規矩。妳是王帶回來的人，自然已經屬於王。」

「既然你說我屬於靈川王，那讓他來抓我！」我憤然大喊。

亞夫一怔，隨即目露憤怒：「王貴為聖者，聖潔之體，豈會來此處汙了他的雙腳？把她帶上刑台！稍後我請王來主持日刑！」亞夫說完，轉身返回飛艇。飛艇上落下一艘飛舟，兩個士兵架起我上了飛舟。

飛艇隨風而起，越過我的山頂急匆匆朝上飛去。看來亞夫一定是發覺靈川不見了，正在著急地找他。

「吱吱！」白白從巢穴裡跑了出來，我看向巢穴，裡面依然安靜無聲。牠正想躍到我身上，我立刻喝止：「白白，你留下來！」

白白站在崖邊一愣，擔心而著急地看我，碧藍的眼睛裡是顫顫的水光。

我認真看牠：「要是你走了，有人就真的走不了了。待在這裡，只有他才能救我。」

白白似乎明白了什麼，對我點點頭。

飛舟飛起，朝西面的一座高山而去，那座高山直插雲霄，像是登天之台。

今天陽光明媚，正是日刑的最佳天氣。

那座高聳入雲的平頂山上只有一個圓形的巨大石台，石台上有著奇怪的凹陷紋路，像是雷神索爾降臨時，彩虹橋上留下的痕跡。石台的中央是一根參天石柱，上頭有著眼熟的圖騰，像是我在沙漠裡看到的那根石柱。

當我被推下飛舟時，無數飛舟從四面八方而來，像是趕集，又像是一種命令。他們以殺雞儆猴的方式讓百姓畏懼神權。

飛舟停泊在山崖四周，上頭群聚著面露惶恐的百姓，其中還有孩子。孩子們有些害怕地躲在父母身後，父母用手微微擋住他們的眼睛。

我被帶到石台中央，他們把我綁在石柱上，像是中世紀遭受火刑的女巫。我仰臉看向上空，明日當空，陽光刺目，金沙之雲緩緩流動，靜謐無聲。這上面就是我的世界了……

「她怎麼不戴面紗……」

人群之中傳來了孩子怯怯的聲音，我低下頭，看到了孩子們好奇的目光，和大人們目露惶恐的眼神。

孩子們的好奇和大人的恐懼形成了強烈的對比，可見靈都的神權不容動搖和悖逆。

「她怎麼只有一隻眼睛……」

有個孩子奇怪地指向我，隨即被大人按著手，塞到了身後。

我忽然覺得這裡的每件事都很可笑，充滿了自大、愚昧和嘲弄，可笑得讓我想大聲唱歌。

「嘿！嘿！」

周圍的人頓時在山間「嘿嘿」的回聲中驚訝地看向我，我在他們害怕惶恐的神情裡自得其樂地大聲歌唱：

青春的激情百花盛開
You should know
這不是一個需要等待的年代
你想看到美好的未來就看你的現在
Yeah～活出你的色彩
請看著我的表情嘿！嘿！
告訴世界我從不會失敗
就跟著我的腳步嘿嘿
若你有夢想就一起來！就現在！

孩子們在我的歌聲中慢慢走出父母的身後，大人們也忘記去阻止他們，眼中的恐慌在歡快的歌聲中漸漸消散。歌聲讓他們忘卻了緊張，遺忘了刑台給他們帶來的陰影和恐懼。

一艘飛艇在我響亮的歌聲中宛如被我召喚般徐徐而來，立在船頭的男子白衣飄然，銀髮飛揚……

告訴世界我從不會失敗
就跟著我的腳步嘿嘿
若你有夢想就一起來！就現在！

靈川的飛艇緩緩降落，亞夫扶他從飛艇上走下，靈川的衣衫白淨無塵，嶄新整潔……不會吧？這傢伙居然還有閒情回去換身衣服再來救我？

白白忽然從他身後竄出，緊跟在他腳邊，我笑了。儘管以靈川的自身能力寸步難行，但白白有靈性，懂人話，可以幫靈川很大的忙，助他離開。

亞夫在我的歌聲中沉眸朝我大步走來，停在刑台外怒喝：「不許唱！」

我沒理他，繼續唱完我的歌：

跟著這個節奏嘿嘿嘿
舞動你的雙手嘿嘿嘿
我有我的追求嘿嘿嘿
我們的姿態就這麼有型又帥！

唱完之後，我對他做了個大大的鬼臉，他像是看著一個大逆不道的人般怒瞪我。

靈川緩緩上前，我彷彿看到了希望，笑看他：「靈川，你不能殺我，你知道的。」

靈川的表情依然很淡。亞夫生氣地轉身，強忍憤怒對靈川頷首行禮：「請王行刑，如此放蕩、狂妄、行為不檢點的女人實在有辱我們聖域清淨，還在這裡大聲喧嘩，吵擾神明。」

什麼什麼？不戴面紗就是放蕩？唱唱歌就是行為不檢點？這聖域的規矩也太多太封建了吧？比我們上面的古代女子不能露體還要過分，這裡居然連臉都不能露。不過我記得以前中東那邊有些傳統國家好像也規定女性不能露臉、出門要戴面紗，但現在也好了很多。

這個世界的規矩不接受我？我還不接受這個世界的規矩呢！

我白了亞夫一眼：「你說我吵擾神明，神明有出來說什麼了嗎？」

亞夫怔然轉身，眸光裡更添一分怒意。

我揚天大喊起來：「喂——神明——祢出來露個臉讓我那瀾瞧瞧——祢真的不喜歡我的歌嗎——不喜歡祢出來說一聲啊，別人說我吵祢呢——」

「她怎麼這樣……」

圍觀的百姓裡傳來惶恐的驚呼，紛紛敬畏地跪在船中。

這裡的人很敬畏神明，安都的百姓也是如此，只是安都的百姓把我當作神靈的使者，是解救他們脫離苦難的神女。而這裡顯然把我當作妖魔，我褻瀆了他們的神靈，挑釁了他們的神靈，他們才會如此惶恐，深怕觸怒了神明，連累了他們。

「王！」亞夫立刻轉向靈川：「如果再不行刑，有恐觸怒神明！」

我總算明白了，亞夫不是怕我觸怒神明，而是因為我觸犯了他的權威，他是個被靈川寵壞的、恃寵而驕的奴才！現在，若是他不能處罰我，便將失去在百姓中的威信。靈川說過宮裡的事務全靠亞夫打理，按照靈川的性格，顯然是個不管事的人，這麼說來，這個國家的王其實是亞夫！

靈川在亞夫懇切的要求中朝我看來，淡淡的目光看不出任何心思。他似乎不急於救我，也不急於放我。

他緩緩揚手，卻是說了句：「開始吧。」

什麼？他這是什麼意思？什麼開始吧？喂喂喂，靈川，我早上可是包庇了你，你不會是要開始行刑吧？然而當亞夫轉身，我看到他冷峻肅然的目光時，我已經知道了答案。

我驚訝地看向靈川。靈川！你這個沒良心的！如果早上我沒有包庇你，現在綁在這裡準備被曬的就是你了！

靈川看了我一眼，垂下了目光。混蛋，你這是心虛不敢看我是吧？可惡！

亞夫得意地走到刑台的邊緣，看了我一眼，肅穆莊重地跪下，雙手伸向天空，開始吟唱，嗯嗯呀呀的也聽不清是什麼，像是一種咒語。

我腳下刑台的凹紋中倏然閃出了金色的光芒，圍觀的百姓登時陷入緊張和惶恐之中，紛紛下跪，也像亞夫一樣將雙手伸向天空，口中吟唱：「哞——哞——」

厚重的聲音在山間迴響，直衝天際，我腳下的光芒漸漸填滿所有的凹紋，爬上了我身後的石柱。

我仰臉看去，只見一束光束直射雲霄，上方金沙的流雲開始旋轉起來。

我心慌了，靈川真的要燒死我嗎？

上方的金沙旋轉起來，碧藍的天空出現了一個巨大的漩渦，我嚇壞了，我要死了！我要被曬化了！我害怕地大叫起來：「啊——啊——靈川——我看錯你了——」

金色的光束倏然而下，熱熱地照射在我的身上，我嚇得尖叫起來：「啊——啊——」可是叫了一會兒，卻發現什麼事也沒發生，感覺就像是沙漠裡的烈日曬在自己身上，在這寒冷的山頂上，還覺得挺暖和的。

我停下了喊叫，忽然感覺自己很蠢，不僅嚇出了一身汗，還喊得跟殺豬一樣。我瞬間明白了什麼，立刻故作英勇地在日光中昂首：「你們這些不長眼的東西！我那瀾乃是天降的神女，你們以為這區區火日就能將我曬化嗎！」

我真笨！日刑是針對樓蘭人的刑罰，只有他們特殊的體質才會被太陽曬化，我沒有變成樓蘭人，血液也沒有沙化，怎麼可能曬得化？

亞夫頓時詫異地從刑台前站起，周圍的百姓也目露驚恐地看向我，我看出了他們眼中的驚疑，以及不可置信。

我傲然冷視亞夫：「你們假借神明之名訂立這些不合理的規矩，使得靈都死氣沉沉，是神明派我那瀾前來改變你們靈都的！」

眾人在我的話中驚然對視，眼眸之中是半信半疑的神色。他們紛紛看向亞夫，亞夫也露出懷疑的目光，轉身看向靈川。靈川卻始終垂眸不言，如同一尊雕像般立於風中，任由我胡謅瞎編，不予戳穿。

就在亞夫看向靈川之際，奇怪的事又在我身上發生了。我感覺到胸口有股暖暖的熱流在旋轉，這

感覺很熟悉，跟我提供給伊森精靈之力時的情況很像。此刻，這股力量……應該說是精靈之元感受到了日光，在我的身體裡飛速旋轉起來，我開始散發出和精靈一樣的淡淡金光，那金色的光芒透出我的肌膚，在日光的照射下更加閃耀。

我、我這是在行太陽能充電嗎？

整個世界瞬間安靜了，每個人都驚立在原地，看著我身上散發出金光。就連亞夫此時也完全目瞪口呆。

靈川終於朝我看來，灰色雙眸裡的視線停落在我身周的金光上，再也沒有離開。他不解而迷惑地看著我，雖然他理解到我不會被曬死，卻似乎想不到我還會發光。

我在金光之中緩緩回神，發揮機智，此時不裝神弄鬼，更待何時？

我開始仰天吟唱，用最高的高音朝天長吟：「啊——————————」如同對天神賜予力量的回應，這高亮的聲音讓驚懼的人們紛紛再次下跪，對我恭敬朝拜：「請神明寬恕我們的愚昧……」

和安都相同的景象再次出現，這個世界不裝神還真的活不下去！

亞夫見眾人向我拜伏，也有些不甘不願地朝我彎腰，顯得還是有些不信，他伸出了手。試探性地伸入了直曬下來的陽光。當他的指尖碰觸到日光時，登時「嗤」的一聲，尖尖的指甲在陽光中瞬間化作了金沙，如同一縷輕煙般消融在日光之中。他驚然呆立，收回手，久久發愣。

我漸漸止住了長吟，巧合的是上方的漩渦也隨著我的停止而閉合，那從上面的世界而來的日光消失在我的身上，我身周的金光也收回體內，腳下的金光在同一刻黯淡下去。

有那麼一瞬間，我彷彿從那旋轉的漩渦中看到了連接原本世界的通道，這條以神祕力量打通的通路是否就是我回家的路？我是否能從這條通道中回到我的世界？

可是，我該怎麼上去？它離我是那麼地遙遠。

周圍變得再次安靜，我的世界的陽光雖然消失，但似乎因為精靈之元把太陽的溫暖留在我的身上，我不再感覺到靈都的濕冷，身上就像穿了件羽絨衣一樣暖和。

我看向周圍的百姓，他們紛紛起身看我，剛才的一切讓他們始終無法回神，忘記要來幫我鬆綁。

我又瞄了一眼神情已經恢復平靜的靈川，白白正站在他身邊繼續好奇地看著我。

我說道：「神明派我來改變靈都，還給靈都生氣。今日我那瀾神女要改變的第一條法則是……」

我頓住話音，看向周圍，百姓們目露不安地看向我、看向亞夫、看向他們的王——靈川。

亞夫從我身前站起，我直接望向他：「可以不戴面紗！」

登時，亞夫的眼睛驚詫地瞪到最大，周圍傳來訝異的交談聲。

我繼續說：「面紗可以戴，也可以不戴，想戴的人可以繼續戴著，不想戴的人可以不戴。神說，當年只不過是覺得說話有口氣，才用面紗遮臉……」我愣了愣，自己這話編得怎麼這麼溜？像是真的有神明把面紗的來歷塞到我腦袋裡一樣，說得那麼自然，那麼渾然天成……不管了，編都編了，只能繼續下去。我正色道：「卻沒想到被後人立作了不可改變的規矩和束縛，這並非祂老人家本意，所以大家在今日之後都可以把面紗摘去，獲得自由新生！」我鏗鏘有力的話音迴盪在山水之間，驚起飛鳥沖天。

眾人露在面紗外的眼睛惶恐起來。我知道，這面紗對我那瀾而言不過就是一塊破布，遮著臉呼吸都悶得慌，但對靈都人的意義絕非普通，讓他們摘面紗的意義絕不小於當年女人摘裹腳布，這是打破

他們心靈上的一道桎梏、傳統的一道枷鎖，需要勇氣。他們今天摘不摘並不要緊，然而當他們摘下的那一刻，將會給這座千年不變的靈都帶來巨大的改變！

不安的百姓們看向了他們的王，靈川靜靜站在原處，灰色的瞳仁裡目光平靜。他緩緩地抬起手，在亞夫驚訝的目光中朝自己的面紗伸去。

「王！」亞夫焦急地大喊，但靈川的動作並未因為亞夫的大喊而停止，我也不禁說道：「今天不摘也不要……」

「緊」字還沒出口，靈川已經平靜地摘下自己的面紗，清俊絕美的容貌暴露在眾人的目光之中，百姓們登時驚然呆立，目光無法從他那俊美的容貌上移開。

「放肆！不可直視王！」

亞夫怒然朝周圍大吼，百姓們恍然回神，匆匆低頭。

反倒是靈川的神情很平靜，似乎覺得無所謂。他輕輕地、長長地呼了口氣，執起那長得墜地的面紗，高高舉過了頭頂，目光平靜地看著那隨風飄揚、遮住他容顏一生的布塊。

忽然一陣山風而來，捲起了他手中雪白的面紗，面紗自他指尖隨風而去，化作一縷輕煙飄向了遠方。靈川的銀髮在頭紗下隨風飛揚，唇角揚起一個淺淺的幅度，那是一抹輕鬆怡然的微笑。

「王，您不能……」

亞夫目露焦急和無奈。靈川走向他，在他著急的目光中忽然揚手扯去了他黑色的面紗，亞夫立刻僵在原地，黑眸圓睜，像是受到了極大的衝擊。

靈川抱住了他，輕撫他的後背，似乎想撫平此時亞夫被摘去面紗的不安。

周圍的百姓驚訝地面面相覷。孩子們忽然也開始扯去了對方的面紗，咯咯大笑起來：「原來你長這樣啊？」

「哈哈哈，你長得真好笑。」

「你才好笑。」單純的孩子們開心地嬉鬧起來，把撕扯面紗當成了一種遊戲，看得大人們滿頭大汗，惶惶不安。

我看向周圍，笑了。靈都的人民將從孩子們開始改變。

靈川放開身體慢慢放鬆下來的亞夫，朝我走來。亞夫立刻轉身，他的目光似乎始終不曾離開他的王。就在他轉身的一刻，一張俊美的東方臉孔映入了我的眼簾。

分外高挺的眉骨和鼻梁使他的黑眸比靈川還要凹陷，微微有些厚實的雙唇和那健康的小麥色皮膚給人穩重的可靠感。他的面頰有些瘦削，一頭整齊的黑色長直髮和齊劉海讓他顯得一絲不苟、嚴肅刻板，也更像埃及君王一分。

靈川與他站在一處，反倒像是王的大祭司，不過在過去，祭司的地位確實比王更高，因為他們是神的使者。

白白跑到我身後，朝綁著我的繩子焦急地跳：「吱吱吱吱！」

靈川走到我面前，他的容顏在白晝下顯得更加清晰，薄薄的唇顏色淺淡，每一處線條都如水一般細膩，混血的長相讓他清俊出塵的容顏更充滿了異國風情，不顯得柔弱秀美，反倒多了一分英氣。

他呆呆看了我片刻，忽然朝右邊的侍衛伸出手，輕輕說了一個字：「刀。」

侍衛愣了愣，匆匆遞上腰刀。

靈川直接拔出刀，由上至下劈落，當刀光掠過眼前時，我還是下意識地閉上了眼睛。剎那之間，身上的繩子已經鬆脫，我看向自己獲得自由的雙手，欣喜不已。白白立刻竄上我的身體，順著我的身體爬上了我的後背，蹲在肩膀上抱住我的臉。

靈川淡淡地看了我一眼，轉身說：「跟我走。」

「嗯。」我毫不猶豫地跟上靈川。

經過亞夫身邊時，靈川直接伸手拉起他的手腕，帶他一起離開。亞夫呆呆看著靈川不再用面紗遮住的容顏，目光漸漸柔和起來，黑色的雙眸露出了像是尊敬、崇拜，還有更深地……欽慕的目光。

我跟在他們身後，當亞夫也開始移動後，靈川放開了他。亞夫似乎已經恢復平靜，環起雙手，繼續跟隨在靈川身邊。靈川應該不用擔心亞夫會離開他，因為亞夫根本不會拋下他的王，他會寸步不離地在身邊守護他、保護他、愛護他。除非靈川偷偷離開亞夫的視線，否則亞夫絕不會離開他的王。

我深深感覺到他們之間的羈絆，可能不是我原先理解的主人寵溺僕人那麼簡單，或是奴才恃寵而驕那樣讓人討厭。我看到了亞夫對靈川的忠誠、包容，以及絕對的守護。當靈川摘下面紗的那一刻，有那麼一瞬間，我感覺到亞夫的發怒不是因為祖宗的規矩，而是靈川的容貌曾經只有他一人可以看到。

這是人之常情。靈川擁有這樣出塵的容貌，如果我是亞夫，絕對也會產生一種獨占欲，不想讓別人窺見他這神一般的容顏。

我跟著靈川上了飛艇，亞夫站在靠後的位置，把我隔得遠遠的，不容許我靠近他的王半分。

當飛艇飛起時，靈川轉身，亞夫正站在他的面前，疑惑看他：「王，有何吩咐？」

靈川看著他，從他身邊走過。亞夫微微一怔。

靈川走到我面前，在靜靜的風裡呆呆地看著我。我扛著白白疑惑挑眉：「什麼事？」他微微擰眉，眨眨眼。

亞夫轉身看著靈川和我，臉色微微下沉。他對我的身分還是抱持著懷疑的態度，似乎看我渾身不舒服。真奇怪，我怎麼這麼招男人厭惡？之前是里約，現在是亞夫。

里約是因為我介入了他和扎圖魯的兄弟情，那亞夫呢？難道是因為我闖入了他和靈川之間？原先他們只有彼此，現在靈川卻又有了我……這不是赤裸裸的吃醋嗎？日刑真是把我給曬糊塗了！這麼明顯，居然現在才看出來，看來跟呆萌男相處久了，我也被傳染傻氣了。

靈川凝視著我許久，才從腰間取出一根細細長長的銀鍊，銀鍊的一頭是一個戒指，另一端是一個鐲子。他把銀鍊放到我面前，我疑惑地看向他：「做什麼？要送我嗎？」

他點點頭，我笑了笑。送首飾給我當然高興，不過這首飾怎麼長得這麼奇怪？鐲子戴在手腕，戒指戴在手指，戒指和鐲子間有銀鍊裝飾在手背也挺好看，可是這鍊子……有點長了吧？足足有一米多！像我家狗繩。

「怎麼戴？」我疑惑看他。

他看看我，拿起鐲子低下頭望著我的手：「手。」我伸出右手，一愣，情況怎麼有點像在馴狗？

他卻是搖搖頭。

我再伸出左手，他打開了布滿花紋的銀鐲，沒有碰觸到我的肌膚，扣在了我的手腕上，鐲子「啪」一聲扣緊，上面奇特的圖紋流過一抹奇怪的銀藍色水光，那水光像是符文的光芒一般，讓我生

起一絲不好的感覺。然後只見靈川把另一端小小的戒指套在自己右手的中指上，同樣一抹銀藍水光流過，順著那銀鍊一直流到我的鐲子上，我呆然站立。

靈川拉了拉銀鍊，像是在確定夠不夠牢固。

「你……這該不會是要拴住我吧？」我隱約有種上當的感覺。

他放下銀鍊看向我，點點頭：「嗯。」

「為什麼？」我一下子生起氣來，這不是給我套了個項圈嗎？跟在玉音王那裡一樣，太侮辱人了！

他淡淡看了我片刻，不帶任何情緒地說：「怕丟了。」

我啞口無言地看著他，那輕悠悠的語氣讓人感覺理直氣壯，像是在說我怕弄丟妳、遺忘妳、讓妳再餓死，所以拴起來比較放心。

說實話，當他說出那三個字後，我還真的有點擔心他又遺忘我，讓我在靈都自生自滅。

他轉臉看向一邊擰眉的亞夫：「這樣妳就不會挨餓了。」雖然這句話是對我說的，可是他的目光始終落在亞夫的臉上，眸光看似寡淡，此刻卻流露出一絲威嚴。

他沒有責備亞夫的意思，只是表示他知道亞夫沒照顧好我的事了，他不是聾子，不是瞎子，還是他的主人，他的王，現在我和他拴在一起，亞夫總是要照顧靈川的。如果亞夫是因為看不慣我而不管我，那麼現在就得連靈川也一起挨餓。

亞夫抿了抿唇，轉開了臉，眸光裡劃過一抹怨念，還有一絲絲委屈。

靈川似乎很瞭解亞夫，知道他在想什麼，只淡淡地看了他一眼，轉身走向船頭。亞夫立刻跟上，靈川卻停下腳步，淡淡說道：「別跟來。」

亞夫驚然睜了睜黑眸，浮上了心慌之色。

靈川繼續往前。由於還不習慣跟隨靈川腳步，直到那根銀鍊拉緊，拽了我一下，我才回神匆匆朝靈川跑去。跑過亞夫身邊時，他雙眉收緊，陰沉地盯著我，那目光像是在警告我，不許靠近他的王，不許碰觸他的王，甚至不許覬覦他的王。不准對他的王有非分之想！

最後一點實在太明顯了，我看得清清楚楚，雖然他一句話都沒說。

「吱吱……」連白白也因為他陰沉的目光而有些害怕地抱住了我的頭。

我有些僵硬地轉頭避開亞夫的目光，走到靈川身邊，回頭偷看滿臉烏雲的亞夫一眼，悄悄對靈川說：「亞夫……好像生氣了。」

「嗯。」靈川站在船頭點了點頭，銀髮在風中飛揚，並沒表現出意外。

「原來你都知道？」我看向他平靜的神情，心裡有那麼一絲佩服他了：「你是不是知道我曬不死，才會任亞夫把我帶走？」

他眨了眨眼睛，纖細的雙眉微微蹙起，帶出一分心事重重。

我笑了：「你真厲害！我還以為你忘恩負義，膽小怕死，不敢救我。」

他沒有說話，低頭俯視著我，視線變得有些深邃。他仔細地打量我，像是想看出我到底是什麼。

我不解地望著自己，再看他那困惑的目光：「怎麼了？」

銀髮從頭紗中垂掛下來，在他的臉側隨風揚起，掠過他線條柔美的臉側和薄薄的唇瓣。他看我一會兒，低落目光看我的右手：「手。」

原來他是想看我的右手。我在他探究的目光中隨意伸出右手，手背朝上，他目光不移地說：「手心。」

我又在風中慢慢翻轉右手，攤開了掌心，見上頭沒有任何傷痕，靈川一時驚訝地抬手想摸向我的手心，卻在肌膚即將相觸時及時停住，指尖隔著薄薄的空氣停留在我的手上。

「好了？」話音充滿困惑和不解。他收回手抬眸看向我：「妳……到底是什麼？」

我笑了，也收回手看向他：「這句話不是你第一個問了。」我眺向遠遠天際，輕嘆：「是啊……我到底是什麼……」

「新人王？」他深思著說，眸光落在我的臉上看了許久，卻又搖搖頭：「不像……」

我得意起來：「反正我曬不化、殺不死，這下可安全了！對了，是不是以前也有掉下來的人受過日刑，因為曬不化所以你知道？」

他看著我搖搖頭：「他化了……」

「……」不知怎地，我的心裡忽然湧現了一絲懼怕。我小心翼翼地問他：「所以……你也是賭一把？」

他眨眨眼，看看我的手心，灰色的眸裡掠過一絲似是羨慕又似是渴望的目光：「妳有血。」說完，他抬頭淡淡仰望上空的金沙流雲，似乎正在好奇上面究竟是怎樣的世界。

淡淡的三個字，卻說得讓人感覺沉重，宛如凝聚了太多太多對詛咒、對他們奇特身體的哀傷和悲涼，我不由得想起安歌曾經黯淡地說了這麼一句話——

看到他們的血化作沙子，只會提醒我們自己是怪物……

他們曾經為不老不死深深著迷，然而當他們受到這詛咒之後，卻一一懷念起做凡人的時光，那是身為一個「人」的證明。

他們這些不老不死的人王們，困在這有限不變的世界裡，自然……會活膩。

飛艇在靜默之中駛向聖宮下的大湖。當它停落湖邊時，靈川先是跟亞夫輕輕說了什麼，隨後便帶我走下飛艇。

亞夫隨飛艇離去，即使飛遠，我依然能感覺到他盯視著我的目光。

靈川獨自走向大湖邊的祭台，我因為銀鍊而不得不跟在他的身後，細細長長的銀鍊垂掛在他飄逸的白衣邊，在陽光中閃過抹抹銀藍色的流光。

白白從我身上竄下，似是依舊很害怕河龍而遠遠跑開。

靈川站在祭台邊，靜靜脫下了鞋襪，赤腳走上祭台，裸露的腳掌在垂地的衣襬下若隱若現，走在翡翠綠的碧石上更突顯他的雙腳通透如玉。他提袍慢慢坐在了祭台邊緣，將腿浸入冰冷的湖水之中，銀髮和白衣滿滿鋪在翡翠的碧台上，形成了強烈的對比美。

碧台綠得晶瑩，白衣白至無瑕，銀髮如蠶絲眩目，還有那多了一分憂鬱的沉靜容顏，透著淒然的美，讓人刻骨銘心。

我靜靜地站在一旁注視他，心中因他純淨的美而變得空無，沒有任何雜念，只是純粹地欣賞這份恰似銀蓮在水中靜靜綻放的純然之美。

我愈發理解亞夫對他的獨占欲，靈川這份純淨聖潔的美應該只屬於神明，我們這些凡夫俗子多看

一眼，也怕自己身上的俗氣隨著目光侵染了他。

靈川雪白的頭紗隨風揚起，他拿起祭台上的一根香蕉，握在手中，目視前方開始陷入呆滯。時間像是在他的身上靜止，金沙的流雲映入碧藍的湖面上，緩緩流動。我在他身後的位置坐下，拿起祭台上的一個大蘋果：「我可以吃吧，我現在也算是神了。」

他點點頭，手裡的香蕉隨意晃著，顯得有些心不在焉。

看看平靜的湖面，靜得讓人忘卻時間，忘卻過去和未來，忘記自己的生命正在點點滴滴流逝，忘記歲月眨眼而過。我再次注視他的側臉，在過去的一百五十年裡，難道他就是這樣一個人靜靜坐在祭台邊發著呆，餵著河龍？

這是怎樣的一種生活？我無法想像。如果讓我堅持一年兩年可以，但是十年、百年，我真的無法想像了。

湖風朝我們這裡揚來，帶起層層美麗的波瀾。他的雙腳浸在湖水裡，也不擺動。

「你的腳放在水裡不冷嗎？」

我看看他放入清澈湖水裡的雙腳，這是我有生之年見過最清澈的湖水，簡直和游泳池裡剛放的水一樣通透，完全透明，只染上了天的藍色。

他眨了眨眼，回過神，忽然把雙腳從水中提出放到我的面前，濕濕的玉足踩住了我的裙襬，然後一直雙目直直地看我。

我愣愣看他：「做什麼？」

「妳看看。」他只說了三個字。我有些發愣：「看什麼？」

他漂亮的灰眸直直盯視我的眼睛：「看妳昨晚看到的東西，我看不到的東西。」

我在他認真的話語中緩緩回神，愣了一會兒，笑了：「你怎麼會突然在意起這個？難道我說你全身都有，你還會脫光衣服給我看嗎？」

他的灰瞳睜了睜，銀色的睫毛在湖風中輕顫。他轉開臉深思起來，微微擰眉，抿了抿唇，宛如在做一個人生中非常重大的決定。

他忽然看起四周，我立刻說：「別別別，我開玩笑的。你既然好奇，我告訴你也無妨。」

他的視線立刻落在我的臉上，聚精會神地聽我說話。我說道：「我發現這個世界每個人的身上都有奇怪的花紋。平民的花紋相似雷同。而閃耀之人的花紋會在平民之中綻放光彩，一眼可見……」

「閃耀之人？」

他疑惑地問，雙手隨意地環抱膝蓋，略微歪下臉看我。

我笑道：「那是我給他們取的名字，他們身上的花紋會閃光。但他們的花紋依然是死的，不會動。」

靈川越聽越感新奇，薄唇微微開合，眨著眼睛。

「每個人的花紋是遍布全身的，到側臉的地方……」我在自己身上比劃起來，靈川的目光隨著我的手移動，銀鍊在我比手畫腳時，於我們之間輕動：「而你們人王的花紋是活的，我也不知道該怎麼形容這種感覺，它們……像是有思想、有生命的東西，遍布在你們的身上，你身上的花紋是我到目前為止看過最漂亮的花紋，像一朵一朵冰花綻放在你的身上，真是好美啊……」我不避諱地向他直接說出自己的感覺，讚美他的美麗。

他眨了眨灰眸，雙頰劃過一絲薄紅低下了臉，銀色的髮絲絲絲垂落，掛在他的臉邊和肩膀之間，形成一個美麗的弧度，如同銀紗微遮臉龐。

我單手支臉，看著遠處繼續感嘆：「能和你媲美的，可能只有伊森了……」伊森身上的金色花紋也讓我過目難忘，他的花紋像樹藤，靈川的花紋像冰晶，他們的美是不同的，無法拿來比較。

「伊森？」難得從靈川口中聽到了一絲驚訝的語氣，我收回目光看向他，他怔怔望著我：「妳和伊森……」

「你是不是對我認識精靈王子感到驚訝？」我笑看他。

他點點頭。

我嘆了一聲：「我們是很好的朋友，可惜……他走了……」我轉身遙望天際：「我想他了……」

靈川靜靜看了我一會兒，再次轉身把雙腳放入水中，手握香蕉隨意地在身前搖晃：「那花紋……到底是長怎樣的……」

「改天我畫給你看……」我心不在焉地回答。

伊森，你可知道我現在對你的思念？如果知道我非但不再生氣，反而如此地想念你，你是不是會樂瘋了？我想念你的聒躁、想念你燦爛的笑容、想念你金色的眼睛、想念你身上的花香，想念你太陽般的溫度……

我不知道自己和靈川這樣一起對著大湖愣了多久，跟著他，我的時間感也變得緩慢起來，學會坐下來發呆……平靜的湖面在湖風中漾起一絲波瀾，我緩緩回神，轉頭看向也在發呆的靈川：「你每天

除了餵河龍外還做些什麼？」

他看著前方搖搖頭。

我驚奇地瞪圓了眼睛：「你是說你每天就這麼餵河龍三頓飯吃，別的什麼都不做？」

他又點點頭。

我目瞪口呆地脫口而出：「這樣有多無聊？所以你現在由著我亂來，只為了熱鬧熱鬧？」

「嗯……」

他默默點頭，平靜的湖面出現了一絲波動。

「為什麼？」我奇怪地看他：「你不怕河龍之神懲罰你嗎？」

他看著湖面上的波紋，許久沒有說話，在水紋越來越大時，他伸出手裡的香蕉，忽然一團大大的黑影浮了上來，像是那天我偷河龍食物時的情景。

我下意識後退了幾步，一個圓溜溜、光滑滑的腦袋探出了水面，張開嘴咬住了靈川手裡的香蕉，和靈川一樣呆呆的灰瞳又大又明亮，如同巨大的玻璃球映出了我的身影。

牠愣了愣，倏然叼住香蕉快速沉下水面，像是見到生人害羞地躲藏。

我心裡覺得有趣，河龍似乎一點也不可怕。靈川看著水面眨眨眼，隨手再拿起一根香蕉。

我爬到祭台邊，望向水中那團巨大的黑影，清澈的水清晰地顯出了巨獸的輪廓，上次因為害怕沒有仔細看，這一次看清時，心中只覺得無比驚訝。

沉在水下的河龍有大象這麼大，光滑的脊背後面拖著一條又大又粗的尾巴，像是身後跟著一條大蟒。河龍看起來似乎沒有腳，因為牠的四足之間連有蹼翼，在水下撐開宛如大大的翅膀，整體看起來

有些類似長頸龍，只是沒有清晰巨大的四足。牠的全身是如水一般的深藍色，灰色的大眼睛在水中正好奇地打量我。

「你知不知道河龍在想什麼？」我回頭看靈川，他微微一怔，轉頭看向我，似乎從沒想過這個問題。

我繼續說：「你們靈都尊牠為神，以牠的名義訂下許許多多的規矩，你有沒有想過牠可能根本不明白人類在做什麼，還有那些規矩又是用來做什麼的？」

靈川愣住了神情，在祭台之上定定地看我，清涼的湖風揚起了湖水的漣漪，也揚起了我臉邊蓬鬆凌亂的髮絲，和銀川唇邊的銀髮。他灰色的眸子落在我的臉上，我對他微笑：「可能你們的祖先只是因為牠巨大又長得像龍，便把牠當做了河龍之神，其實牠可能……」我趴落祭台邊緣，微笑地與正在水中好奇看我的河龍靜靜對視：「只是一隻又老……又孤獨的動物……」

平靜的湖面起了一絲波瀾，清澈如鏡的湖面映出了靈川忽然變得驚訝的神情。

水下的河龍緩緩探出了腦袋，光溜溜的頭頂分開了我面前的水面，我以額頭與牠的臉漸漸相觸，牠好奇地看著我，我微笑地閉上了眼睛。河龍清涼的肌膚映在我的眉心，帶著水的清新。

「牠可能是牠們這個種族的最後一隻了，用我們世界的話來說，牠是瀕臨滅絕的動物。牠在這個世界活了兩千多年，接受你們的祭拜，可能只是因為牠太孤獨，希望和你們一起找個伴。所以……」

我睜開了眼睛，慢慢抽回身體，河龍的腦袋伸長起來，漸漸高過了祭台，高過了我的臉。我仰頭看牠，牠俯臉看我，我伸出手，牠溫順地垂下頭讓我觸摸牠的臉。我笑道：「所以那些規矩不是河龍訂下的，而是人訂下的。靈川，下次不要再這樣靜靜地餵牠食物，多來看看牠，跟牠說說話。」我摸著

冰涼光滑的河龍，笑著捧住牠的臉對牠嘟嘴，像哄我家的狗狗一樣哄牠：「嗯……乖寶貝～我以後經常來陪你說話好不好～我的大寶貝～」

「嗚～」

牠居然叫出了聲，灰瞳開心地眨著，聲音輕得像在撒嬌，卻悠遠地在湖上迴盪。

我開心地看靈川：「看！牠喜歡我，哈哈哈！」我看到靈川驚詫的目光，頓時疑惑起來：「怎麼了？是不是不可以這樣摸牠？」

靈川的灰瞳收縮了一下，低下了臉，哀傷的側臉突然露出了懷念的神情，在湖風之中薄唇開啟：「闍梨香……」

闍梨香？

從靈川的唇中忽然道出了闍梨香這個名字，為什麼？

河龍從我的手間離開，低下頭貼上了靈川的肩膀，發出了輕悠的、像是安慰的聲音：「嗚～」

靈川在河龍的安慰中，神情漸漸恢復平時的平靜，淡淡地說起來：「是闍梨香選我做聖者的繼承人，是她告訴我河龍只是一位又老又孤獨的老人，讓我好好照顧牠……」

我微微一怔，是因為我剛剛的發言和闍梨香的話相似，勾起了他對闍梨香的思念？奇怪，既然他提起闍梨香會那麼懷念，那麼傷心，當年為何又要參加八王叛亂？

我雖然想問，但最後還是忍住了。靈川的表情不像是裝出來的，當年可能有什麼誤會和苦衷吧？見他現在情緒那麼低落，連河龍都在安慰他，做為陽光明媚、渾身正能量的阿凡提．那瀾，我更應該協助河龍讓靈川釋懷。

我站了起來，拉拽靈川和我相連的銀鍊，他的右手被我拉起，微露驚訝地看我，我笑看他

「走，溜我去。」

「溜妳？」他疑惑看我。

我牽起手腕的銀鍊：「你既然養我，就要溜我，我可是一隻不好養的寵物哦！除了給我三餐，你還得早晚溜我一次，走吧。」

我拽拽他，他愣愣站起，河龍用牠大大的腦袋輕輕推了推他的後背，我轉身看河龍，河龍伸長脖子，高高地俯視他。

他眨眨眼，唇角揚起一絲淺淺的微笑，轉回臉看我，淡淡說出一個字：「好。」

我笑了，看向河龍：「小龍，我過會再來找你玩。對了，我給你找個玩伴。」

呆呆的大龍歪下腦袋疑惑看我，我轉身大喊：「白白～～出來陪小龍玩～～」白白在遠遠的一棵樹後探出小腦袋，小心翼翼地朝我張望。

我繼續大聲說道：「你如果能和小龍成為朋友，那你在猴族將會有多拉風？不對，拉風你可能聽不懂，就是神氣！你會非常神氣，連你爺爺都要佩服你了！」

白白聽到我這句話後竄出了樹林，牠聽懂了我的話，朝我飛速跑來。靈川走到我身旁，也和河龍一樣歪下臉靜靜望著我。我轉臉看他，對他一眨眼：「安歌說我很煩，你做好準備了嗎？」

他一怔，瞥開了目光。我一笑，別過頭去後，他再次轉回臉定定地看我，帶著和河龍一樣的好奇。

有時主人和寵物相處久了會越來越像，人會像寵物，寵物也會像主人。就像此刻的靈川和小龍，

兩個傢伙都有些呆萌。後者更因為體型巨大，看起來更加可愛。

白白見小龍一點也不凶，膽子大了起來，拿起祭台上的水果開始餵小龍，小龍也因為白白的到來而顯得很高興。當我拉走靈川時，白白已經竄到了小龍的頭頂，小龍頂起牠在湖水中前行。

我和靈川有點像我家的狗和我。我帶牠出去的時候都是牠在溜我，牠在前面跑，我在後面追。而現在就是我在前面跑，靈川慢慢地跟在我身後。

還沒逛過靈都的我對哪兒都好奇，見山邊正好有飛舟停留，我拉他過去。一直對飛舟動力感到好奇的我，彎腰察看飛舟邊緣那些閃光的藍紋：「這舟為什麼能飛上天？」我好奇地去摸那些藍紋，像是塗上去的。

「精靈之力。」淡淡的話音在身邊響起，說出了答案。我站直身子看飛舟：「精靈之力還真是萬能啊……對了，你是怎麼離開那座山的？」我看向他。他微露一絲尷尬，閉上眼，遮住了眸裡的一抹難堪：「是白白把我的舟找回來了……」

「……」也難怪他難堪了，做為靈都的王，最後居然得靠一隻猴子找回舟。

我不再看他，以免他更難堪。我小心地上了飛舟：「這怎麼划？」

他抬頭看我片刻，提袍走上飛舟，拿起了船尾的櫓，輕搖之間，飛舟已經駛離了崖邊，搖曳在雲海之中。

「最好坐下。」他輕聲提醒，我小心地盤腿坐下，身體隨飛舟搖擺。我閉上眼睛深吸一口氣，接著開始欣賞靈川神奇的美景。

靈川帶我去了很多地方，平頂山因為高度的不同，也有不同的作用。高處陽光充裕的地方適合種

水果，低處溫暖的地方適合種穀物。太高嚴寒之處有溫泉，山腰附近有神奇的水簾洞。平頂山從上到下都是寶，遍布珍貴的中藥材。

靈川的飛舟漸行漸下，撥開雲霧之後，我終於看見了神祕的山下，不是平底，而是如網般連結的河流。碧藍色的河流盤繞每一座山腳之下，靈都是水的世界，那些靜靜流淌的河流裡，宛如蘊藏著整個世界最古老的祕密。

飛舟緩緩降落在河流之上，抬臉再看那些高聳入雲的山柱，別有一番壯闊景象，讓人心境開闊，不得不讚嘆這個世界造物主的神奇。我像是進入《魔戒》的魔幻世界，又像是登上《阿凡達》的星球，坐在小舟上穿梭於巍峨的山柱之間，將這奇幻壯觀的景色收入眼底、記入腦中、留在我的畫紙之上。

清澈的河裡是川流不息的魚群，那些魚有的大如小孩，足有一米多長，在我的世界已經幾乎看不到能長這麼大的魚了。沒有人為生態的破壞，也沒有過度的捕撈，讓這裡的魚長得又肥又大。

環顧四周，不見漁船，我轉身奇怪地問靈川：「怎麼沒人捕魚？」

靈川一邊搖櫓，一邊疑惑看我：「為什麼要捕魚？」及腳的銀髮微微隨風飛揚。

「吃啊。」我理所當然地回答。靈川搖櫓的手微微一頓，臉色帶出一絲僵硬。他眨眨眼垂下臉，輕悠悠地說：「這裡吃素。」

我也學他眨眨眼：「所以……我跟著你沒肉吃？」

他低著臉點點頭。

我忽然感到鬱悶，回過頭看著河裡的魚流口水。就說這裡的魚怎麼長得那麼大，原來是因為這裡

的人吃素！整個國度的人都吃素，天啊——靈都簡直是我那瀾這種肉食一族的地獄啊！

我真想對著天上大吼，可是人家的習俗要尊敬，回族人還不吃豬肉呢，你進去跟他們鬧彆扭說要吃豬肉，人家還不打死你？所以我只能認了！

我死死盯著水裡的魚解饞，想著或許可以趁靈川不知道的時候來偷偷抓兩條，哇……那麼大的魚，用木棍串起來烤，再撒上孜然粉……糟糕，我的口水要流出來了。

忽然，那些魚像是感覺到了我邪惡的心思，忽然齊齊躍起，巨大的身體直接騰空躍過我的上方，紛紛甩起牠們巨大的尾巴，水花一陣飛濺，像雨水一樣全灑在我的臉上。

我驚跳起來：「啊！」

「啪啪啪啪！」巨大的魚紛紛再躍入小舟另一邊的河水中，齊齊游開，只剩下我全身濕透地傻傻站在小舟上。

「噗。」

我噴出一口水，這些魚也太精了吧？

「嗤。」身後傳來一聲輕笑。靈川居然也會笑？我立刻轉頭想看他傾國傾城的笑容，卻只看到他的唇角留下一個淺淺的幅度，像是笑容的遺跡。他淡淡的眸裡殘留著一絲笑意：「妳是不是想吃牠們？」

我眨眨眼，立刻轉過身：「沒有，減肥挺好的。」心虛地說完後，我在原地坐下，小舟依然在安靜的山水之間搖擺，清澈的湖面上映出靈川隨水波蕩漾的白色身影。涼風吹在我濕濕的衣服上，有些冷颼颼。好在精靈之元充足了電，在我體內持續放熱。

我本以為靈都只有山柱和水，卻在往北駛去時，山風驟然寒冷起來，前方似是因為氣溫驟降，出現了濃濃的白霧。

靈川停下了舟，不再前行，我無法再看到那白霧之後又是什麼樣的世界。

「怎麼不往前了？」我轉身疑惑地問他。他看看前方：「太冷。」

我繼續望著他，他見我看他，擰擰眉：「下次去，穿多點。」說完，他不再說話。我轉回臉繼續盯著白霧遮住的世界，從那裡而來的風中隱隱飄出雪的清香。

飛舟開始飛起，緩緩折返，空氣也在離開那北方時再次轉暖。

回來時，我看到了很多百姓駕駛飛舟歸家。平頂山上不僅僅住著靈都的百姓，還有一片熱鬧的市場。這片市場是在十餘座相鄰相近的平頂山上，由索橋連成一片，規模也非常龐大。有商店，有客棧，也有酒屋。建築風格整齊劃一——白色平頂，樓層不會高過兩層。甚至有的飯桌就放於平頂露台之上，吃起飯來也別有一番風味和情趣。

在飛過一座神廟後，紅日已近西方，血紅的太陽將山間的雲霧染成了金紅色，豔麗的晚霞映紅了西方一片天空。飛舟像是駛在金色的海洋之上，如夢似幻。靈都因為雲霧的變幻而使景色瞬息萬變，如果我的相機還在，真想把這每分每秒的變化拍攝下來。

飛舟漸漸駛向我所住的山頭，我準備起身，飛舟卻直接越過了山頭，我往下看去，巢穴不見了！

我疑惑轉身問表情淡然的靈川：「你要把我帶到哪裡去？」

但他並沒有回答。飛舟繼續往上駛去。那條我爬上崖壁時看見的白色雲梯出現在眼前，飛舟繼續而上，蜿蜒的雲梯如同一條大白蟒盤繞在山上，漸漸的，一座被雲霧繚繞的白色聖殿映入眼簾。

聖殿在夕陽下也變成了金色，像是雅典娜的聖宮矗立在最高的山頂之上。聖殿前方是一片白色的廣場，廣場上是一個又一個妝點起來的天然溫泉，在寒冷的空氣中冒出白色的熱氣。似乎是因為太高，這裡沒有綠色的樹木花草，但有耐寒的綠草鋪於道路兩旁。

我全身因為寒冷而哆嗦了一下，即使有精靈之力，這山頂的濕冷還是讓我有些吃不消。

靈川的飛舟緩緩停靠在廣場邊緣，邊緣有石柱，靈川下了飛舟，這次終於記得拿出飛舟的繩子，將它拴在了石柱之上。

我小心地下了飛舟，在靈川的牽引下走向那座聖殿。途中經過熱氣氤氳的溫泉，感覺地面像是有暖氣般溫熱，再加上溫泉的熱氣，反而不覺得寒冷。

當我們走到聖殿門口時，看到了依然戴著面紗的少女，少女們看到靈川紛紛行禮。靈川走入聖殿的大門，大門打開，裡頭匆匆走出了一道黑影，正是亞夫。

「王，您怎麼現在才回來？」亞夫擔心而焦急地走向靈川，在看到我時又是一皺眉，倒是沒有問靈川怎麼把我給帶回來了。

靈川對他點點頭，他走到門前，對那些少女說：「妳們回去吧。」

「是……」

少女們翩然而去，亞夫關上了聖殿的宮門。

聖殿裡中間是一條白玉石的道路，兩邊是清澈的溫泉，使得整座聖殿變得溫暖，如同整座聖殿造於溫泉之上。之前我的小石屋也很溫暖，也有溫泉在屋內，我不禁覺得這座山真神奇。

兩邊的池水中有小小的雕像，是一個又一個戴著面紗的少女。少女娉婷玉立，手中抱有水瓶，水

瓶口向下，顫顫的泉水從瓶中流出，帶來清靈的水聲。

靈川在我前方脫了鞋，亞夫在旁邊沉臉看我：「脫鞋。」

「哦。」我愣了愣，脫下了鞋，雙腳踩在石道上果然溫暖舒服，讓人根本不想再穿上鞋子。

靈川提起銀鍊，拉著我走向前。亞夫跟在他身側，朝他伸出手：「讓我來吧。」他說著便要去拿靈川的戒指。

靈川閃開手，淡淡地看了亞夫一眼：「不用。」說罷，他用力地拽了拽我。我正想欣賞聖殿美景，卻被他拉起了手臂，感覺到靈川有些不愉快，我立刻快步跟上。

我走過靜立的亞夫身邊，他微微垂下頭，神情裡透出了一絲失落。靈川加快了腳步，拉著我從亞夫身前走過。我回頭看看亞夫，亞夫擰擰眉跟了上來，走在靈川的另一側：「王，是不是因為我失職，沒有照顧好您的寵物，您才會生我的氣？」

靈川不言，依然直直往前走。情急之下，亞夫拉住了靈川的衣袖：「王！」

靈川淡淡地看了他一眼，沒有任何表情地說：「你走吧。」

亞夫宛如受到打擊般怔立原地，靈川繼續向前而去，被亞夫拉在手中的白袖緩緩抽離。周遭的空氣輕輕一顫，帶出了一絲落寞的心傷。

我三步一回頭地看向呆立的亞夫，同時也感覺到靈川有些不悅，但他似乎沒有生氣，而是……有些刻意地想避開亞夫。

是因為亞夫欺主讓靈川不悅了，所以靈川以這種方式來懲罰他？

我轉頭看著靈川的背影。那沒有任何神情的臉和那雙總是寡淡的瞳眸……他到底藏了一顆怎樣的

「你們……」面前傳來淡淡的、帶著一絲吞吐的話音，我朝窩在床內的靈川看去，看到了他臉上的薄紅。他低垂眼簾，銀色的睫毛不停地顫動，我明顯感覺到他那顆呆呆的腦袋瓜裡正在想兒少不宜的事！

我立刻解釋：「不不不，不是你想的那種事！」

靈川怔了怔，眨眨眼睛看著我。我繼續解釋：「雖然我畫他的時候他沒穿衣服，但我們不是……那個……」我感覺無力解釋了，只得對著他好奇的臉乾澀地笑笑：「你也知道，別的國都的男人是可以脫衣服的，嘿嘿……嘿嘿……」

靈川眨眨眼，臉上的薄紅更深一分。他緩緩垂臉，呆呆看著我手裡半裸的安歌：「難怪妳說男人脫了衣服都一樣……」

「不，你別以為我喜歡畫裸男啊！」我驚覺這呆子誤會了什麼，焦急解釋：「這只是湊巧，我沒有畫裸男的癖好。雖然我們讀書學畫畫的時候確實經常畫裸……」我一陣僵硬，見他吃驚地仰起臉來，真想咬掉自己的舌頭，這根本是越描越黑嘛！

我放棄地低下頭：「算了，隨你怎麼想吧，反正我在這裡也待不久……」

他也沒有再說話，尷尬的氣氛在我們之間越積越濃。

「那這是……」

他又拿起了下一幅畫，見是扎圖魯，我趕緊藉機打破關於裸男話題帶來的尷尬。

「這是扎圖魯。」我笑道，畫中的扎圖魯在田野裡仰天微笑：「是我在安都的朋友。」

「朋友？」靈川似乎產生了疑惑：「安歌沒有把妳關起來？」

我笑了：「他哪裡會關我呢？他和你一樣，一開始就把我給遺棄了。然後我到了地下城，遇見了扎圖魯，這可是一個漫長的故事……」

在安都的點點滴滴湧上心頭，好的、壞的、開心的、難過的，現在全數成了甘露，在我的心底慢慢醞釀成回憶的佳釀，化作唇角懷念的微笑。

「故事……」靈川輕喃了一聲，立刻說：「我想聽。」

我一愣，他回眸認真地看著我。我眨眨眼，看向他手裡的畫紙，靈川想聽我在安都的經歷，關於我在這個世界的第一個故事……

在我張口欲說之際，他忽然站起來，從床上離開。

「你做什麼？」

「喂，喂！」

我疑惑地看著他。他拿起果盤，拉起我，直接朝我的巢穴急急走去。

我被他著急的腳步拽得趔趄跟隨。

他把我拖入巢穴，盤腿坐下，兩隻眼睛筆直地看著我，像是認真聽講的學生等我開口說故事。我坐在他對面，張張嘴，一下子不知道該從哪裡說起。

他眨眨眼，把果盤推到我面前：「邊吃邊說。」

「…………」他倒是還滿為我考慮的，於是我一邊吃，一邊開始說了起來：「在我剛到安都的時候，那裡一～～片荒蕪！」我比手畫腳，聲情並茂地說了起來：「大地乾裂，荒草叢生！天上沒有飛鳥，地裡不見野兔，一片淒涼之色！」

靈川瞪大了灰眸，目不轉睛地看著我：「怎麼會這樣？」

我疑惑看向他：「你不知道嗎？你沒去過別的國都？」

他眨眨眼，搖搖頭：「沒有。」

我愣愣地說：「這麼說你只在抽籤時去別的國都？」他點了點頭。

我繼續說：「但因為安都從來沒掉下人來，沒有抽籤，你就沒去過？」

他再次點點頭。我忽然感覺自己快成了他的代言人了。

他靜靜地看了我一會兒，說：「他們常來靈都看我。」

原來其他人會來這裡看他啊？

我看看他，他看看我，我們大眼瞪小眼一會兒，他向我使了個眼色：「繼續說。」

我再次說了起來：「就在安歌和安羽的隊伍經過荒田邊時，荒田裡仍堅持勞動的百姓向他們的王跪了下來，當中卻只有一個人傲然站立，引起了安歌的注意，他就是……」我刻意拖長了話音，靈川微微向我探出了脖子。

我拿起手中的畫紙：「就是他，扎圖魯！話說這扎圖魯……」我這般那般地說了下去，靈川聽得津津有味。

不知說了多久，我忽然想起白白還不知道我搬家了！

「……在我的馬車終於抵達安歌的王宮時，安歌收起吊橋，不准我進入他的王宮，將我遺棄在安都城中，自生自滅……」我停下了話音，不再說下去。

靈川依然認真看我，等我說下去。

我在他等待的目光中一拍大腿說道：「欲知後事，且聽下回分曉！今天我還要去找白白，明晚再跟你說。」

他完全愣住了，似乎沒想到我會卡文。我對著他呆呆的臉舉起手鐲：「你是人王，不吃不睡都不要緊，我可是人，我睏了，還想上個廁所。」

繫上銀鍊上廁所最麻煩，今天沒怎麼吃東西也沒怎麼喝水，早先時還沒什麼想上廁所的感覺。可是從傍晚開始，我就在硬憋了。

靈川呆呆的灰眸中劃過一絲尷尬，他匆匆低下有些薄紅的臉。

我開始脫手鐲，發現手鐲居然拿不下來。

「妳取不掉的。」

靈川淡淡地說了一聲，身體朝我挪近，伸出右手在我的手鐲上輕輕一點。

一抹銀藍的水光頓時流過我的手鐲，它「啪」一聲開了。我愣愣看著，這手鐲莫非還有指紋辨識系統？

他不碰我肌膚地取下手鐲，低下頭退回原處，說：「我睡這兒。」

這四個字一出口，我更愣了，看向他。他一直低著臉，似乎很堅持。

這個巢穴還真是寶啊！一個王居然睡著不想走了。

「那我……」我指向外面，他微微抬頭看向外側。我眨眨眼：「睡你的床？」

他看看我，點點頭。

我一時無語，擰眉問他：「你……確定我可以睡？不會害你被日刑吧？」

他蹙了蹙眉，抿了一會兒唇說：「這裡沒人。」

唉……果然還是有遭受日刑的危險性啊。但不管了，既然他說要換床，那就換吧！

我走出巢穴，先找廁所，還得去找白白，把牠丟著大半天了，不知道牠會不會生氣？

我先吹熄了屋內的燈，巢穴再次變得安靜，柔柔的月光從上方小小的天窗裡透入，正好落在溫泉的中央。巢穴口的門簾靜靜垂落，裡面沒有任何聲息。

這裡的地面非常溫暖，所以睡在巢穴裡也非常暖和。

我輕輕走出聖殿，外面的燈火都已經熄滅。亞夫似乎不住在這裡，靈川獨自一人住在這樣幽靜空蕩的宮殿裡，想必也很寂寞。

站在宮殿外的草坪上，我朝天大喊：「白白——」

「白白……白白……白白……」

我的回音在雲天中迴盪。夜深無人，又如此幽靜，相信白白那猴精能夠聽到。

果然不一會兒，一個白色的小球從遠處飛奔而來，真厲害，比我家的狗還聽話……應該說是白白聰明，我在山上叫，牠聽音辨位，我看人也未必能做到。

白白朝我飛撲而來，我把牠抱在懷中，牠雪白的手臂環上我的脖子，嗚嗚地叫，像是孩子和父母失散，一個人嚇壞了。

「對不起、對不起，這麼晚才叫你。以後我們就住這兒了。」我連忙道歉：「你剛才還是跟小龍在一起嗎？」

牠點點頭，接著扭頭看向山崖邊，還揮了揮手，像是在跟誰道別。

我疑惑地順著牠的目光看去，那裡黑壓壓的，什麼也看不見。我莫名地聳聳肩，抱著白白返

們新的住所——靈都聖宮。

「殿下，您真的決定這麼做了？」璐璐緊張地看著伊森，他是她的王子殿下，聖光精靈族的王子殿下，也是未來的精靈王！

伊森堅定握緊拳頭，薄薄的金翅在身後顫動：「我決定了！我一定要讓自己做個真正的男人！」

璐璐看向涅埃爾，她轉過身沉默以對。璐璐知道涅埃爾深深愛著殿下，卻不曉得殿下是真不知道還是裝不知道，一直把她當成姊妹看。

璐璐也曾經暗示殿下，說如果殿下想做男人，可以找涅埃爾，她們是他的侍婢，可以成為對象的。沒想到卻被殿下強烈拒絕，因為在聖光精靈族裡，如果和哪一位女孩發生了關係，就必須負責。殿下不是不想負責，只是他不愛涅埃爾，不想讓涅埃爾為自己遠大的志向犧牲。

不錯，她們的殿下——聖光精靈王子，想完成成人禮！

但是精靈族不允許未婚前行房。而他們可憐的王子殿下已經兩百一十七歲了，依然沒有心愛的姑娘，他維持了兩百一十七年的處男身分，開始被周圍的貴族精靈之子嘲笑，他很不開心，他想破處！

因為不想隨便找個女孩結婚，她們的王子殿下決定偷偷選擇人類——比如妓女——完成他的成人禮。他可以回國做真正的男人，儘管這也是不被允許的，可是破處已經是伊森目前最大的心願！

深愛他的涅埃爾和忠誠於他的璐璐，決定幫他完成心願。

她們幫他找來了女孩，在樹林前的那塊空地上做好了準備，而且也已經付了錢。她們為他找的還是個雛兒，不過已經過老鴇的訓練，知道怎麼服侍男人。

化成人形的伊森有點緊張，不過他決定豁出去了，今天說什麼也要做成男人！

他大步走了出去，涅埃爾不開心地轉身，璐璐抱住她：「沒事的，涅埃爾，殿下做了男人後，或許就懂得情愛，知道妳對他的心意了。」

「哎……」涅埃爾深深地嘆了口氣，她的伊森殿下實在是太單純了！雖然王國裡別的男人——甚至包括她的哥哥——嘲笑伊森讓她很生氣，可是她不得不承認，伊森實在不懂男女情愛，心智根本就沒有長大！

已經改變自己外貌的伊森站到女孩的面前，女孩也有點緊張，對他一禮後，開始脫衣服。伊森的臉紅了起來，他還是第一次看到女孩的裸體。

女孩也開始幫他脫衣服，他忽然感覺有些昏頭暈腦了。他在女孩的指引下躺下，女孩還沒為他脫褲子便想吻他，他忽然覺得有些噁心，卻不知道自己為什麼噁心，可是他就是不想去親吻女孩的嘴。他一想到女孩吃了肉、吃了魚，那些可愛的雞鴨魚豬小動物被人類殺死，還被人類食用，就覺得好噁心！

他正想轉開臉，卻看到上方有個黑影正快速降落，是一個人！而且像是一個女人！他驚呆了，第一時刻是把女孩先從身上扔開！

在女孩被他扔開時，那女人已經近在眼前，他根本沒時間逃離，只能驚得張嘴，「啊」字都沒喊出就被那女人壓在身上，她的嘴也落在他的唇上，重重的撞擊讓他差點暈厥過去，只感覺身體裡一口

氣被這女人重重的撞擊壓出，吐入了她的口中。而她澈黑的眼睛也正驚訝地看著他。

「殿下！」

「殿下！」

涅埃爾和璐璐匆匆上前，把那個摔在他身上的女人拽開，扶起了他。他也被撞得不輕，完全成了那女人的肉墊，他看著那全身是血、已經陷入昏迷的女人，意識慢慢陷入了黑暗……

醒來時，伊森發現躺在自己精緻的小花屋裡，他眨了眨金色的眼睛，倏然感覺到了什麼而坐起來，雙手開始發力，精靈之力在他的手中化作了一撮小小的火苗，然後「噗嗤」熄滅了。

「啊～～～～～」伊森崩潰了。那個該死的女人不僅毀了他的成人禮，還把他的精靈之元給吸去了。但他不知道比他更崩潰的是他的父王！他其實也已經昏迷快一個月了。

「你真是我們聖光精靈的恥辱！」精靈王扔下這句怒語走了，只剩下伊森、涅埃爾和璐璐。精靈王要伊森自己去把精靈之元找回來，否則也別回精靈國了。

「我一定會找回我的精靈之元的！」伊森斬釘截鐵地說！

他再次來到那個女人掉落的地方——玉都，找到了那女人所在的房間，卻看見那女人非但完好無損，還跟美麗的雙胞胎少年安歌、安羽睡在一起！

這一定是個好色的女人！

他替這個女人貼上了標籤，登時覺得自己聖潔純潔的精靈之元進入那個女人的身體，實在有夠噁心！

他用精靈之力讓安歌和安羽陷入熟睡，然後去吸那女人的嘴，他吸啊吸……嗯？親女人的嘴唇好

像感覺還不錯？他變得有些三心二意，女人的嘴唇軟軟的、甜甜的。他眨了眨金瞳，把自己的舌了進去，他想這樣或許能吸得更深，再吸啊吸……他舔到了女人的舌頭，舌頭也是軟軟的，不知怎地，他的身體開始有些發熱，一股從未有過的怪異感直竄他的下身，他……硬了！

就在這時，那女人醒了，他一愣，他是絕對不會承認自己對這個懷抱雙胞胎兄弟的好色女人動情的！

當時伊森說了什麼，他現在已經全忘了，只記得那瀾狠狠扇了他一巴掌，然後……然後……他就成了她的奴隸……

伊森垂頭喪氣地坐在簡陋的床上，這個女人叫那瀾，她從上面的世界而來，並不好色，那天他看到的是雙胞胎挾持下的畫面。而他的精靈之力對她毫無作用，他一時拿不回自己的精靈之元，除非那瀾肯心甘情願。還有一個方法倒是比較簡單，但是他覺得不用說出口，自己就會被凶惡的瘋女人拍死！

沒錯！她是個瘋女人！粗暴、無禮的瘋女人！他被迫跟她待在一起，安歌為了折磨她，讓她在平民區裡自生自滅，結果他只能跟著她一起受苦，甚至沒有牛奶浴可洗。

但是，貧民區裡的人倒是對那瀾不錯，每天會給她送一罐牛奶。

「給你。」那瀾忽然把牛奶放到他的面前。他白了她兩眼：「做什麼？」這個女人是個瘋子，不是打他就是把他像蚊子一樣甩來甩去。

「給你洗澡啊。」她忽然說。

他愣住了，這女人怎麼可能會那麼好心？可是……可是他還是好開心！

「謝謝你幫我淨化空氣……」那瀾後面的話他已經聽不清楚了，因為他覺得此刻的她是世界上對他最好的人，早就忘記他口中的瘋女人平日是如何地折磨他。細細一想，其實那瀾也沒怎麼欺負他，反而把唯一一個精美的抱枕給他當成床。她把能拿出來的最好的東西都給了他，包括這份珍貴的牛奶。

「真的嗎？」

他激動地站起身。那瀾對他笑了，那笑容在燈火中美麗得如同陽光，他的心撲通撲通地狂跳起來。那瀾對他真好，只有她才是真正地關心著他、在乎著他。

當璐璐為他準備好時，他已經迫不及待要跳進牛奶裡沐浴了！這可是給那瀾補身體用的牛奶啊！跟她一起行動後，他才知道她的傷恢復得很慢，胸口的骨頭還在痛，眼睛也有一隻看不見，所以這裡的人想盡辦法替她找來牛奶，希望能讓她儘快痊癒，今天她卻把牛奶給了他。

她此刻就在他的身邊，豈不是要看著他洗澡？會看見他的身體？

他摸向自己身上的衣服，聽見了璐璐的話音：「放肆！妳居然敢偷窺殿下沐浴？」

伊森的心跳緊了緊，跳動忽然間變得快速起來。

「一隻蒼蠅飛過，妳能分得清牠是公是母嗎？」那瀾的話讓伊森有些生氣，她這是在藐視他，他哪裡小了！

他立刻抗議：「你是在說本殿下小嗎？」等他變大，他會讓這個女人知道他不小！

「我只是好奇你的翅膀穿著衣服該怎麼脫？」

原來她想看這個？那就給她看吧！他開始脫衣服，心臟卻快要跳出胸口。他第一次在別的

前脫衣服，這讓他很緊張，他只能背對著那瀾，快速褪去衣服後跳進了牛奶裡，舒服的牛奶讓他很快就忘記她存在的尷尬。

然而正當他享受沐浴時，那女人突然用手指把他摁到牛奶裡去了！他就知道！就知道這個女人只會欺負他！他堂堂聖光精靈王子居然落到這般田地。

幸好有人來了，算是救了他，可是問題也隨之而來，來人正是送給那瀾牛奶的扎圖魯，他關心那瀾有沒有喝牛奶。

他只能躲到牛奶裡。他發自內心不喜歡扎圖魯，也不知道是什麼原因，反正看見別的男人用那種深情的目光看他的瘋女人，他心裡就不舒服！

他的……瘋女人……伊森的心跳再次加快，自己為什麼會這樣去稱呼那瀾？

當他回神時，只聽見扎圖魯催促那瀾喝牛奶，隨即感覺到碗正在傾斜！

碗越來越傾斜，他快要滑下去，甚至覺得牛奶正在減少。他伸出手抓住碗的邊緣，當自己的臉浮出牛奶時，他也看到了那瀾瞪大的眼睛，以及那副鬱悶艱難的神情。

那瀾的唇也在他的面前，變得那麼清晰的柔軟紅唇含在碗沿，他的心跳瞬間收縮，憶起了她嘴唇的柔軟。此刻她正在喝他的牛奶，天雷瞬間勾動地火，他彷彿感覺到那瀾含住的不是碗沿，而是他的下身……

他的下身瞬間勃發，隨著牛奶的減少，他赤裸的身體慢慢浮出水面，已經挺立的小伊森也將浮出水面。他臉紅地用另一隻手去握住，想去遮擋，那瀾卻瞬間噴了！她還是看到了……他頓時覺得無地自容。

他明白，那瀾一定覺得他很下流。

果然，那瀾跟扎圖魯走了，然後……一直沒有回來……

怎麼辦？瘋女人要是不理他怎麼辦？他寧可瘋女人回來打他一頓，總比不回來好……

他孤零零地坐在床上，也趕走了璐璐。他想等瘋女人回來解釋清楚，可是她還是沒有回來。

他的心開始慌亂不安，他受不了瘋女人不在他身邊，他想跟瘋女人在一起……

幸好她還是回來了，雖然臉色難看，最終還是以把他扔到掛簾上結尾，但是他們解釋清楚了，他好開心！他的瘋女人是那麼地善良和善解人意！

他飛回那瀾的身邊，她已經熟睡。他輕輕撫上她的臉龐，目光在她的唇上流連，然後他吻了上去，呼吸在那一刻凝滯，渾身開始愈發燥熱起來，視線也控制不住地往那瀾的身體看去——那飽滿的胸部、凹凸有致的身體……情欲立刻無法控制地竄下小腹，他又脹痛起來。

他愣愣地看著那瀾，為什麼自己會對她有感覺？而且還是一次又一次的？之前的人類女孩即使是個處女，他依然沒有感覺，甚至不想去親吻。

可是他想觸摸那瀾，靠近她，親吻她，甚至……一個想法劃過他的腦間，讓他驚訝。

他想……

他想……

他想和他的瘋女人完成成人禮！

可是，這一定會被她打死吧。

他有些難過地飛到那瀾身邊，用自己的小手打開她的手心，然後躺了進去，握住她大大的食指。

要是他能變大就好了，他想變大……變大……

這樣，他就能擁抱她，觸摸她，親吻她，安撫她，進入她……

角川華文輕小說大賞銀賞
《闇之國的小紅帽》作者
推出粉紅系爆笑力作！

銀河綁匪守則

Killer ◎著　喵四郎◎插畫

來自星星的王子遇上怪怪地球美少女
威風凜凜的綁架犯竟淪落為外星寵物？

堂堂的薩馬爾星球王子梅洛，為了履行成人儀式，不得已來到地球，挑中最笨的女人作為綁架對象，沒想到卻面臨人生中最大的劫難？身為肉票的安柔，不僅給他製造一堆麻煩，還把他當外星寵物養！梅洛這時才哀嘆選錯下手的對象，但一切已經來不及了……

©Killer 2014
Illustration：喵四郎

Kadokawa Fantastic Novels DX
台灣角川華文新視野

繼《黯鄉魂》《孤月行》
華文暢銷天后張廉
帶來一場美男子的饕餮盛宴

星際美男聯萌 1~3 待續

張廉◎著 Ai×Kira◎插畫

妳是我的毒，我的禁藥，
讓我冰冷的身軀染上妳的溫度吧……

好不容易與東方心心相印，然而擁有使命的東方，無法給予相守的承諾，隨著一天天過去，分離的預感逐漸加深……這時，一次意外的受傷，竟誘發了月的血癮！平常清雅淡漠的月失去了理智，整個人陷入瘋狂，露出他的獠牙，說要獻上自己的初夜……

© 張廉
Illustration：Ai×Kira
Kadokawa Fantastic Novels DX
台 灣 角 川 華 文 新 視 野

曠世奇戀，逐鹿狂歌，
美人天下，俠骨柔情。

且試天下 1~3 待續

傾泠月◎著 伊吹五月◎插畫

千頭萬緒，能有幾次錯過？
「解釋對我們來說，已經不必了……」

風夕不得不回到她的另一個身分：青州惜雲公主，隨即繼位為王，發兵抵禦外敵，並與雍州聯姻結盟。率性如她，被迫在私情與國事間抉擇；算計如他，也在天下與情愛間徘徊躊躇。如今群雄逐鹿勢在必行，她與他，又是否能找到能伴己百世滄桑、同涉刀山劍海的知音？

© 傾泠月 2014 Illustration：伊吹五月

Kadokawa Fantastic Novels DX

台灣角川華文新視野

神鬼陰陽師 1~4（完）

衛亞◎著 左萱（Lala）◎插畫

要成為混世魔王抑或救世主？
擁有三星胎記的異象之子將做出抉擇——

蜀葵一行人深入虎穴，好不容易喚回隨身侍從的神智，也順利奪回三星標記！然而惱羞成怒的白頭翁怎肯善罷甘休，他出動扮裝癖小蘿莉、渾身帶刺的美豔魔女……陰、陽學院的教師全員大集合！面對摯友與恩師生死關頭的時刻，異象之子蜀葵賭上了一切——

©Weiya 2013
Illustration：左萱（Lala）

Kadokawa Fantastic Novels DX
台 灣 角 川 華 文 新 視 野

國家圖書館出版品預行編目資料

十王一妃 / 張廉作. -- 初版. -- 臺北市 : 臺灣角川
, 2014.04-
  冊 ; 公分
ISBN 978-986-325-901-5(第1冊 : 平裝). --
ISBN 978-986-366-073-6(第2冊 : 平裝)

857.7　　　　103003492

十王一妃2

2014年8月7日　初版第1刷發行

作　者：張廉
插　畫：Chiya
發行人：加藤寛之
總　監：施性吉
主　編：陳正益
副主編：林秀儒
責任編輯：邱璨萱
資深設計指導：黃珮君
設計指導：許景舜
美術設計：宋芳茹
印　務：李明修（主任）、張加恩、黎宇凡、張則蝶

發行所：台灣角川股份有限公司
地　址：105台北市光復北路11巷44號5樓
電　話：（02）2747-2433
傳　真：（02）2747-2558
網　址：http://www.kadokawa.com.tw
劃撥帳戶：台灣角川股份有限公司
劃撥帳號：19487412
法律顧問：寰瀛法律事務所
製　版：尚騰製版印刷有限公司
ISBN：978-986-366-073-6

香港代理：香港角川有限公司
地　址：香港新界葵涌興芳路223號新都會廣場第2座17樓 1701-02A室
電　話：（852）3653-2888

※本書如有破損、裝訂錯誤，請寄回當地出版社或代理商更換。

©張廉